HARRY LUCK

# BAMBERGER SEIDLA

*Franken Krimi*

emons:

**Bibliografische Information der Deutschen Nationalbibliothek**
Die Deutsche Nationalbibliothek verzeichnet diese Publikation in der Deutschen Nationalbibliografie; detaillierte bibliografische Daten sind im Internet über http://dnb.d-nb.de abrufbar.

MIX
Papier aus verantwortungsvollen Quellen
FSC® C083411
FSC
www.fsc.org


Umschlagmotiv: Hendrik Steffens
Umschlaggestaltung: Nina Schäfer, nach einem Konzept von Leonardo Magrelli und Nina Schäfer
Umsetzung: Tobias Doetsch
Gestaltung Innenteil: César Satz & Grafik GmbH, Köln
Lektorat: Carlos Westerkamp
Druck und Bindung: CPI – Clausen & Bosse, Leck
Printed in Germany 2018
ISBN 978-3-7408-0425-1
Franken Krimi
Originalausgabe



Dieser Roman wurde vermittelt durch die Literaturagentur Kai Gathemann, München.

Für Nadine

Marmor, Stein und Eisen brechen.
Aber unsere Liebe nicht, das kann ich hier versprechen.

*Schlager ist geil!*
Florian Silbereisen

*Schlager ist eine seltsame Sache.*
*Dieses Phänomen einfach nur als Musik zu bezeichnen,*
*würde ihm auf vielen Ebenen nicht gerecht werden.*
Felix Zwinzscher in »Die Welt«

# EINS

Ich konnte nicht mehr genau nachvollziehen, wie ich in diese brenzlige – um nicht zu sagen aussichtslose – Situation geraten war. Ich befand mich mit fünf weiteren Opfern in einem abgedunkelten Raum, ich war derjenige, der vom Ausgang am weitesten entfernt saß. Ein möglicher Fluchtweg war versperrt von einer Frau namens Natascha Scharrer, einer Mittvierzigerin, die hier die Rolle der Geiselnehmerin innehatte. Bewaffnet war sie mit einer Art Plastiksprengstoff und einem unwiderstehlichen Lächeln. Ich konnte von Glück reden, dass man mir nicht das Handy weggenommen hatte, und so nutzte ich den Moment, in dem alle gebannt an Frau Scharrers Lippen hingen. Klassisches Stockholm-Syndrom mitten in Bamberg. Aber nun konnte ich unbemerkt unter dem Tisch eine SMS an meine Kollegin, Kriminalmeisterin Paulina Kowalska, schicken.

»Die praktischen Wichtel sind wirklich jeden Cent wert«, sprach Frau Scharrer, und alle Anwesenden nickten ehrfürchtig. Sie erläuterte mit eindrucksvollen Gesten die Vorzüge der kleinen, spülmaschinenfesten Plastikbehälter mit aromadichtem Ploppverschluss, in denen man Kräuter, Kaffeesahne oder Herz-Kreislauf-Pillen aufbewahren konnte. Im konkreten Fall aber wurde demonstriert, dass man mit ihnen genau die richtigen Mengen für die Zubereitung eines köstlichen Mokka-Eierlikörs portionieren konnte. Jetzt fiel es mir wieder ein: Der Likör war es, womit meine Nachbarin, Frau Weimer, mich aus dem ersten Stock in ihre Wohnung gelockt hatte. Und dass irgendetwas jeden Cent wert war, hatte ich in den vergangenen dreißig Minuten mindestens ein Dutzend Mal gehört. Frau Scharrer bereitete damit wohl eine eklatante Lösegeldforderung vor.

Ich schaute möglichst unauffällig auf das Display meines alten Nokia 3310 und wartete auf das erlösende Signal. Wäre Frau Scharrer nicht Mitglied der fränkischen Plastikdosenmafia, sie könnte für ihr Alter durchaus attraktiv wirken. Rein optisch erinnerte sie mich mit ihrer blonden Mähne an eine frühere Nachrichtensprecherin, die als Anhängerin von Verschwörungstheorien zuerst vom Fernsehschirm und schließlich ganz von der Bildfläche verschwunden war. Frau Scharrers Fingernägel waren in der Farbe ihres Lippenstifts lackiert. Sie trug eine sehr gut sitzende Jeans, ein kurzärmeliges weißes Oberteil mit schwarzen Punkten, dessen tiefer Ausschnitt von einer locker hängenden hellblauen Schürze bedeckt wurde.

Die sogenannte Partymanagerin passte damit nicht in das Umfeld der geblümten Siebziger-Jahre-Tapeten, des schweren Mahagonischranks und der Polstermöbel, die als Kulissen für jeden Schwarz-Weiß-Film getaugt hätten. Frau Scharrer hob sich optisch auffallend ab von den übrigen Teilnehmerinnen, die alle jenseits der sechzig waren und gebannt auf die präsentierten Haushaltsprodukte schauten, von denen fraglos jedes jeden Cent wert war.

Eine der Damen war Frau Weimer. Sie war über siebzig und an diesem Sonntagabend die offizielle Gastgeberin, die den Service des Plastikherstellers in Anspruch genommen hatte, die Direktverkaufsparty von einer professionellen Fachkraft organisieren zu lassen. Als sie mich ganz stolz zu ihrer ersten »Dubberbahdi« mit Likörchenprobe eingeladen hatte, hatte ich nicht ablehnen können. Es war wohl auch ihre Art, Dankbarkeit dafür zu zeigen, dass ich regelmäßig für sie Einkäufe erledigte oder den Treppenreinigungsdienst übernahm, wenn sie an der Reihe war. Alle drei Monate bat sie mich zudem, eine aktualisierte Fassung der Einladungsliste für ihre Beerdigung auszudrucken. Die Aktualisierungen bestanden meist darin, dass inzwischen verstorbene Personen zu streichen waren, während Frau Weimer selbst sich trotz ihres Alters bis auf gelegentliche Blutdruckprobleme und einen chronisch überhöhten Cholesterinspiegel noch prächtiger Gesundheit erfreute. Ich erläuterte ihr immer wieder, dass neuen medizinischen Erkenntnissen zufolge Eier – und damit hoffentlich auch Eierlikör – sich nicht negativ auf den Cholesterinspiegel auswirkten.

Ich hatte nicht ahnen können, wie schrecklich langweilig es werden sollte. Denn eigentlich hatte ich mich schon auf einen gemütlichen ZDF-Fernsehabend mit meinen Lieblingen Fabian Goldstein und Tanja Bauer gefreut. Die Plastikdosenshow von Frau Scharrer war keine wirkliche Alternative zur gebührenfinanzierten Schlagerparade. Solange meine Tochter Andrea bei ihrer Mutter in Forchheim wohnte, hatte sie mich oft am Wochenende in Bamberg besucht. Doch seit diesem Semester war sie wegen ihres Studiums der Kommunikationswissenschaften in Bamberg und verbrachte die Wochenenden wohl lieber mit Kommilitonen auf irgendwelchen Partys. Sie lebte in einem Neunzehn-Quadratmeter-Appartement auf der Erba-Insel, das mehr Miete kostete als meine komplette Altbauwohnung am Markusplatz.

»Herr Müller«, sprach mich Frau Scharrer an, als hätte sie meine Gedanken erraten. »Kennen Sie eigentlich schon die Klima-Oase?«

»Die was?« Hatte die Wellnesslandschaft im Bambados einen neuen Namen? Oder sprach sie von der Obermain-Therme?

»Ich meine diese praktische Dose mit Rillen im Boden, ideal für Sie als Beamter für die Mittagspause. Sie können damit Obst, Gemüse oder fertig zubereitete Gerichte frisch halten und transportieren. Sie sind doch alleinstehend und haben niemanden, der für Sie Mittagessen kocht, oder?«

Es klang fast wie ein Vorwurf. Woher wusste sie das? Vermutlich hatte Frau Weimer über mein Privatleben geplaudert. Ich war tatsächlich seit über zehn Jahren geschieden. Und weil es in der Bamberger Polizeiinspektion keine Kantine gab, nahm ich meine Pausenbrote täglich in einer Plastikdose mit zur Arbeit, die ich mindestens so lange in Gebrauch hatte wie mein Nokia-Handy, dessen werksmäßig eingestellter Standardklingelton mich in diesem Moment davor bewahrte, eine Stellungnahme abgeben zu müssen.

»Sie entschuldigen«, sagte ich freundlich lächelnd, stand auf, zog das klingelnde Handy aus meiner Hosentasche und zeigte es mit ernster Miene in die Runde, um meine Worte zu unterstreichen: »Ich habe Bereitschaft.«

»Herr Müller ist Kommissar bei der Kripo«, hörte ich Frau Weimer ehrfürchtig flüstern.

»Mit einem Polizisten im Haus muss man keine Angst vor Einbrechern haben«, sagte eine Dame mit weißer Dauerwelle und Rüschenbluse neben ihr. »Es stand jetzt wieder in der Zeitung: Die dunkle Jahreszeit ist die Hauptsaison für Wohnungseinbrüche. Und gerade hier im Parterre lebt man ja wie auf dem Präsentierteller. Und die Tage werden ja schon wieder kürzer.«

»Kriminalhauptkommissar Müller, Kommissariat 1«, meldete ich mich mit gewichtiger Stimme. Zuerst hörte ich nichts, ich rüttelte das Gerät mehrmals. Ein Wackelkontakt machte sich leider immer häufiger bemerkbar. Dann erklang die Stimme meiner Kollegin.

»Hallo, Horst, hier ist Paulina. Warum melden Sie sich so förmlich mit Dienstgrad und Abteilung? Was ist los?«

»Was ist die Todesursache?«, fragte ich. »Gibt es Zeugen?«

»Was? Wer ist tot?«, reagierte Paulina irritiert.

»Berühren Sie nichts!«, sagte ich bestimmt. »Verwischen Sie keine Spuren! Ist der Rechtsmediziner schon vor Ort?«

»Horst? Hallo? Alles klar bei Ihnen? Hier ist weit und breit kein Rechtsmediziner. Und auch keine Leiche.«

»Bleiben Sie ganz ruhig. Ich bin in fünfzehn Minuten bei Ihnen.«

»Ich bin ruhig, Horst, warum soll –« Weiter kam meine Kollegin nicht, denn ich drückte die rote Taste, steckte das Telefon wieder in meine Hosentasche, während ich ernst in die Runde blickte. »Es tut mir sehr leid, ich hätte gern noch mehr Zeit mit Ihnen verbracht. Aber die Pflicht ruft.« Ich seufzte tief, um mein Bedauern so glaubwürdig wie möglich wirken zu lassen.

Ich war schon an der Tür, als Frau Scharrer mich noch sanft am Arm fasste. »Nehmen Sie noch ein Fläschchen von diesem köstlichen Likör mit. Auch wenn Sie ihn im Dienst nicht trinken dürfen.«

»Sehr freundlich von Ihnen«, sagte ich, ergriff die Null-Komma-drei-Liter-Flasche und verabschiedete mich in die Runde. »Einen schönen Abend noch. Bis zum nächsten Mal.« In Gedanken fügte ich hinzu: aber sicher nicht in diesem Leben.

Ich verließ die Erdgeschosswohnung und fuhr mit meinem zwischen Asia-Imbiss und Vintageladen abgestellten Pedelec einmal um den Block für den Fall, dass mich jemand vom Fenster aus beobachtete. Dann stellte ich mein Rad ums Eck in der Kapuzinerstraße ab, schlich mich zurück und betrat das hundert Jahre alte Wohnhaus in der Hoffnung, dass die knarzenden Treppenstufen mich bei den Hörgeräteträgerinnen nicht verraten würden.

Als ich meine Wohnung im ersten Stock erreicht hatte, schloss ich leise die Tür hinter mir, ließ mich in meinen Fernsehsessel fallen, zückte mein Mobiltelefon und schüttelte es, bis es Empfang zeigte. Ich hatte es bislang strikt abgelehnt, mir eins von diesen modernen Smartphones anzuschaffen, obwohl für viele Kollegen Polizeiarbeit nur noch mit Hilfe von WhatsApp-Gruppen und ähnlichem Firlefanz denkbar war. Weil die neue BOS-Tetra-Technik beim Digitalfunk zu schmalspurig war, um Videos und Bilder zu versenden, griffen die meisten Beamten auf ihre privaten Handys zurück, wenn sie ein Tatortfoto oder ein Fahndungsbild versenden wollten. Nun allerdings stand die Umrüstung vieler Beamter auf iPhones von Apple bevor, auf denen ein polizeiinternes und angeblich abhörsicheres, vor allem aber der Europäischen Datenschutz-Grundverordnung entsprechendes Nachrichtensystem installiert werden sollte. Doch jetzt schickte ich eine klassische SMS an Paulina: »ALLES OK. WAR EIN PRIVATER NOTFALL. DANKE FUER DIE RETTUNG. ERKLAERE ALLES MORGEN. HM«, tippte ich. Dann schaltete ich das ZDF ein.

***

*»Bunte Blätter, warmer Tee, wir gehen raus bei jedem Wetter, im Herbst ist's einfach schee«*, sangen zwei Dutzend Schlager-

stars, die sich im Halbkreis stehend an den Händen hielten, zur Melodie eines Beatles-Klassikers auf der Bühne der großen Schlagerparade. Die Interpreten der Sendung »Ein Abend mit Fabian und Tanja« waren leider schon zum Finale angetreten. Die Show stand diesmal unter dem Motto »Herbst ist Trumpf«. Höhepunkt war das Comeback des holländischen Stargeigers Ton van der Leyden, der nach langer, schwerer Krankheit erstmals wieder im Fernsehen auftrat. Die Boulevardpresse hatte schon ausführlich spekuliert, bei der Krankheit habe es sich um chronische Erfolglosigkeit gehandelt und der Auftritt in der Fabian-und-Tanja-Show könnte die einzige wirksame Therapie gegen das Leiden van der Leydens sein. Ich bedauerte, den Auftritt des Geigers verpasst zu haben. Während die Crème de la Crème des deutschen Schlagers weiterhin gegen den Herbstblues anschunkelte, öffnete ich die Flasche Mokka-Eierlikör und goss ein Gläschen ein.

Sollte der angebrochene Abend doch noch für etwas gut gewesen sein? Eierlikör und Schlager passten für mich sehr gut zusammen. Beides waren Leidenschaften, zu denen man sich öffentlich nicht bekennen durfte, wenn man nicht als Oberspießer gelten wollte. Dass mein Röhrenfernseher auch noch in einer rustikalen Schrankwand eingebaut war, rundete das Bild ab. Ich hatte mir schon lange abgewöhnt, etwas nicht mehr zu lassen, bloß weil andere es uncool finden könnten.

Natürlich war die Co-Moderatorin Tanja Bauer wie in jeder Sendung als Sketchpartnerin und Backgroundsängerin von Fabian Goldstein aufgetreten. Ich liebte Schlagershows auch wegen ihrer Vorhersehbarkeit in der Abfolge und bei den Mitwirkenden. Und dass Tanja und Fabian auch privat ein Paar waren, gab dem Zuschauer bei jeder Sendung das Gefühl, es mit wirklichen Menschen mit echten Gefühlen zu tun zu haben und nicht mit einer erfundenen Schweinwelt wie in der Popmusik, wo die Protagonisten mainstreamtauglich am Reißbrett entworfen und in Castingshows nach dem Massengeschmack des Publikums konstruiert wurden.

Während die Instrumentalmusik leise weiterlief, löste sich

Fabian Goldstein aus der Schunkelriege und trat zwei Schritte vor. Die Stars klatschten weiter rhythmisch im Takt, von der Hallendecke fielen Glitzersternchen hinunter. Eine Kanone feuerte buntes Konfetti in die Luft. Der sympathische Entertainer, der gleichermaßen singender Moderator und moderierender Sänger war, trug ein schwarzes Sakko mit weißem Einstecktuch, darunter ein tief ausgeschnittenes T-Shirt, das seine Brustbehaarung dezent in Szene setzte, dazu eine enge Röhrenjeans mit den inzwischen obligatorischen Fetzenlöchern. Er bedankte sich überschwänglich bei den Zuschauern für ihr Interesse, wünschte allen Gesundheit und Genesung und kündigte für die Winterausgabe der Fabian-und-Tanja-Show im Dezember ein besonderes Highlight an: »Freuen Sie sich mit mir auf die großen Stars der Schlagerwelt und erleben Sie nach einer langen Pause die Rückkehr ins Showgeschäft von unserem lieben Alpenrocker DJ Johnny!«

Das Publikum spendete tosenden Applaus für die Ankündigung des zweiten Comebacks des Jahres. Ich erinnerte mich, über diesen Sänger gelesen zu haben, dass er Privatinsolvenz angemeldet hatte und dringend einen neuen Hit brauchte, um seine Schulden zu bezahlen. Über ihn hieß es in der Presse zudem, dass er mit seinem forcierten Dialekt eine utopische Heimat der Vergangenheit besinge, die es so nie gegeben habe.

Ich sah, wie Fabian hinter sich blickte, die Hand zu Tanja ausstreckte und sie sanft an seine Seite zog. »Und für die Fans von Tanja und mir«, fuhr er fort, »haben wir in der nächsten Sendung eine besondere Überraschung. Ihr könnt euch freuen!« Er drückte ihr einen Kuss auf die Wange, was noch mal einen Extra-Applaus auslöste. »Und jetzt verabschieden wir uns aus der Wuppertaler Uni-Halle und freuen uns ganz besonders auf ein Wiedersehen am vierten Adventssonntag zu unserer Winterausgabe, diesmal aus meiner wunderschönen Geburtsstadt Bamberg. Servus und gute Nacht sagen Fabian Goldstein …«

»… und Tanja Bauer«, ergänzte die Frau an seiner Seite. Die Musik wurde wieder lauter, das Schlagerpaar trat zurück in die

Reihe, und alle gemeinsam schunkelten dem Ende der Show entgegen.

Ach, die nächste Sendung kommt aus Bamberg, dachte ich. Davon hatte ich noch nichts gehört. Dass Fabian Goldstein ein gebürtiger Bamberger war, hatte ich tatsächlich mal gelesen. Genau wie Thomas Gottschalk war er schräg gegenüber meiner Wohnung am Markusplatz geboren worden, als dort noch die Frauenklinik war. In den Medien wurde aber immer betont, dass Fabian das Singen bei den Regensburger Domspatzen gelernt hatte. Genauso war Gottschalk nicht als Bamberger, sondern als Kulmbacher bekannt. Und die ebenfalls in Bamberg geborene Staatsministerin für Instagram und anderen Digitalkram, Dorothee Bär, wurde in der Öffentlichkeit nach Unter- statt nach Oberfranken verortet.

Der Mokka-Eierlikör schmeckte tatsächlich außerordentlich gut. Ob das wirklich an den Wichtelbechern lag, mit denen Frau Scharrer die Zutaten gemixt hatte? Konnte man dafür nicht auch einfache Schnapsgläser nehmen? Oder ganz normale Messbecher? Im gemeinsamen Haushalt mit meiner Ex-Frau Judith waren noch Tupperdosen ihrer Mutter in Gebrauch gewesen, in die Judith schon ihre Pausenbrote mit zur Schule genommen hatte. Nach der Trennung hatte sie die Tupperdosen behalten, ich durfte dafür den Röhrenfernseher mitnehmen, was aus ihrer Sicht wohl als Entsorgung von Elektroschrott galt. Darüber wurde ebenso wenig gestritten wie über meine Komplettsammlung aller »Derrick«-Folgen auf VHS-Videokassetten. Die waren inzwischen aber durch DVDs ersetzt worden. Manchmal zwang einen die Technik, mit der Zeit zu gehen.

Just in diesem Moment leuchtete das gelbe Display meines Mobiltelefons auf, dann ertönte der Klingelton. Ich nahm das Handy, das in der Schrankwand über dem Likörfach lag. In dem Moment war das Display wieder dunkel. Wackelkontakt. Es dauerte nicht lange, bis das Festnetztelefon im Korridor läutete. Dies bedeutete am Sonntagabend mit hoher Wahrscheinlichkeit: Arbeit.

## ZWEI

Paulina holte mich zehn Minuten später mit dem Dienstwagen ab. Zwar wäre ich nach dem halben Glas Likör durchaus noch fahrtüchtig gewesen, jedoch besaß ich kein eigenes Auto, und mein Pedelec verwendete ich nur in Ausnahmefällen für dienstliche Fahrten, zumal das Personaldezernat immer wieder Schwierigkeiten machte bei der Kilometergeldabrechnung für Dienstfahrten mit dem privaten Zweirad.

Als Beamte des Kommissariats 1 in der Bamberger Kriminalpolizeiinspektion waren wir zuständig für Verletzungen höchstpersönlicher Rechtsgüter, wie es in der Amtssprache hieß. Und ein Einsatz am späten Sonntagabend deutete im Normalfall auf Unerfreuliches hin.

»Ich hoffe, ich habe Sie nicht aus einem gemütlichen Junggesellenabend herausgerissen«, spottete Paulina, während wir über die Siechenstraße fuhren. Auf dem Dach des Wagens leuchtete das magnetisch montierte Blaulicht. Die Sirene hatte sie aus Rücksicht auf die Anwohner in der Innenstadt nicht eingeschaltet, so eilig war es wohl doch nicht. Der Tote konnte uns schließlich nicht mehr davonlaufen.

»Keine Sorge, ich habe die Party vorzeitig verlassen«, antwortete ich.

»Party?« Paulina lachte. »Sie wollen mich auf den Arm nehmen, Horst!«

Wir sprachen uns ganz hanseatisch mit dem Vornamen an und siezten uns. Diese Angewohnheit drückte gleichermaßen unsere dienstliche Vertrautheit und den Respekt vor der Privatsphäre aus. Ich war kein Freund von kumpelhaften Vertraulichkeiten. Meine ehemalige Gattin hatte es für einen Scherz gehalten, als ich ihr nach der Scheidung vorgeschlagen hatte, wieder zum »Sie« zurückzukehren. Es war nicht der einzige Punkt gewesen, in dem sie mich nicht verstanden hatte. Dass sie in einer anderen Welt lebte als ich, hatten wir erst nach vielen Ehejahren festgestellt.

Auf Radio Bamberg sang Fabian Goldstein seinen aktuellen Hit »Ich sterbe, um zu lieben«.

»Wussten Sie, dass Fabian Goldstein gebürtiger Bamberger ist?«, fragte ich.

»Nein, aber dafür kann die Stadt ja nichts. Was war das denn für eine Party? Eine Ü50-Party mit Achtziger-Jahre-Musik?« Sie lachte.

*»Mein Herz ist mit Sehnsucht übervoll. Ich weiß nicht, wie ich's dir sagen soll«*, ertönte es aus dem Radio.

»Eher eine Siebziger-Party. Also mit Gästen über siebzig und ohne Musik. Dafür mit viel Plastik. Und Achtziger-Hits sind doch voll Mainstream heute.«

»Gab's Eierlikör?«

»Richtig geraten. Mokka-Eierlikör, um genau zu sein. Aber dankenswerterweise hat Ihr Anruf mich gerettet. Eine Tupperparty ist wohl eher doch nichts für mich, auch wenn ich die Brotzeitdosen ganz praktisch finde.«

»Eine Tupperparty?« Paulina lachte wieder. »Sie müssen aber auch echt jeden Hype mitmachen.«

»Wieso Hype?«, wunderte ich mich. »Ich dachte, Tupperpartys wären ein Trend aus den siebziger Jahren?«

»Tupperpartys sind in meinem Freundeskreis gerade total hip. Ich kann mich vor Einladungen kaum retten. Ich hab erst ein Mal an einer teilgenommen. Jeder Trend kommt irgendwann zurück. So wie Jeanshemden. Vielleicht können wir doch einmal etwas gemeinsam in unserer Freizeit unternehmen.«

»Wenn ich Sie schon nicht zum Kegeln überreden kann. Schlager ist ja auch wieder da«, stimmte ich zu und drehte den Dudelfunk leiser. »Was wissen wir schon über den Toten?«, fragte ich. »Handelt es sich um einen Sportler? Ein Basketballspieler? Sport ist Mord, weiß doch jeder. Hat sich einer zu Tode gedopt?«

Bislang hatte Paulina mir nur mitgeteilt, dass in der Brose-Arena eine männliche Leiche gefunden wurde, deren Auffindesituation auf eine unnatürliche Todesursache hindeutete.

»Nein, kein Sportler«, antwortete sie. »In der Arena war

heute kein Basketballspiel, sondern eine Fernsehaufzeichnung. Genaues weiß ich auch nicht. Dass die auch im Lokalradio dieses unerträgliche Schlagerzeug spielen müssen«, schimpfte Paulina und schaltete auf Bayern 3.

»Ich dachte, dass auch bei den jungen Leuten jetzt Schlager in sind.«

»Sie denken ja auch, dass man in der Öffentlichkeit Kurzarmhemden tragen darf«, erwiderte sie.

»Jetzt fangen Sie nicht wieder damit an, Paulina. Wir hatten vereinbart, dieses Thema nicht mehr zu diskutieren.«

»Jaja, ich weiß. So wie vieles andere auch, worüber wir uns nicht einig werden.«

Mehrere Minuten schwiegen wir uns an, was mich vermuten ließ, dass Paulina nun sauer war. Völlig grundlos, wie ich fand. Für mich war Schweigen ein Normalzustand, der nichts über meine Gefühlslage aussagte. Gedanklicher Leerlauf sozusagen. Wenn Paulina aber mehr als zwanzig Sekunden nichts sagte, war von einer emotionalen Ausnahmesituation auszugehen. Leider blieb mir nun keine Möglichkeit mehr, die Stimmung wieder aufzulockern. Wir hatten das Ziel erreicht. Paulina lenkte unseren silbermetallicfarbenen Golf direkt vor den Haupteingang der Arena, wo bereits mehrere Streifenwagen mit flackerndem Blaulicht sowie der VW Variant der Kollegen vom Kriminaldauerdienst standen. Ich sah, wie ein uniformierter Beamter mit zwei jungen Frauen Mitte zwanzig heftig diskutierte.

»Was ist denn hier los?«, fragte ich den Kollegen, den ich als Polizeimeister Paul Stangl erkannte, einen Wachtmeister alter Schule, der sich noch nicht damit abfinden konnte, sich wenige Jahre vor der Pensionierung an blaue Uniformen gewöhnen zu müssen, in denen man seiner Meinung nach wie ein Parkhauswächter aussah.

»Die Damen wollen nicht verstehen, dass sie nicht in die Halle dürfen.«

»Wir wollen zu Fabian. Wir wissen, dass er hier ist, und wir dürfen nach den Proben immer in die Garderobe, um ein Selfie zu machen«, sagte die Kleinere von beiden, die einen braunen

Pferdeschwanz und ein kurzes schwarzes Kleid mit goldenem Glitzer trug. Ihre Begleiterin, sie hatte schwarze lockige Haare und auffallend dunkle Augen, deutete auf ein Plakat, das an den Glastüren neben den verschlossenen Kassenhäuschen klebte. Ein bekanntes Gesicht lächelte uns an. Genauer gesagt waren es zwei Gesichter.

»Ach«, sagte ich zu Paulina und zeigte auf das bunte Plakat mit den Köpfen von Fabian Goldstein und Tanja Bauer und dem Schriftzug »Ein Winterabend mit Fabian und Tanja – das weihnachtliche Schlagerfestival in der Bamberger Brose-Arena«.

»Das sind doch diese Schnulzenfuzzis aus dem Rentnerprogramm«, spottete Paulina. »Aber darunter steht ein Datum in der kommenden Woche. Wir haben Oktober.«

»Mich wundert ja nichts mehr«, sagte ich. Dann wandte ich mich den beiden Fans zu. »Der Kollege hat Ihnen doch deutlich gemacht, dass hier wegen einer polizeilichen Ermittlung kein Durchlass möglich ist.« Und zu Polizeimeister Stangl sagte ich: »Bitte nehmen Sie die Personalien der beiden Damen auf!«

»Wenn Sie Fabian treffen, sagen Sie ihm, Gitti und Sonja warten hier auf ihn!«

»Gehen Sie besser nach Hause«, antwortete ich und murmelte leise: »Ich kenne nur Gitti und Erika.« Wir betraten das Foyer, wo neben den Klotüren große gerahmte Fotos der hiesigen Basketballstars aufgehängt waren, deren Namen allesamt nach Migrationshintergrund klangen. Ein weiterer Beamter in Uniform begrüßte uns und wies die Treppe hinauf.

»Kein Wunder, dass jetzt schon Weihnachtssendungen im Oktober aufgezeichnet werden«, sagte ich, während wir die Stufen hinaufstiegen. »Es gibt ja schließlich schon seit August wieder Lebkuchen im Supermarkt.«

»Ja, lecker«, sagte Paulina. »Was haben Sie gegen Lebkuchen?«

»Nichts. Wenn man ihn in der Vorweihnachtszeit kauft. Und nicht im Hochsommer. Alles hat seine Zeit. Lebkuchen gehört in den Advent. Und Winter-Shows in den Dezember. Oder bin ich jetzt wieder ein altmodischer Spießer?«

Paulina grinste mich vielsagend an und verkniff sich eine Antwort. Manchmal erschrak ich selbst darüber, wie abgebrüht man nach vielen Jahren im Polizeidienst wurde, dass man auf dem Weg zu einem Leichenfundort noch scherzen konnte.

Wir gingen einen langen, von Neonröhren erleuchteten Gang entlang bis zu einer Tür, neben der ein blaues Schild mit weißer Schrift mit den Worten »Künstlergarderobe Fabian Goldstein« klebte. Die Tür stand offen, sodass wir die Kollegen bereits bei der Arbeit sehen konnten.

»Das FBI ist schon im Einsatz«, sagte Paulina und meinte damit die Kollegen Frenz, Böhnlein und Isernhagen, die nimmermüden Beamten vom Kriminaldauerdienst. Sie hatten bereits die obligatorischen Nummerntäfelchen aufgestellt und den Tatort aus allen Perspektiven fotografiert. Mit ihren 3D-Aufnahmen konnte man sich später am Computer jeden Punkt im Raum aus jeder Perspektive anschauen.

Wir erkannten auf den ersten Blick, dass die Künstlergarderobe ein fensterloser Mehrzweckraum war, den man mit Hilfe einer großen Spiegelkommode und einer Art Frisierstuhl umfunktioniert hatte. Der Geruch von Spanplatten erinnerte an einen Baumarkt. Vor dem Spiegel waren viele Töpfchen, Cremes und Pinsel akkurat aufgereiht. Ein Föhn lag daneben, das Kabel baumelte von der Oberfläche herab. An der Wand stand ein rotes Polstersofa im IKEA-Stil, davor ein Glastisch mit einer Schale Obst, einer Wasserkaraffe und einer Flasche Champagner.

Ich erschrak, als ich auf dem Boden die reglose, gekrümmte Gestalt neben einer Blutlache erkannte, die wohl der Grund dafür war, dass das K1 aus dem verdienten Wochenende gerufen worden war, um Überstunden aufzubauen. Es war Fabian Goldstein, den ich eben noch sehr lebendig auf dem Fernsehschirm gesehen hatte. Es kam zum Glück selten vor, dass ich die Toten kannte, zu denen wir gerufen wurden. Auch wenn es in diesem Fall eine eher einseitige Bekanntschaft war, so fühlte es sich dennoch nicht so an, als hätte ich die Leiche eines Unbekannten vor mir.

»Grüß Gott, die Herren«, sagte ich, ohne mir meine Irritation anmerken zu lassen.

»Hallo«, fügte Paulina hinzu, um sich mit einem Wort bereits als die Gottlose von uns zu erkennen zu geben.

»Können Sie schon was zur Todesursache sagen?«, fragte ich Kriminalhauptmeister Frenz.

»Ja, der Notarzt ist schon wieder weg, weil er zu einem Schlaganfall im Hain gerufen wurde. Er hat nur wenige Minuten gebraucht, um festzustellen, dass das Opfer mit einem stumpfen Gegenstand erschlagen wurde. Um wen es sich bei dem Toten handelt, muss ich wohl nicht sagen.« Frenz deutete auf ein Plakat, das über dem Sofa mit Klebestreifen an der Holzwand befestigt war. Es zeigte Fabian Goldsteins Gesicht mit den Worten »Ich sterbe, um zu lieben«. Darunter lag nun auf dem Boden die Leiche des Sängers.

»Der Titel seines letzten Hits«, sagte ich und las vor, was darunter stand: »›Ab sofort überall, wo es starke Schlager gibt‹.«

»Jetzt keine Wortspiele bitte«, mahnte Paulina.

»Wie bitte?«, fragte ich.

»Ich meine, wegen ›Schlager‹ und ›erschlagen‹. Sie sind doch zu jedem geschmacklosen Kalauer fähig, Horst.«

Ich übersah geflissentlich, wie sich Frenz und Isernhagen verstohlen angrinsten.

»Todeszeitpunkt?«, fragte ich.

»Der Körperkerntemperatur zufolge ist er noch nicht lange tot, nicht länger als ein paar Stunden«, antwortete Frenz. »Genaueres nach der Obduktion. Gefunden hat ihn übrigens eine Frau Nicola Pöhlmann.«

»Eine Putzfrau?«, riet ich. Es war erstaunlich, wie viele Leichen in Deutschland von Putzfrauen gefunden wurden.

Frenz schüttelte den Kopf. »Nein, sie gehört zur Show. Ihr Künstlername ist Nicky Palermo, falls Ihnen das was sagt.«

»Zero-Points-Nicky?« Paulina war der Name offenbar ein Begriff. »Sie hat Deutschland im Frühjahr beim ESC blamiert.«

»ESC? Das ist doch diese Taste am Computer, mit der man Dinge wegklicken kann.«

»Horst!« Paulina verdrehte die Augen. »Sie kennen das wohl noch als Grand Prix Eurovision de la Chanson.«

»Eurovision, na klar. ›Waterloo‹ und ›Ein bisschen Frieden‹! Und diese Jenny Palermo hat da mitgemacht und null Punkte für Deutschland geholt?«

»So ist es. Letzter Platz.«

Dieses nationale Drama hatte ich tatsächlich mitbekommen, ohne mir jedoch den Namen der unglücklichen Verliererin zu merken, der das deutsche Fernsehvolk wohl am liebsten die Bürgerrechte entzogen und sie in das Gewinnerland Israel abgeschoben hätte. Oder besser gleich nach Aserbaidschan, das nach den Eurovisionsregeln ja anscheinend auch zu Europa gehörte.

»Sie wartet in der Garderobe nebenan«, sagte Isernhagen.

Ich nickte Paulina zu, und wir verließen gemeinsam den Raum. Nicky Palermo saß in einem ähnlich eingerichteten Zimmer auf dem Sofa. Vor dem Spiegel standen einige Puderdosen mehr, dafür beschränkte sich die Obstschale auf drei sehr reife braungelbe Bananen und einen nicht mehr ganz frischen Apfel. Statt der Wasserkaraffe stand dort eine blaue PET-Flasche Saskia-Sprudel von Lidl, die Champagnerflasche fehlte.

Wer sich beim Künstlernamen Palermo eine rassige Italienerin vorstellte, irrte sich. Die Sängerin hatte wasserstoffblonde schulterlange Haare, war Mitte zwanzig und etwas zu dünn für ihre Körpergröße. Das grelle Neonlicht ließ sie noch blasser wirken, als sie vermutlich eh schon war. Sie trug ein weites T-Shirt, durch das ihre Schulterknochen deutlich zu sehen waren und das mit den Worten »No tits, no problems« beschriftet war. Sie trug eine weit geschnittene blaue Adidas-Trainingshose und neongelbe Joggingschuhe.

»Hauptkommissar Müller, das ist meine Kollegin Kriminalmeisterin Kowalska. Wir sind von der Kripo Bamberg«, stellte ich uns vor und sagte: »Bleiben Sie sitzen. Dürfen wir Ihnen einige Fragen stellen?«

Sie nickte. Paulina setzte sich in einen unbequem aussehenden roten Polstersessel, ich schob den Stuhl hinüber, der vor dem Garderobenspiegel stand.

»Frau … äh … wie möchten Sie angesprochen werden?«

Sie zuckte mit den Schultern und flüsterte: »Wie Sie wollen.«

Paulina zog ihr Smartphone aus der Handtasche und aktivierte die Aufnahmefunktion. Dann sprach sie leise in das Gerät: »Zeugeneinvernehmung Nicola Pöhlmann, Künstlername Nicky Palermo. Sonntag, zweiundzwanzig Uhr neununddreißig. Anwesende Ermittler: KHK Müller, KM Kowalska.« Dann legte sie das Handy vorsichtig auf den Glastisch neben die Bananen.

Ich entschied mich für den bürgerlichen Namen. »Also, Frau Pöhlmann. Erzählen Sie bitte, wie Sie die Leiche von Herrn Goldstein gefunden haben!«

»Wir wollten unseren Auftritt besprechen. Wir sollten zusammen die ›Weihnachtsbäckerei‹ singen.«

Ich summte das bekannte Lied von Rolf Zuckowski, das wohl viele Kinder inzwischen textsicherer mitsingen konnten als »Stille Nacht« und »O du fröhliche«.

»Wieso machen Sie im goldenen Oktober bei fast zwanzig Grad eine Weihnachtsshow?«, wollte Paulina wissen.

»Das müssen Sie Ben Bakow fragen, den Produzenten. Ich weiß nur, dass die Show am vierten Advent ausgestrahlt werden soll. Es war von produktionstechnischen Gründen die Rede.«

»Und Sie waren mit Goldstein hier in der Garderobe verabredet?«, fragte ich.

»Ja. Bakow hat noch ein paar Änderungen am Text gemacht. Es sollte noch witziger werden als die bekannte Kinderversion.«

»Noch witziger?«, fragte Paulina mit unverhohlener Ironie.

»Ja, der Auftritt war gemeinsam mit der Mädchenkantorei vom Bamberger Dom geplant. Die armen Kinder müssen jetzt von heute auf morgen den Text neu lernen. Und in der letzten Strophe sollen sie statt ›in der Weihnachtsbäckerei‹ singen: ›In der Mädchenkantorei sind wir gerne mit dabei‹.«

»Zu dem Auftritt wird es ja nun wohl nicht mehr kommen«, konstatierte ich. »Sie haben ihn so aufgefunden, wie er jetzt dort liegt?«

Sie nickte.

»Wann war das genau?«, fragte ich. Vor der Tür hörte ich Stimmen, ein Mann diskutierte lautstark mit den Polizeibeamten.

»Wir waren für einundzwanzig Uhr verabredet. Ich wartete etwa zehn Minuten vor der Tür. Als er nicht kam, klopfte ich an und bemerkte, dass sie nicht verschlossen war. Ich schaute hinein und sah ihn dort liegen.«

»Und dann? Haben Sie gleich gewusst, dass er tot ist?«

»Ich habe ihn angesprochen, aber er reagierte nicht. Dann sah ich das Blut. Ich rief sofort Bakow an.«

»Nicht die Polizei oder den Notarzt?«

»Doch, gleich danach. Bei Bakow meldete sich nur die Mailbox.«

In diesem Moment wurde die Tür aufgerissen. Ein kräftiger älterer Mann mit einer gelborangefarbenen Föhnfrisur betrat den Raum. Auf den ersten Blick sah er aus wie ein schlechtes Double des amerikanischen Präsidenten im Freizeitlook. Statt eines Atomkoffers hatte er eine Aktentasche aus schwarzem Leder unter dem Arm.

»Was geht hier vor?«, rief er, während hinter ihm eine junge Polizistin vergeblich versuchte, ihn am Betreten des Raumes zu hindern.

»Wer sind Sie?«, stellte ich die einzig angemessene Gegenfrage.

»Mein Name ist Bakow. Ich bin der Chef hier.« Er sprach seinen Namen mit einem lang gezogenen O am Ende aus, wie bei »Pankow«, während Nicky Palermo ihn »Bakoff« genannt hatte. Der Mann kam mir bekannt vor, es dauerte wenige Sekunden, dann erinnerte ich mich an die Ben-Bakow-Show, die in meiner Kindheit der Höhepunkt manches Samstagabends gewesen war. Ich muss etwa zehn Jahre alt gewesen sein, als er Mitte der siebziger Jahre im Wechsel mit Harald Juhnke und Hans-Joachim Kulenkampff seine Show im Schwarz-Weiß-Fernsehen präsentierte. Ob seine Haare damals schon diese merkwürdige Farbe hatten, konnte ich daher nicht wissen. Ich vermutete, dass die Generation Netflix mit dem Begriff »Samstagabendshow« gar nichts mehr anfangen konnte.

»Was ist mit Fabian?«, rief Bakow erregt. Dann sagte er zu Nicola Pöhlmann: »Stimmt es, was du mir auf die Mailbox gesprochen hast? Fabian ist tot?«

Sie nickte.

»Wie es aussieht, wurde Herr Goldstein Opfer eines Gewaltverbrechens«, sagte ich nüchtern. »Bitte warten Sie draußen. Wir werden uns gleich mit Ihnen unterhalten.«

»Kommen Sie«, sagte die Beamtin in der Tür, die ich nun als Polizeimeisterin Düweke erkannte. Ich sah, dass draußen zwei schwarz gekleidete Männer vom Bestattungsunternehmen »Pietät« einen schlichten Sarg aus hellem Holz über den Gang trugen. Den Sargträgern war anzusehen, dass sie sich ihren Sonntagabend auch anders vorgestellt hatten. Augen auf bei der Berufswahl, konnte man da nur sagen.

»Wann haben Sie Herrn Goldstein zuletzt gesehen?«, fragte ich, als sich die Tür hinter Bakow wieder geschlossen hatte.

»Heute Abend bei der Probe. Zum großen Finale standen wir alle noch mal auf der Bühne. Es gab Probleme mit der Konfettikanone, deshalb verzögerte sich der Beginn.«

»Ist das normal, dass für die nächste Show geprobt wird, während die aktuelle im Fernsehen ausgestrahlt wird?«, fragte ich.

Sie schüttelte den Kopf. »Eigentlich war mal geplant, die nächste Show in der Freiheitshalle in Hof aufzuzeichnen. Ich weiß nicht, was die Gründe für die Änderung sind. Müssen Sie Bakow fragen. Ich glaube, es hat was mit DJ Johnny zu tun. Er soll der Stargast in der Show sein.«

»Der Alpenpop-Sänger mit Lederhose und Elvis-Locke? Der mit dem ›Almdudler-Rock‹?«

»Richtig.«

»Kannten Sie Goldstein näher?«, fragte Paulina.

»So wie ihn jeder aus dem Fernsehen und den Zeitschriften kennt. Ich habe ihn vor wenigen Tagen zum ersten Mal persönlich getroffen. Er war stets sehr freundlich, hat immer gelächelt. Wissen Sie, dieses Lächeln, das er auf der Bühne hat, das schien in seinen Gesichtszügen eingefroren zu sein. Ich kann trotzdem nicht sagen, dass es künstlich wirkte. Die Tanja nannte ihn immer ›Grinsekatze‹.«

»Tanja Bauer, seine Showpartnerin?«

»Ja, die Tanja kenne ich schon länger. Wir waren zusammen auf der Musical-Akademie in München. Sie hat aber abgebrochen und ist dann auf die Schauspielschule gewechselt.«

»Bitte halten Sie sich zu unserer Verfügung«, sagte ich. »Wo sind Sie und das ganze Team denn untergebracht?«

»Wir wohnen im Welcome Hotel, die technische Crew im Ibis Budget am Bahnhof.«

»Vielen Dank erst mal«, sagte Paulina und schaltete die Aufnahmefunktion ihres Handys aus.

»Frau Düweke, bitte lassen Sie Herrn Bakow herein«, rief ich, als die junge Sängerin den Raum verließ.

***

Bakow wirkte immer noch durcheinander, als könnte er noch nicht fassen, was passiert war. Ich forderte ihn auf, Platz zu nehmen. Paulina startete eine zweite Aufnahme und sprach Uhrzeit und die Namen der Anwesenden ein, dann fragte sie Bakow nach seinen Personalien. Er war neunundsechzig Jahre alt und in Niederösterreich geboren, ledig, wohnhaft in Berg am Starnberger See.

»Herr Bakow, wo waren Sie, als Frau … äh … Palermo Sie angerufen hat?«, fragte Paulina.

»Ich saß in meiner Suite im Hotel und habe ein Interview gegeben. Die Mailbox habe ich erst abgehört, als das Interview zu Ende war. Dann habe ich mich sofort auf den Weg hierher gemacht. Für den Fall, dass ich ein Alibi brauche: Der Journalist heißt Frank Litzka und schreibt eine Seite-drei-Reportage für die Süddeutsche Zeitung.«

»Ein Alibi hat noch niemandem geschadet«, stellte Paulina fest.

Und ich fügte hinzu: »Und kann es einen glaubwürdigeren Zeugen geben als einen SZ-Journalisten?«

»Ich mag Ihren ironischen Unterton nicht.« Bakow fingerte in der Tasche eines hellblauen Leinensakkos und holte eine Visitenkarte mit dem Logo der Süddeutschen Zeitung hervor. »Da steht seine Handynummer drauf. Rufen Sie ihn an!«

»Ich wusste gar nicht, dass Sie noch im Fernsehgeschäft tätig sind, Herr Bakow«, sagte ich. »Ich habe als Kind immer Ihre Shows gesehen. Das waren noch Zeiten, als die ganze Nation geschlossen vor dem Fernseher saß. Seitdem es solche Sendungen nicht mehr gibt, ist das ja leider vorbei.«

»Das sprichwörtliche nationale TV-Lagerfeuer?« Er lachte guttural. »Das gibt's heute nur noch, wenn Deutschland im WM-Finale steht. *Schland, oh Schland, wir stehn an deiner Seite …*« Dann wurde er ernst. »Aber ich bin überzeugt, dass wir dieses Lagerfeuer-Feeling wieder zurückholen können, trotz dreihundert Kabelkanälen und Streamingdiensten. Wir sind mit der Show von Fabian und Tanja auf dem besten Weg dahin.« Er stockte. »Das heißt, wir waren auf dem besten Weg. Fabian war ein Ausnahmekünstler. Er war der erste deutsche Entertainer seit Gottschalk, der generationenübergreifend das Publikum begeistern konnte. Außer ihm gibt es derzeit niemanden mit einem vergleichbaren Talent.«

»Was ist mit Böhmermann?«, meinte Paulina.

»Dieser Kasperl aus dem Spartenprogramm? Wir brauchen ein nationales Idol. Dafür reicht es nicht, Gags vom Teleprompter abzulesen und ausländische Staatsoberhäupter zu diffamieren. Das hat Rudi Carrell vor Jahrzehnten schon mit dem Ajatollah gemacht. Und um ehrlich zu sein: Eine gewisse körperliche Statur braucht man auch. Die Leute wollen am Samstagabend nicht so ein schmales Hemd sehen, wissen Sie? Wir brauchen wieder die große Show. Mit Musik, Tanz, Gesprächen, Sketchen, Duetten …«

»Wie Harald Juhnke mit ›Musik ist Trumpf‹«, erinnerte ich mich. »Oder in den Shows von Peter Alexander.«

»Ja, Sie sagen es! Fabian war ein moderner Peter Alexander.

Er hatte das Zeug dazu, die große Fernsehunterhaltung ins 21. Jahrhundert zu retten. Was soll jetzt nur werden?«

»Sie meinen, aus der Show?«, fragte ich. »Aus dem deutschen Fernsehen? Aus Ihnen?«

»An dieser Produktion hängen Hunderte Arbeitsplätze. Wir machen vier Shows im Jahr. Es gibt Verträge, die beim Tod von Fabian alle fristlos ihre Wirkung verlieren.«

»Ach, das ist vertraglich schon geregelt?«, wunderte sich Paulina.

»Natürlich. In jedem Künstlervertrag gibt es Regelungen für den Todesfall. Da geht es um Tantiemen, Honorare, Urheberrechte … Und vor allem um sehr viel Geld.«

»Jetzt erklären Sie uns aber doch bitte mal, warum diese Show in Bamberg aufgezeichnet werden sollte und nicht in Hof, wie ursprünglich geplant. Und vor allem: warum die Dezember-Sendung bereits im Oktober produziert werden muss.«

Bakow antwortete: »In der Winter-Show hatten wir das große Comeback von DJ Johnny geplant. Doch weil der den ganzen Dezember durch Amerika tourt, hätte er nicht für die Show herkommen können.«

»Was meinen Sie mit ›Comeback‹, wenn er doch vorher schon eine Tour in den USA hat?«, hakte Paulina ein.

»Nun«, Bakow räusperte sich, »Johannes Bonsen, so ist sein richtiger Name, hat eine schwierige Zeit hinter sich, privat und gesundheitlich. Ich will es mal so sagen: Er war mehrere Male bei TV-Produktionen nicht ganz zuverlässig. Das hatte zur Folge, dass die Sender ihn nicht mehr gebucht haben. Und wenn man eine Weile von der Bildfläche verschwunden ist, wird man vom Publikum schnell vergessen.«

»Aber in Amerika ist er noch erfolgreich?«, fragte ich.

»Ja. Da gibt es eine große Zielgruppe von Leuten, die auf alles stehen, was mit Lederhosen und Jodeln zu tun hat. Und wenn das ein junger Künstler mit strammen Wadeln mit modernen Rock- und Popklängen verbindet, dann ist das ein Erfolgsgarant in den Staaten. Und seine Elvis-Tolle finden sie auch klasse. Wissen Sie, dass selbst Heino in Amerika ausverkaufte Hallen hat?«

»Also gut, das habe ich verstanden«, sagte ich. »Die Aufzeichnung musste wegen der USA-Tournee von DJ Johnny vorverlegt werden. Und warum von Hof nach Bamberg?«

»Weil die Freiheitshalle natürlich schon auf Jahre im Voraus ausgebucht ist. An diesem Wochenende singen dort passenderweise übrigens die Regensburger Domspatzen.«

»Wieso passenderweise?«, fragte Paulina.

»Weil Fabian Goldstein doch als Kind ein Domspatz gewesen ist«, antwortete ich. »Er war übrigens nicht der einzige prominente Bamberger bei den Regensburger Domspatzen. Raten Sie mal!«

»Sie immer mit Ihren Quizfragen, Horst. War es der Oberbürgermeister? Gottschalk? E.T.A. Hoffmann? Paul Maar? Oder Qian Peng, der singende Chinese mit der Imbissbude?«

»Keiner von denen. Es war der Kaiser Heinrich. Der wurde nämlich in der Nähe von Regensburg geboren und war dort auf dem Internat. Deshalb ist anzunehmen, dass er auch bei den Domspatzen gesungen hat. Genau wie Fabian Goldstein.«

»Jedenfalls haben wir eine andere Halle in der Region gesucht«, sagte Bakow. »Wir hätten auch gerne die Bamberger Konzerthalle genommen, aber da spielen heute die Symphoniker. Die Brose-Arena war zum Glück frei. Ein bisschen problematisch bei der ganzen Planung war nur die Sache mit dem Seidla.«

»Wie bitte?«

»Fabian sollte in der Sendung zum Schluss als Überraschung das Goldene Seidla überreicht bekommen, für sein Lebenswerk.«

»Das Goldene Seidla? Ist das so was wie der Bambi oder die Goldene Kamera?«, wollte ich wissen.

»Das ist ein Kulturpreis der fränkischen Regierungsbezirke, gesponsert vom Fränkischen Brauerbund und dem Verein Bierland Oberfranken und seinen über hundertachtzig angeschlossenen Brauereien. Es durfte natürlich nicht vor Dezember bekannt werden, dass Fabian diesen Preis bekommt. Trotzdem mussten wir die Verleihung jetzt schon aufzeichnen.«

»Und wie haben Sie das Problem gelöst?«, fragte Paulina.

»Wir wollten die Verleihung vor der Show ohne Publikum aufnehmen. Die Bilder von applaudierenden Zuschauern hätten wir dann später reingeschnitten. Das ist ja alles technisch kein Problem.«

»Nur dass die Zuschauer später in der Ausstrahlung etwas gesehen hätten, woran sie sich bei der Aufzeichnung nicht mehr hätten erinnern können«, wandte ich ein.

»Wir zeichnen eh die Show an zwei Abenden hintereinander auf und schneiden dann das Beste zusammen. Es wirkt alles live wie aus einem Guss. Und dann ist es auch kein Problem, wenn mal eine kleine Panne passiert. Und wie von Zauberhand dauert die Show am Ende genau so lange, wie sie in der Programmzeitschrift angekündigt ist, und keine Minute länger. Wir haben die Verleihung heute schon geprobt.«

»Ach, Sie haben die Überraschung schon geprobt?« Mir wurde immer klarer, dass man nichts davon glauben konnte, was die heile Fernsehwelt den Zuschauern vorgaukelte. »Und wo ist die Trophäe jetzt?«

»Ist sie denn nicht in Fabians Garderobe?«, wunderte sich Bakow. »Er hat sie nach der Probe mitgenommen.«

Ich schaute Paulina fragend an. Sie schüttelte den Kopf.

»Irgendwo muss das Ding ja sein. Es wäre eine Katastrophe, wenn das Seidla …« Bakow stockte, als er offenbar bemerkte, dass das Verschwinden eines Künstlerpokals ein vergleichsweise kleines Problem darstellte, wenn der ausgezeichnete Künstler im Nebenzimmer tot auf dem Fußboden lag.

»Wir werden Fabian das Goldene Seidla posthum verleihen.« Bakow nickte zufrieden, als wollte er sich selbst zustimmen. »Für sein Lebenswerk.« Und dann bestätigte er sich selbst noch einmal: »Ja, das ist eine gute Idee.«

»Sie meinen, dann klingt es nicht mehr so absurd, einen Jüngling für sein Lebenswerk auszuzeichnen, wenn er schon tot ist?«, sagte ich.

»Wir müssen die Show auf jeden Fall diese Woche aufzeichnen.« Er schaute mich fragend an: »Das wird doch möglich sein, oder?«

»Ohne Moderator?«

»Oder wollen Sie die Moderationen auch nachträglich reinschneiden?«, fragte Paulina. »Wo doch heute technisch alles möglich ist. Vielleicht mit alten Ansagen aus früheren Sendungen?«

»Unsinn, Frau Kommissarin! Wir müssen natürlich das Konzept ändern. Auch den Zeitplan werden wir in der jetzigen Form nicht halten können.« Er kratzte sich an seinem unrasierten Kinn. »Eine Live-Sendung mit ausgetauschtem Moderator wäre natürlich nicht sehr angemessen. Aber wenn die Show ausgestrahlt wird, ist Fabian Goldstein ja bereits über zwei Monate tot. Vielleicht habe ich schon eine Idee.« Dann wandte er sich wieder zu mir: »Das ist doch in Ordnung, wenn wir die Show trotzdem aufzeichnen?«

Ich dachte kurz nach. Pietätvoll fand ich diesen Gedanken nicht, doch für die Einhaltung von Anstand war die Kripo leider nicht zuständig. »Der Tatort bleibt versiegelt, alle möglichen Zeugen müssen sich zu unserer Verfügung halten. Geben Sie uns eine Namensliste aller an der Produktion beteiligten Mitarbeiter. The show must go on, stimmt's? Humtata, das Leben geht weiter!«

»Herr Kommissar, ich verstehe ja Ihr Stirnrunzeln. Aber für Sentimentalitäten ist in dieser Branche wirklich kein Platz.«

»Ach nein?« Paulina lachte. »*Mein Herz ist von Sehnsucht übervoll!* Das ist doch eine große sentimentale Scheiße, oder nicht?«

»Paulina, bitte!«, rügte ich sie.

»Ist doch wahr, Horst!«

»Wir werden in der Show eine angemessene Würdigung für Fabian finden. Wir schmeißen zwei oder drei Sketche raus und bringen dafür zehn Minuten lang Ausschnitte aus seinem Lebenswerk. Und danach überreichen wir das Goldene Seidla stellvertretend seiner Verlobten.« Die Begeisterung Bakows wuchs mit jedem Wort. »Das ist ganz großes Kino.«

»Äh, Moment mal«, hakte ich ein. »Goldstein war verlobt?«

»Ja, nein … also …«

»Was nun?«

»Die Verlobung sollte eigentlich in der Show bekannt gegeben werden. Das war schon lange geplant.«

»Die Verlobung mit Tanja Bauer?«, fragte Paulina.

»Ja. Also, Herr Kommissar, wie ist das denn rein rechtlich: Wenn eine Verlobung schon lange geplant ist, also das Heiratsversprechen quasi gegeben wurde, dann ist die Verlobung doch auch gültig, wenn … ich meine, dann kann man das Paar doch auch als Verlobte bezeichnen, wenn …«

»… wenn einer von ihnen tot ist, meinen Sie? Ich weiß es wirklich nicht. Kommt in der Praxis nicht so häufig vor.«

»Wissen Sie was, Herr Bakow?« Paulina machte eine vernichtende Geste und sprach mit aller Verachtung, die sie aufbieten konnte: »Sie kotzen mich an!«

»Paulina!«, rief ich sie zur Ordnung. »Ich glaube, wir beenden das an dieser Stelle.«

# DREI

»Was haben Sie denn da, Horst?«, fragte Paulina, als ich am nächsten Morgen unser Büro im dritten Stock der Kriminalpolizeiinspektion in der Schildstraße betrat, und deutete auf den Packen Zeitschriften unter meinem linken Arm.

»Ich habe am Bahnhof einmal die aktuelle Gesamtausgabe der deutschen Klatschpresse mitgenommen.« Stück für Stück ließ ich die Illustrierten vor mich auf die Schreibtischunterlage fallen und las dabei die Schlagzeilen auf den Titelseiten vor: »Heimliche Verlobung – Heiraten Fabian und Tanja noch in diesem Jahr?« – »Blutkrebs: das Drama um Stargeiger Ton van der Leyden« – »Offenbarungseid beim Alpenrocker – Das Schuldendrama von DJ Johnny: Steht seine Welttournee vor dem Aus?«

Ich nahm aus einem Sideboard eine grüne Tasse der Polizeigewerkschaft und füllte sie aus der Rowenta filtertherm de luxe, die ich mit einer Zeitschaltuhr so programmiert hatte, dass ich stets zu Dienstbeginn frischen Filterkaffee vorfand.

»Die kennen wir ja alle«, bemerkte Paulina, die sich aus dem Vollautomaten bereits einen Latte macchiato gezogen hatte. Mit aufgeschäumter Sojamilch.

»Wir müssen mal nachsehen, was von diesen Schlagzeilen noch übrig bleibt, wenn man den ganzen Artikel gelesen hat.« Ich setzte mich an meinen Schreibtisch und schlug die »Neue Post« auf. Die Titelgeschichte war eine Story über die »Schicksalsschläge der Schlagerstars«. Zuerst war von van der Leydens Krebserkrankung die Rede, ein großes Foto zeigte die Villa von Bakow am Starnberger See, die vor fünfzehn Jahren kurz vor der Zwangsversteigerung gestanden hatte. Über DJ Johnny wurde berichtet, dass ihm als junger Mann nach einem Motorradunfall der rechte kleine Finger amputiert werden musste. Und die Schlagersängerin Claudia Wany hatte als Kind eine schwere Krankheit nur überwunden, weil sie von ihrem eigenen Vater, dem Sänger der Gruppe Die Füxe, eine Spenderniere bekam. In der »Freizeit Revue« lachte mich eine freundliche Glücks-Ratgeberin an, die eine ganze Spalte lang unter der Überschrift »Niemals aufgeben!« erläuterte, dass man immer nach vorn schauen und in schwierigen Situationen mal das Fenster öffnen und dem Vogelgezwitscher lauschen solle.

»Wenn ich genug habe vom Polizeidienst, schreibe ich auch Glücks-Kolumnen«, murmelte ich.

»Sie könnten eher eine Spießer-Kolumne schreiben, Horst.« Paulina lachte. »Ein Lexikon der uncoolen Dinge, das wär doch was. Sie müssten nur ihre ganzen Weisheiten über Eierlikör, Schrankwand und Kurzarmhemd zusammentragen. Das hat Bestsellerpotenzial!«

»So ein Buch gibt's schon«, erwiderte ich. »Es lag in der Bahnhofsbuchhandlung in der Ramschkiste. Nein, wenn ich mal ein Buch schreiben sollte, dann über mein Leben mit einer Chaotin.«

»Sprechen Sie nicht so abfällig über Ihre Ex-Frau!«

»Ich spreche nicht über Judith.«

Zu unseren größten Mentalitätsunterschieden gehörte der Umgang mit Ordnung. Während auf meiner Arbeitsfläche nie ein Gegenstand zu sehen war, der sich nicht unmittelbar in Verwendung befand, herrschte in Paulinas Einflussbereich ein heilloses Durcheinander, das man nur mit sehr viel gutem Willen und einer gehörigen Portion Schönrederei als kreatives Chaos bezeichnen konnte. Die vermutlich glutenfreien Krümel von veganen Biokeksen, die sich auf ihrem Schreibtisch verteilten, könnten vermutlich ihren Kalorienbedarf für einen ganzen Tag decken. Und mich belächelte sie immer dafür, dass ich freitags nach Dienstende meinen Arbeitsplatz mit einem Akkusauger reinigte.

Ich blätterte weiter zu dem Artikel über die angebliche Verlobung von Fabian und Tanja und überflog die Zeilen.

»Der Text beschränkt sich auf Andeutungen und Vermutungen«, sagte ich. »Einzige Quelle ist ein angeblicher Insider und

Kenner der Schlagerbranche, der von einem bereits feststehenden Hochzeitstermin spricht.«

»Weiß ich doch schon«, sagte Paulina und deutete auf den Monitor vor sich. »Steht alles auch im Internet. Die Newsseiten berichten ausführlich über den Tod von Fabian Goldstein. Auf der Onlineseite der ›Süddeutschen‹ gibt es ein großes Stück mit viel Hintergrundwissen. Hier steht, dass fünfundfünfzig Prozent der Deutschen sich als Schlagerfans bezeichnen. Und dass Schlager und Alltagsalkoholismus eins gemeinsam haben: Keiner spricht gerne darüber, aber jeder hat schon Erfahrungen damit gemacht.« Paulina kicherte und las vor: »›Der Schlager ist die Klassifikation für ein besonders erfolgreiches Lied, ein Genre und nicht zuletzt ein gesellschaftliches Phänomen. Es gibt keine andere Musikrichtung, der wirklich jeder Deutsche oder in Deutschland sozialisierte Mensch in den vergangenen hundert Jahren zu irgendeinem Zeitpunkt in seinem Leben ausgesetzt war – gewollt oder ungewollt.‹« Paulina schaute wieder zu mir: »Geschrieben von diesem Litzka, den Bakow erwähnte. Der hat übrigens auch angerufen.«

»Bakow?«

»Nein, Litzka. Er will Infos und bittet um Rückruf. Und auch Sieber vom FT hat sich gemeldet. Die haben heute noch nichts im Blatt.«

»Sind wir hier die Telefonauskunft, oder was?«, schimpfte ich. Mir fiel dabei meine Tante Margot ein, die früher mal bei der Telefonauskunft gearbeitet hatte und nervigen Anrufern gern mal eine falsche Auskunft gab. Einmal nannte sie einem Anrufer, der die Nummer eines Edelbordells wissen wollte, die Durchwahl des Pfarrbüros von St. Gangolf, was sicher für alle Beteiligten zu einem unvergesslichen Erlebnis geführt hat.

»Warum rufen die Schreiberlinge nicht in der Pressestelle an? Wofür haben wir da im Präsidium Bayreuth hochkarätige Spezialisten sitzen?«

»Wir haben in zehn Minuten Lagebesprechung bei der Stadel. Sie will das weitere Vorgehen bereden, auch angesichts des überregionalen Interesses an dem Fall.«

»Sie wird wieder ihre Chance riechen«, sagte ich.

Kriminalrätin Veronica Stadel war nicht nur die jüngste, sondern auch die erste weibliche Kommissariatsleiterin in Oberfranken. Seit Jahren konnte man ihr ansehen, dass sie auf die nächste Beförderung ins Polizeipräsidium wartete. Böse Zungen behaupteten aber, dass es einflussreiche Kräfte im Münchner Innenministerium gab, die den weiteren Aufstieg einer offen homosexuell lebenden Beamtin zu verhindern versuchten. Dabei war es nun schon Jahrzehnte her, dass bayerische Kabinettsmitglieder Homosexualität in den »Randbereich der Entartung« angesiedelt hatten. Und Frauen waren in Oberfranken ja längst ganz oben angekommen: Regierungspräsidentin, Bayreuther Oberbürgermeisterin und Regionalbischöfin – alles Frauen. Auf die bayerische Gesundheitsministerin, die aus Bamberg stammte, war die Stadt besonders stolz. Es wurde langsam auch Zeit für eine Polizeipräsidentin.

»Dann kann ich gleich die Quittung von der Bahnhofsbuchhandlung für die Zeitschriften einreichen«, ergänzte ich. »Soll ich da Fachliteratur im Formular ankreuzen?«

Paulina lachte. »Machen Sie mal! Würde mich interessieren, ob Sie damit bei der Stadel durchkommen.«

Ich setzte mich an meinen Schreibtisch und nahm mein Handy aus der Sakkotasche. Dabei bemerkte ich, dass das Display tot war. Ich schüttelte es, doch nichts geschah. Paulina öffnete eine rosafarbene Plastikdose.

»Ist das ein Käsebrot?«, fragte ich. »Wie vegan ist das denn?«

»Ist veganer Käse mit pflanzlicher Margarine. Warum interessiert Sie meine tier- und planetenfreundliche Ernährung?«

»Mich interessiert mehr die Dose, in der sich das Analogkäsebrot befindet. Ist das …?«

Ich stellte mir vor, dass veganer Käse ungefähr den gleichen Geschmack hatte wie die Plastikdose.

»Ja, eine Tupperdose. Und jetzt staunen Sie mal keine Bauklötze. Die Dose hab ich als Gast auf einer Tupperparty bekommen, die meine Freundin Lena gegeben hat.«

»Lena?« Ich erinnerte mich an eine Vernehmung nach der

Ermordung eines Bamberger Puppenspielers. »Die Verkäuferin aus dem veganen Erotikshop?«

»Interessant, woran Sie sich alles erinnern können, Horst. Aber jetzt müssen wir zur Stadel. Kommen Sie!«

»Waren Sie eigentlich schon mal in einem veganen Zoo?«, fragte ich.

Paulina antwortete nicht und verdrehte nur die Augen.

Wir betraten den braun gefliesten Flur, als uns der Kollege Isernhagen entgegenkam. Er winkte uns mit einem in Plastikfolie umhüllten Smartphone zu.

»Schauen Sie, Horst«, sagte Paulina schmunzelnd, »da kommt schon Ihr neues Handy.«

»Ihr seid auf dem Weg zur Stadel? Dann nehmt das mit! Wir haben das Telefon des Toten ausgewertet«, sagte Isernhagen. In der anderen Hand hielt er ein Blatt, auf dem die Ergebnisse zusammengefasst waren. Ich nahm das Papier und sah eine lange Reihe von Zahlen.

»Und?«, fragte ich. »Was Interessantes dabei?«

»Die eingehenden und ausgehenden Anrufe sind nach bisherigen Erkenntnissen komplett unverdächtig«, sagte der KDD-Mann. »Auch in den E-Mails haben wir nichts Bemerkenswertes feststellen können. Aber im Kalender gibt es eine Ungereimtheit.«

»Ja?«

»Heike!«

»Wer ist Heike?«, fragte Paulina.

»Genau das sollten Sie rausfinden. Goldstein hatte in den letzten Tagen drei Eintragungen mit einer Heike im Kalender stehen. Allerdings finden wir weder in seinen Kontakten noch in seinen E-Mails eine dazugehörige Person.«

»Klingt ja sehr verdächtig«, meinte Paulina. »Sollen wir schon mal einen Haftbefehl beantragen?«

»Sehr komisch«, erwiderte Isernhagen. Dann senkte er seine Stimme: »Ah, da kommt die Chefin ja schon, viel Vergnügen! Ich bin weg.«

»Grüß Gott miteinander«, sagte die Kriminalrätin, die einen

mintgrünen Hosenanzug trug und die Haare zu einem strengen Pferdeschwanz gebunden hatte. Ihren Lippenstift fand ich für einen Montagmorgen eine Spur zu auffällig. Und ihr hochhackiges Schuhwerk ließ vermuten, dass sie nicht damit rechnete, selbst in die Verlegenheit zu kommen, einen Straftäter zu Fuß zu verfolgen. Wegen ihrer Vorliebe für hohe Absätze wurde sie von manchen Kollegen hinter ihrem Rücken schon mal Commissaria Stiletti genannt. In der Hand hielt sie zwei kleine Kartons. »Wir müssen unsere Besprechung verschieben. Ich bin auf dem Weg zu Dr. Goos. Schicken Sie mir bis zwölf Uhr eine Zusammenfassung des Sachstandes sowie einen Entwurf für eine Information an die Medien. Herr Roeder aus der Pressestelle in Bayreuth kümmert sich derweil um die Medienanfragen. Wir haben für dreizehn Uhr dreißig eine Pressekonferenz angesetzt. Bis dahin: Ermitteln Sie!«

Als sie schon im Begriff war, an uns vorbeizuschreiten, hielt sie inne: »Ach ja, bevor ich es vergesse: Hier sind Ihre neuen Diensttelefone. Es sind iPhones der neuesten Generation, alles fertig installiert. Sie müssen nur noch die SIM-Karten austauschen. Ich habe bei der EDV-Abteilung für Sie den Empfang quittiert. Sie behalten Ihre bisherigen Nummern und können die Geräte gleich in Betrieb nehmen. Viel Spaß damit.« Sie drückte jedem von uns eine Schachtel in die Hand.

Na fein, dachte ich. Damit konnte ich auch nicht den Empfang verweigern. Noch bevor ich etwas erwidern konnte, war sie auf dem Weg zum Polizeidirektor an uns vorbeigerauscht und hatte nur eine herbe Parfümwolke hinterlassen.

»Willkommen im Zeitalter der digitalen Mobilkommunikation«, sagte Paulina und grinste mich frech an. »Das Nokia 3310 wäre damit wohl endgültig reif fürs Museum oder den Elektroschrott.«

»Das digitale Zeitalter hat in Nürnberg, wo die Kollegen bereits die neuen Smartphones haben, zur Folge, dass sie in der Ganzgroßstadt mit drei Kommunikationsgeräten herumlaufen müssen: dem Smartphone, einem digitalen Funkgerät und, weil der Digitalfunk in der U-Bahn nicht funktioniert, auch noch einem analogen Sprechfunkgerät. Und wahrscheinlich haben sie auch noch ihr privates Handy dabei. Super Technik, wirklich.«

»Sie müssen auch die Vorteile sehen, Horst. Jetzt können Sie sich Apps installieren. Aber Sie wissen schon, dass Flirt-Apps auf dem Diensthandy verboten sind, oder? Vielleicht gibt es ja Apps, mit denen Sie Ihren Herzschrittmacher steuern können.«

»Sehr witzig, Paulina. Ich bin einundfünfzig und nicht einundsiebzig. Kommen Sie erst mal in mein Alter ...«

»Jaja, ich weiß, Horst. Das Leben ist eines der härtesten.«

»Und endet meistens tödlich. Ganz genau. Bei Nokia fällt mir übrigens ein Witz ein.«

»Muss das sein?«

»Moment, ich hab ihn gleich ... Also, sitzen zwei Männer in der Sauna, sagt der eine: Hast du Nokia? Sagt der andere: Nein, Ericsson.« Als ich bemerkte, dass die Pointe irgendwie nicht ganz passte, kam ich ins Stottern: »Nein, Augenblick, er geht anders ...«

Paulina seufzte und rollte die Augen. »Den haben Sie schon mal erzählt. Er geht so: Hast du Erektion? Nein, Nokia. Sehr komisch.«

»Na ja, egal. Ich glaube jedenfalls, dass wir die erste Generation sein werden, die eine Handyhalterung am Rollator hat.«

»Das ist bei Ihnen ja nicht mehr so lange hin.«

»Pah. Dann suchen wir mal diese Heike, was?«

»Ich hab sie schon gefunden«, sagte Paulina und zeigte mir ein Blatt, das sie aus einer Mappe holte, die sich in ihrer hellblauen Nylonumhängetasche befand. »Auf der Mitarbeiterliste, die Bakow uns gegeben hat, gibt es nur eine Heike. Eine Maskenbildnerin, Heike Dürer.«

»Dürer, wie der Maler? Das passt ja.«

***

Eine Dreiviertelstunde später saß Heike Dürer auf dem Vernehmungsstuhl in unserem Büro. Zwei Streifenbeamte hatten sie aus der Produktion geholt, wo sie gerade damit beschäftigt war, die Sängerinnen der Mädchenkantorei des Doms in Weihnachtsengelchen zu verwandeln. Sie war jenseits der sechzig, wog schätzungsweise das Doppelte wie die magersüchtige Grand-Prix-Verliererin und wirkte rein äußerlich nicht wie eine Mörderin oder ein wandelndes Mordmotiv. Aber auf dem Holzstuhl zwischen unseren schräg gegenüberstehenden Schreibtischen hatten wir schon manche Überraschung erlebt.

Eine Überraschung war auch ihre erste Frage: »Werde ich als Zeugin oder als Beschuldigte vernommen im Sinne von Paragraf 163b Strafprozessordnung?«

Ich erläuterte, dass sie nicht verdächtig sei, und fragte: »Sind Sie nebenberuflich Juristin?«

Sie lachte und schüttelte den Kopf. »Aber ich kenne mich aus. Ich habe zehn Jahre lang hinter den Kulissen einer Krimiserie gearbeitet. Erinnern Sie sich an ›Derrick‹ und den ›Isarbullen‹?«

Paulina nahm meine Antwort vorweg: »Hauptkommissar Müller hat zu Hause alle zweihunderteinundachtzig ›Derrick‹-Folgen auf DVD. Und ich glaube, dass er sie alle auswendig mitsprechen kann.«

»Frau Kowalska übertreibt maßlos«, wehrte ich ab. »Nur das mit der DVD-Sammlung ist richtig. Möchten Sie etwas trinken? Kaffee? Wasser?«

Oberinspektor Derrick war in meiner Kindheit die Personifizierung von Recht und Ordnung gewesen und das wohltuende Gegenteil zu den langhaarigen und unrasierten Lehrkörpern mit gestrickten Pullovern und Birkenstocklatschen, die uns in der Schule antiautoritär die Welt erklären wollten. Ich hatte mir immer einen Lehrer wie Derrick gewünscht, der streng und gerecht die Welt für jeden verständlich in Gut und Böse einteilte. Dass ausgerechnet sein Schauspieler Horst Tappert wegen angeblicher Nazivergangenheit vom Bildschirm verbannt wurde, machte mich immer noch traurig und fassungslos.

»Falls Sie sich für Kaffee entscheiden: Nehmen Sie nicht die Plörre, die Herr Müller als Kaffee anbietet«, sagte Paulina, um die Gesprächssituation aufzulockern. Vielleicht wollte sie auch die Rollenverteilung »guter Bulle, böser Bulle« einleiten. »Sie können auch einen frisch aufgeschäumten Cappuccino bekommen. Auf Wunsch mit Sojamilch.« Sie deutete auf ihren Vollautomaten, der aktuell mal nicht mit irgendwelchen roten Leuchtanzeigen eine Betriebsstörung oder fällige Wartung signalisierte. Frau Dürer wählte jedoch ein Wasser.

Sie redete weiter und wirkte dabei in keiner Weise nervös. »Während die Schauspieler in der Maske saßen, diskutierten sie oft über die juristisch korrekten Formulierungen in den Dialogen. Es gab für die Drehbücher und am Set einen echten Polizisten als Berater. Ich habe das immer alles hautnah mitbekommen und mir einiges gemerkt.«

Ich bemerkte, dass Frau Dürer keinen bayerischen oder fränkischen Dialekt hatte, sondern eher norddeutsch klang. Ich fragte sie nach ihren Personalien. Sie gab als Geburtsort Braunschweig an, für den Job bei der Münchner Filmproduktionsfirma sei sie vor fast vierzig Jahren nach Bayern gezogen. Sie war verheiratet, aber getrennt lebend. Paulina zeichnete die Vernehmung auf.

»Wie lange arbeiten Sie schon für die Show von Fabian Goldstein?«

»Seitdem es sie gibt. Das sind jetzt …«, sie überlegte kurz, »… ungefähr fünf Jahre. Vier Shows im Jahr, das sind zwanzig insgesamt. Die Tanja ist aber erst seit zwei Jahren dabei. Seitdem moderiert sie an der Seite vom Herrn Goldstein.«

»Moment mal«, sagte Paulina. »Sie sprechen von Tanja und Herrn Goldstein. Waren Sie mit ihm nicht per Du?«

»Nein. Die Tanja kenne ich noch von ganz früher. Sie war noch ein Schulkind, als sie ihre erste Rolle in einer Daily Soap hatte. Da habe ich sie kennengelernt. Später hat sie als Teenie eine Zeit lang für den Disney-Channel eine Kindersendung moderiert. Sie hat dann aber eine so schwere Akne bekommen, dass jeder Maskenbildner überfordert gewesen wäre. Ich habe dann erst wieder von ihr gehört, als Bakow sie entdeckt und in die Show geholt hat.«

»Ist das nicht ungewöhnlich, dass Sie mit Herrn Goldstein noch per Sie sind, obwohl Sie seit fünf Jahren mit ihm zusammenarbeiten?«, fragte ich.

»Ich bin da vielleicht etwas altmodisch«, antwortete sie. »Als Moderator war Herr Goldstein auch Teilhaber der Produktionsfirma Bakow Show Entertainment und damit neben Herrn Bakow für mich einer der Chefs. Und für mich ist es selbstverständlich, dass ich meinen Chef mit Sie anrede. Verstehen Sie?«

Ich nickte. Das verstand ich sehr gut.

»Aber Fabian Goldstein hat Sie mit dem Vornamen angesprochen«, stellte ich fest.

»Nein, er hat Frau Dürer zu mir gesagt«, widersprach sie sofort. »Vielleicht war es Respekt vor dem Alter, keine Ahnung. Er hat mich immer sehr korrekt behandelt. Ich habe keinen Grund, mich zu beklagen.«

»Sie haben Goldstein vergangene Woche drei Mal getroffen. Was war der Anlass?«, fragte ich.

»Was meinen Sie mit ›getroffen‹? Ich hatte ihn einmal in der Maske. Das war gestern vor der Probe.«

Ich blickte zu Paulina, die die Daten aus Goldsteins Handy vor sich hatte.

»Fabian Goldstein hatte Montag, Mittwoch und Donnerstag im Kalender auf seinem Smartphone Termine mit einer ›Heike‹ markiert. Worum ging es in diesen Gesprächen?«

Jetzt schien Frau Dürer doch leicht aus der Fassung zu geraten. »Wie kommen Sie darauf, dass ich das bin?« Sie rutschte auf dem Stuhl hin und her.

»Es gibt keine andere Heike im ganzen Team«, sagte ich.

»Aber Sie wissen, dass Herr Goldstein in Bamberg geboren ist? Vielleicht kennt er hier noch jemanden? Ich habe jedenfalls keine Termine mit ihm gehabt, das kann ich beeiden nach Paragraf –«

»Neunundfünfzig StPO, ich weiß«, unterbrach ich sie. »Das wird vorerst nicht nötig sein. Wo waren Sie gestern Abend?«

»Brauche ich ein Alibi?« Sie nahm einen Schluck Wasser. »Eine Routinefrage, schon klar. Ich habe gestern für die Probe

Tanja und Herrn Goldstein geschminkt. Nach einer Stunde etwa hatten wir eine Unterbrechung, weil es erst Probleme mit dem Ton und dann mit der Konfettikanone gab. Qian Peng sollte auftreten und ›O Tannenbaum‹ singen.«

»Peng und die Konfettikanone. Das passt ja«, sagte ich und erinnerte mich daran, dass »Peng« das chinesische Wort für »Riesenvogel« war, was wiederum gut zu der knusprigen Ente passte, die Peng in seiner Imbissbude für fünf Euro anbot. Allerdings war er selbst in seinem Geschäft in der Langen Straße nur noch selten anzutreffen, seitdem er neben seinem musikalischen Hobby auch noch in die Politik eingestiegen war und es inzwischen zum Integrationsbeauftragten der bayerischen Staatsregierung gebracht hatte.

»Ich musste den Chinesen und die beiden Moderatoren noch mal nachpudern«, fuhr Frau Dürer fort. »Danach hatte ich nichts mehr zu tun. Ich habe mir die Probe im Zuschauersaal angesehen. Dann sind wir vom Produktionsfahrer ins Hotel gebracht worden. Das war gegen halb neun.«

Eine halbe Stunde bevor die Leiche gefunden wurde, dachte ich. »Gibt es Zeugen dafür, dass Sie gleich zum Hotel gefahren sind?«

»Ja, Herr Prica, der Fahrer, hat mich zusammen mit einigen Kameraleuten und Kabelträgern in einem VW-Bus zum Hotel gebracht. Ach ja, DJ Johnny saß auch mit im Bus. Das ist eher ungewöhnlich, weil die Stars normalerweise eigene Fahrer, Assistenten und zum Teil sogar Bodyguards haben.«

»Und warum war das diesmal nicht so?«, fragte Paulina.

»Ich weiß es nicht genau.« Sie druckste etwas herum. »Ich will ja keine Gerüchte weiterverbreiten.«

Wir schauten sie fragend an, und sie bemerkte, dass ihr wohl keine Wahl blieb, als zu sagen, was sie wusste oder zu wissen glaubte. Sie griff noch mal zum Wasserglas. Ein offensichtliches Zeichen für Unsicherheit. Lektion eins im Handbuch für Polizeipsychologie.

»Offiziell behauptet Herr Bonsen, dass sein persönlicher Fahrer krank sei. Es kann ja auch sein, dass das stimmt. Aber in dem Fall gäbe es doch vermutlich einen Ersatzfahrer oder einen von der Produktionsfirma.«

»Oder er würde ein Taxi nehmen«, meinte Paulina.

»Richtig. Deshalb gibt es ja auch die Gerüchte, dass er …«

»… pleite ist?«, vervollständigte Paulina den Satz.

Heike Dürer nickte.

»Als Sie das Hotel erreichten, was haben Sie dann gemacht?«, fragte ich.

»Wir haben in der Lobby noch mindestens eine Stunde beisammengesessen und etwas getrunken. Das wird jeder bezeugen können.«

Ich forderte sie auf, die Namen der Techniker zu nennen, die ihr Alibi bezeugen konnten. Dann entließen wir sie mit der Bitte, sich zur Verfügung zu halten. Sie verabschiedete sich und verharrte kurz neben der Tür, wo über einem Spiegel ein Schild mit der Aufschrift »Du bist Polizei« montiert war. Leider war er für Paulinas Größe zu hoch angebracht, weshalb der beabsichtigte erzieherische Effekt bei ihr ins Leere lief. Frau Dürer begutachtete ihre Frisur für Sekundenbruchteile, fand offenbar nichts, was der Korrektur bedurft hätte, und verließ das Büro.

»Die Spur Heike führt wohl nicht weiter«, sagte Paulina. »Haben Sie Ihr neues Telefon schon in Betrieb genommen? Ich hoffe nur, das Smartphone wird Sie nicht auf einen Schlag süchtig machen. Diese Leute, die nur noch in ihre Handys glotzen, sind einfach nicht zu ertragen.« Sie versuchte, ein Kichern zu unterdrücken. »Ist Ihnen schon mal aufgefallen, dass auf der Rolltreppe jeder sofort reflexartig sein Handy zückt?«

»Keine Sorge. Bevor ich handysüchtig werde, trinke ich Hipsterlimo oder melde mich im Yogakurs an. Können Sie mir dieses WhatsApp mal draufmachen?«

Tatsächlich war das neue iPhone sehr benutzerfreundlich und die Bedienung auch für technologische Hinterwäldler weitgehend selbsterklärend. Mit wenigen Handgriffen hatte Paulina das grüne Symbol auf die Bildschirmoberfläche gezaubert. Ich tippte die Nummer von Andrea ein, und wie von Geisterhand wurde ein Foto von ihr angezeigt. Ich schrieb eine

Nachricht, wobei die Buchstaben auf mysteriöse Weise von selbst in Groß- und Kleinschreibung umschalteten. Das war schon mal erstaunlich praktisch. »Hi, Andrea, I bims. Vong WhatsApp her. Cool, was?« Nach kurzem Überlegen löschte ich die Worte wieder und schrieb stattdessen ganz konventionell »Hallo, Andrea, bin jetzt auch hier erreichbar. LG Papa«. Das LG hatte ich mir von ihr abgeschaut, aber es war auch nicht zu anbiedernd, wie ich fand.

»Sieht jedenfalls nicht danach aus, als ob wir den Medien gleich einen Tatverdächtigen präsentieren können«, kam ich auf das Dienstliche zurück. Ich schaute auf meine Tchibo-Armbanduhr. In einer Stunde sollte die Pressekonferenz beginnen.

»Schade, dass Sie keinen Mörder aus dem Hut zaubern können, Horst. Apropos: Was machen eigentlich Ihre Zauberkünste?«

Ich lachte verlegen. Seitdem ich auf der Betriebsfeier zu meinem fünfzigsten Geburtstag auf magische Weise einen Tisch zum Schweben gebracht hatte, wurde ich immer wieder auf meine neue Leidenschaft angesprochen.

»Passen Sie auf!«

Ich holte aus meiner rechten Hosentasche ein kleines rotes Tuch, ballte die linke Hand zu einer Faust und stopfte mit dem rechten Zeigefinger das Tuch in die linke Hand. Dann pustete ich auf die Hand, öffnete sie und rief: »Tataaa!«

Natürlich war die Hand leer.

»Magic«, sagte Paulina.

# VIER

Die Pressekonferenz fand im großen Besprechungssaal statt, wo jeden Mittwoch die Dienststellenleiter zusammenkamen. Vor einem überdimensionierten Motiv eines sportlich in der Kurve liegenden Polizeimotorrades standen zwei Zweiertische mit den Namensschildern von Polizeidirektor Dr. Hubert Goos, Kriminalrätin Veronica Stadel, Kriminalhauptkommissar Horst Müller und Polizeipressesprecher Dirk Roeder, der extra aus dem Präsidium Bayreuth herbeigeeilt war. Der Saal füllte sich mit Medienvertretern der Lokalpresse, aber auch Reporter aus Hof, Bayreuth, Würzburg und Nürnberg waren der kurzfristigen Einladung gefolgt. Der tote Fernsehstar mobilisierte die Schreiberlinge über die Region hinaus: Einige unbekannte Gesichter hatten in den fünf Reihen Platz genommen, alle Stühle waren belegt. Mehrere Männer und Frauen standen am Rand des Raums, mit Notizblöcken oder Fotoapparaten in der Hand. Hinten waren drei Fernsehkameras aufgebaut, ich erkannte die Senderlogos von ZDF, BR und RTL.

Ich begrüßte Dr. Goos, die Stadel und den Pressesprecher mit Handschlag, dann setzte ich mich auch und suchte Blickkontakt zu Paulina, die in der ersten Reihe saß. Unterdessen sorgte eine junge Reporterin von Radio Bamberg mit einer unfreiwilligen Slapstickeinlage für Kurzweil, als sie ihr Mikrofon, nachdem sie es vor Goos aufgestellt hatte, mit einer ungeschickten Bewegung vom Tisch runterriss und so ein fulminantes Geschepper verursachte. Goos gab sich als Gentleman und half der Reporterin, den Kabelsalat zu entwirren.

Roeder eröffnete die Pressekonferenz mit einer Vorstellung der Anwesenden und einer kurzen Begrüßung. »Das Ereignis, über das wir heute reden, dürfte Ihnen bereits bekannt sein.« Kurz fasste er das zusammen, was über Radio und Onlinemedien schon seit Stunden vermeldet wurde. »Über den Sachstand von gestern Abend hinausgehend kann ich Ihnen nur mitteilen, dass wir in alle Richtungen ermitteln, wir haben jedoch noch keine heiße Spur oder gar einen Tatverdächtigen. Ihre Fragen bitte!«

Als Erster meldete sich Theo Sieber vom »Fränkischen Tag« zu Wort. »Können Sie schon etwas über die Todesursache sagen?«

Roeder nickte der Stadel zu, die den vorläufigen Obduktionsbericht vorliegen hatte.

»Herr Goldstein wurde nach bisherigen Erkenntnissen von einem dumpfen Schlag am Hinterkopf getroffen.«

»Konnten Sie die Mordwaffe sicherstellen?«, fragte eine rothaarige Frau aus der zweiten Reihe, die sich als Redakteurin der »Frankenpost« zu erkennen gab.

Auf dem Podium schauten sich alle nacheinander an, jeder wollte wohl dem anderen das Wort überlassen. Der Schwarze Peter landete letztlich bei mir, sodass ich verkünden durfte, dass die Mordwaffe spurlos verschwunden war.

Dann fragte Sieber: »Halten Sie es für möglich, dass für den tödlichen Schlag die Trophäe des Bamberger Seidla benutzt wurde, die Goldstein in der Show überreicht werden sollte?«

»Woher …«, begann ich, biss mir aber auf die Zunge, um Sieber nicht den Triumph zu gönnen, dass er mal wieder etwas wusste, das er eigentlich gar nicht wissen konnte. Theo Sieber war zweifellos einer der unbegabtesten Schreiber beim FT, aber sein Netzwerk an Kontakten in alle entscheidenden Stellen der Stadt, insbesondere Dienststellen der kommunalen Verwaltung, machte ihn zu einem ständigen Sicherheitsrisiko, das fast eine Sicherungsverwahrung rechtfertigen würde. Seine investigativen Methoden, die zuweilen Geheimdienstformat hatten, hatten ihm den Spitznamen »Null Null Sieber« eingebracht. Schon lange hegten wir den Verdacht, dass er eine illegale Standleitung in den Polizeifunk hatte.

Roeder sagte: »Es handelt sich hier um eine Spekulation, zu der wir aus ermittlungstaktischen Gründen keine Auskunft geben können.«

Ich vermutete, dass der PR-Mann einige Dutzend solcher

Floskeln ständig abrufbar hatte. Mit Ermittlungstaktik konnte man schließlich alles begründen. Doch Sieber gab sich erwartungsgemäß nicht zufrieden.

»In den Onlinemedien ist zu lesen, dass –«

»Wir beteiligen uns nicht an Verschwörungstheorien«, fuhr ihm Roeder etwas unsouverän über den Mund. Seine Reaktion war mir eine Spur zu forsch. Schließlich wussten wir gar nicht, was Sieber in den Onlinemedien gelesen hatte.

Plötzlich zog ich die Aufmerksamkeit aller Anwesenden auf mich, weil in meiner Hosentasche ein lautes Plimplam ertönte. Ich wurde knallrot im Gesicht, weil mir natürlich sofort klar war, dass das Geräusch aus meinem neuen Smartphone kam. Ich murmelte eine Entschuldigung und zog das Handy hervor, um den Schalter zu suchen, mit dem ich es auf lautlos stellen konnte. Auf dem Display war eine Nachricht von Andrea zu sehen: »Coole Sache, Papa. Hast du nachher Zeit? Ich möchte dir jemanden vorstellen. LGA«. Ich steckte das Telefon wieder in die Tasche und überlegte, was diese Nachricht bedeuten konnte. Mir war aufgefallen, dass sie schon sehr lange nicht mehr von ihrem Freund Holger gesprochen hatte. Aber eine offizielle Trennung hatte sie mir auch nicht mitgeteilt. Ich beschloss, mich überraschen zu lassen, und holte das Handy unauffällig wieder hervor, legte es auf die Tischplatte und bedeckte es mit einem Blatt Papier. Dann tippte ich »Gern. Wann und wo?« in das Antwortfeld, wobei das Drücken auf Tasten, die auf dem Bildschirm angezeigt wurden, noch sehr ungewohnt für mich war.

Das Frage-Antwort-Spiel der Journalisten ging unterdessen munter weiter. Wenige Augenblicke später erschien wieder eine Nachricht. So schnell konnte Andrea kaum reagieren! Ich las: »Horst! Sie sollen während der Pressekonferenz nicht mit dem neuen Handy rumspielen! P.« Das »P.« stand für »Paulina«. Als ich sie anschaute, steckte sie ihr Telefon gerade wieder in die Tasche und grinste mich frech an.

Ich ließ mir nichts anmerken und verfolgte den weiteren Verlauf der Pressekonferenz. Dabei fiel es mir zeitweise schwer, mich auf die Fragen zu konzentrieren, weil ich voller Entsetzen nicht wegschauen konnte von der Radioreporterin in der ersten Reihe, die einen Kaugummi mit offenem Mund immer wieder von links nach rechts durch ihren Kiefer beförderte. Ich fragte mich, ob schmatzende Menschen ihre eigenen Kaugeräusche nicht wahrnahmen und ob das Schmatzen womöglich auf ihren Tonaufzeichnungen zu hören war.

Fast jeder der anwesenden Journalisten war schließlich mindestens eine Frage losgeworden, bis auf eine Ausnahme. In der letzten Reihe saß ein Enddreißiger mit kurzen Haaren und einer kleinen runden Brille, der sich auf einem Block auf seinem Schoß unauffällig zahlreiche Notizen gemacht hatte. Er hatte aufmerksam zugehört, fragte aber nichts. Wir informierten darüber, dass in alle Richtungen ermittelt werde, dass intensive Befragungen im Umfeld der Fernsehproduktion stattfanden und dass wir keine Hinweise auf eine Gefährdung weiterer Personen hatten.

»Stochern Sie wirklich im Dunkeln, oder wollen Sie uns nichts sagen?«, echauffierte sich ein Reporter von der Nürnberger Redaktion der »Bild«-Zeitung.

»Wenn es keine Fragen mehr gibt, bedanke ich mich für Ihr Interesse«, floskelte Roeder, und die enttäuschten Medienvertreter packten ihre Sachen zusammen. Die Radio-Bamberg-Reporterin warf beim Abbauen diesmal auch noch den Mikrofonständer des BR zu Boden und verriet dabei entschuldigend, dies sei ihr erster Einsatz im Praktikum. Dann fragte sie die Stadel, ob sie noch für ein kurzes Radiointerview zur Verfügung stehe. Sie habe gerade erst bemerkt, dass sie vergessen hatte, ihr Mikrofon einzuschalten.

Ich schaute mich um und suchte Paulina. Ich entdeckte sie vor der Tür, wo sie mit dem stillen Reporter beisammenstand, der plötzlich überhaupt nicht mehr schweigsam war. Ich ging auf die beiden zu.

»Presseauskünfte nur über Herrn Roeder«, sagte ich streng.

»Das ist Herr Litzka von der ›Süddeutschen‹«, stellte Paulina ihren Gesprächspartner vor. Der Journalist war etwas schlaksig, trug Jeans und Turnschuhe, eine kleine runde Metallbrille und einen modernen Hipsterbart sowie eine hellblaue Kapuzenjacke, für die er etwas zu alt wirkte. Und nach meinem Geschmack hing er zu sehr an den Lippen meiner Kollegin. »Und das ist Hauptkommissar Müller. Ich arbeite mit ihm zusammen.«

»Sehr angenehm.« Litzka streckte mir seine Hand entgegen. »Ich habe schon gehört, dass Sie eine große Reportage schreiben. Was genau ist das Thema?«

»Es soll ein fundierter Blick hinter die Kulissen der Schlagerbranche werden. Über die Protagonisten der Szene erfährt man ja sonst nur Klatschgeschichten aus der Gossip-Abteilung, deren Wahrheitsgehalt oft im nicht mehr messbaren Bereich liegt.«

»Lügenpresse?«, fragte ich provokativ.

»Das will ich so nicht sagen. Es wird wohl eher ein Bedürfnis der Leser bedient. Wenn man so ein goldenes Blatt aufschlägt und die Titelstory über die ungeborenen Zwillinge der Prinzessin von und zu Dingskirchen oder über das Krebsdrama der Operndiva liest, dann weiß man ja ziemlich schnell, dass es entweder wilde Spekulationen sind oder eine bewusste Irreführung durch die Überschrift.«

»Sie meinen, das Krebsdrama der Operndiva besteht darin, dass ihre Schwiegermutter erkrankt ist?«, meinte Paulina.

»Bestenfalls. Vielleicht hat sie auch nur eine Kinderkrebsklinik besucht und war danach sehr erschüttert.« Litzka lächelte gequält. »Aber diese Blätter hätten keine Millionenauflage, wenn sie nicht gelesen und gekauft würden. Die Nachfrage erzeugt das Angebot.«

»Und Sie kommen für diese Schlagerrecherchen nach Bamberg, und schon geschieht ein Mord?« Ich versuchte, den Reporter aus der Deckung zu locken.

»Ich bin an der Story schon seit über einem Monat dran. Ich bin dazu in ganz Deutschland und Österreich unterwegs, besuche Veranstaltungen, führe Interviews und Hintergrundgespräche … Das ist ein Luxus, den wir uns für die Seite drei noch erlauben: Recherche. In manchen Redaktionen leider ein Relikt aus den Zeiten von Bleisatz und Rohrpost.«

»Herr Litzka wäre bereit, uns nach seinen wochenlangen Recherchen ein wenig mit Hintergrundinformationen zu versorgen«, sagte Paulina.

»Ach?« Ich staunte. »Er will seine Quellen offenlegen und mit der Polizei kollaborieren?«

Litzka lachte und säuselte: »Keineswegs. Ich hatte der Frau Kommissarin nur vorgeschlagen, unsere nette Unterhaltung bei einem Kaffee fortzusetzen. Eher informell und privat.«

»Eine hervorragende Idee«, sagte ich und stoppte den unverschämten Flirtversuch. »Da komme ich gerne mit.« Ich ignorierte das entgeisterte Gesicht des Journalisten und schlug vor: »Wir haben hier leider keine Cafeteria. Aber gehen wir doch ins ›Abseits‹. Wir haben heute noch keine Mittagspause gehabt. Und es ist nicht weit.«

Paulina und Litzka folgten widerstandslos. Auf dem kurzen Fußweg rappelte mein neues Handy in der Hosentasche. Das nannte man also lautlos. Ich holte es hervor und las die WhatsApp-Nachricht von Andrea: »In einer Stunde am Maxplatz. Freu mich, LGA«.

»Warum geht eine so hübsche Frau wie Sie zur Kripo?«, wollte Litzka investigativ von Paulina wissen. Und anstatt ihm auf diese Unverschämtheit passenderweise zu erwidern, ob die Polizei ein Monopol auf Hässlichkeit habe, sagte sie kokett: »Vielleicht aus dem gleichen Grund, warum ein so netter Herr wie Sie zur Presse geht.«

Mir wurde übel.

»Nämlich?«

»Weil's der Traumjob ist?«

»Könnte sein. Wäre ein plausibler Grund.«

Ich unterdrückte einen Brechreiz. Paulina war eine erwachsene Frau und durfte freilich flirten, mit wem sie wollte. Doch manchmal konnte ich meine Vaterreflexe bei ihr nicht unterdrücken. Ob Derrick sich bei seinem Harry auch manchmal so gefühlt hatte? Zum Beispiel in der Folge »Die Schwester«, in der Harry sich unglücklich in die Schwester eines Einbrechers verliebte, den er zuvor erschossen hatte?

»Im Ernst«, fuhr Paulina fort. »Ich wollte wirklich schon immer Polizistin werden. Zur Erstkommunion habe ich einen Detektivkasten von den ›Drei Fragezeichen‹ geschenkt bekommen, und auf dem Schulhof bei Räuber und Gendarm war die Rollenverteilung auch klar. Und Sie? Sicher haben Sie auch schon für die Schülerzeitung Artikel geschrieben?«

Litzka lachte. »Stimmt. Der klassische Weg. Schülerzeitung, Praktikum bei der Lokalzeitung, freier Mitarbeiter. Ich habe viele Jahre für eine Münchner Boulevardzeitung gearbeitet, auch lange als Polizeireporter. Ich war mit einem Beamten der Mordkommission eng befreundet.«

»War?«

»Er ist heute Leiter der Kriminalpolizeiinspektion Fürstenfeldbruck, Jürgen Sonne heißt er. Die erste große Geschichte, bei der wir miteinander zu tun hatten, war übrigens auch ein Mord im Fernsehmilieu. Der Regisseur der Krimireihe ›Der Isarbulle‹ wurde umgebracht, und der Darsteller des Kommissars geriet unter Mordverdacht.«

»›Der Isarbulle‹?« Ich wurde hellhörig. »Kennen Sie vielleicht auch die Maskenbildnerin Heike … äh, wie war der Nachname? Rembrandt?«

»Dürer«, verbesserte Paulina.

»Nein«, antwortete Litzka, »obwohl eine Maskenbildnerin damals eine tragende Rolle in diesem Fall spielte.«

»Und wie sind Sie dann zur SZ gekommen?«, wollte Paulina wissen.

»Ich wurde erst Lokalchef bei der ATZ, später Chefreporter, da habe ich wohl ein paar gute Reportagen zustande gebracht, sodass die Kollegen auf mich aufmerksam wurden. Und die Seite drei ist natürlich schon die Königsdisziplin. Wer kann dazu Nein sagen? Das ist sicher wie in der Mordkommission bei der Kripo.«

»Die es bei uns in Bamberg ja als Dauereinrichtung nicht gibt. So viele Morde haben wir zum Glück hier nicht. Mord und Totschlag fallen bei uns in die Zuständigkeit des K1.«

Es war nicht zu übersehen, dass die beiden sich gut verstanden. Ich begann, mich überflüssig zu fühlen, und war erleichtert, als wir das »Abseits« erreichten, das Mekka für Freunde der fränkischen Biervielfalt. Es war die älteste Studentenkneipe in der Stadt mit dem wohl größten, monatlich wechselnden Bierangebot, wobei der Schwerpunkt freilich auf der heimischen Brautradition lag.

Wir betraten das von außen eher unscheinbare Lokal, wie man es auch mitten im Ruhrgebiet hätte finden können, grüßten den Wirt und gingen die Treppenstufen hinunter in den vorderen Bereich, der mehr wie ein Studentencafé wirkte, während es im dunklen Thekenbereich wie in einer Bierpinte aussah. Wir setzten uns an einen der acht freien runden Tische am Fenster, durch das wir an einem großen Kaktus vorbei auf die Pödeldorfer Straße sehen konnten. Touristen verirrten sich hierher vermutlich selten, sofern sie nicht in einem Reiseführer auf diesen ausgesprochenen Geheimtipp hingewiesen wurden.

»Ein interessanter Laden«, sagte Litzka, während er sich umschaute. Hinter ihm an der Wand hing ein Foto von einem Graffito, neben dem die Worte »Ich hasse Kunst« gesprüht waren. Auf einem Spiegel waren mit grüner Schrift die Tagesgerichte angepriesen: Kartoffel-Curry-Creme und Schoko-Sekt-Kuchen. Es war Musik von U2 zu hören.

»Kurios, dass diese Bierkneipe sich ›Café‹ nennt«, meinte Paulina.

»Veto Schokobär, Mönchsambacher Weizen-Bock, Orca Brau Kirschenwäldchen, Weiherer India Pale Ale«, las Litzka einige außergewöhnliche Spezialitäten aus der Bierkarte vor, die auf dem Tisch lag. »Gibt's auch ein ganz normales Helles?«

»Natürlich«, antwortete ich. »Aber als Münchner dürfen Sie Bamberg nicht verlassen, ohne ein Schlenkerla Rauchbier getrunken zu haben.« Ich bestellte für mich ein alkoholfreies Jever Fun. Ich war schließlich im Dienst.

»Ersparen Sie Herrn Litzka die Belehrung über die isotonische Wirkung und den Vitamingehalt von alkoholfreiem Bier, Horst!«, bat mich Paulina.

»Bier als Energydrink? Das klingt aber interessant«, horchte Litzka auf.

»Sehen Sie«, wandte ich mich meiner Kollegin zu. »Es ist gar nicht so uninteressant, dass alkoholfreies Bier nicht nur vierzig Prozent weniger Kalorien hat als normales Bier, sondern auch viel Kalium, Magnesium, Eiweißbestandteile, Kalzium und Folsäure enthält. Eine Flasche deckt ein Drittel des Tagesbedarfs. Außerdem ersetzt es die durch das Schwitzen verlorenen Elektrolyte. Damit werden Muskelkrämpfe verhindert, Konzentrations- und Leistungsfähigkeit gestärkt. Noch Fragen?«

Litzka schmunzelte. »Man sollte alkoholfreies Bier zum Pflichtgetränk als Nahrungsergänzungsmittel erklären.«

»Und rezeptfrei in Apotheken verkaufen.« Ich nickte. »Sie haben bestimmt von der Studie der TU München mit zweihundertsiebenundsiebzig Marathonläufern gehört. Demnach reduziert man sein Erkältungsrisiko um ein Drittel, wenn man anderthalb Liter Alkoholfreies täglich trinkt. Das Wunderelixier Polyphenol wirkt nämlich entzündungshemmend und stärkt das Immunsystem.«

»Horst«, bremste mich Paulina. »Ich glaube nicht, dass Herr Litzka –«

»Sie haben mich überzeugt, Herr Kommissar«, sagte Litzka. »Und das Rauchbier probiere ich heute Abend.«

»In dubio pro-st«, kalauerte ich. »Hier steht in der Karte, dass auch das Bestellen von halben Portionen möglich ist – mit einem Aufpreis von einem Euro. Das würde ja bedeuten, dass eine halbe Portion Falafel acht Euro kostet, während man für die ganze Portion sieben Euro bezahlen muss.«

»Horst, das ist ja wohl eindeutig, dass die halbe Falafel vier Euro fünfzig kostet. Dieser Aufschlag ist sicher gerechtfertigt, weil der Serviceaufwand für eine halbe Portion der gleiche ist.«

»Meinetwegen«, sagte ich. »Und warum steht in der Speisekarte, dass die Angebote ›freibleibend‹ sind, also rechtlich unverbindlich? Dann könnte der Wirt ja für jeden Gast einen anderen Preis festlegen.«

»Vielleicht hat er diese Formulierung irgendwo gelesen und fand, dass sie gut klingt?«, vermutete Paulina.

Ich wandte mich wieder Litzka zu. »Wie sind Sie denn darauf gekommen, über die Schlagerbranche zu recherchieren? Wie Sie schon sagten, ist das doch eigentlich eher ein Thema für die Boulevardpresse und nicht für eine Qualitätszeitung wie die SZ, oder?«

Litzka nickte. »Einerseits ja. Aber schauen Sie sich doch mal an, was die FAZ heute alles auf die Titelseite bringt. Die Medien, die Sie Qualitätszeitungen nennen, müssen sich Tag für Tag gegen die Gratisangebote aus dem Internet behaupten, zum Teil ja aus dem eigenen Haus. Ich kann jeden Leser verstehen, der sich fragt, warum er die SZ abonnieren soll, wenn er doch auf sueddeutsche.de alles umsonst bekommt, was ihn interessiert. Und um die Auflage wenigstens zu halten, kann man nicht nur die Info-Elite als Zielgruppe anpeilen. Die Zukunft von Bezahlinhalten ist mehr als ungewiss. Ich kenne kein Zeitungshaus, das mit bezahlten Onlineartikeln nennenswerte Umsätze macht. Aber abgesehen davon: Die Seite drei hat schon immer Lesestoff über alle Bereiche der Gesellschaft geboten, da findet nur selten große Politik statt. Deswegen macht mir der Job auch so viel Spaß. Kriminalität, Politik, Kultur, manchmal auch Sport … Als Seite-drei-Reporter habe ich Freiheiten und Abwechslung wie in keinem anderen Bereich. Außerdem hat der Schlager durchaus auch eine soziologische Komponente, die es rechtfertigt, dass man sich in der Qualitätspresse mit ihm beschäftigt.«

»Und die wäre?«

»Meine These ist: Der Schlager ist eine passive Durchhalteparole auf der Ebene des kleinsten musikalischen Nenners, mit dem eine diffuse Gemeinsamkeit in apolitischer Innerlichkeit beschworen werden soll. Kurz gesagt: Wenn sich die Deutschen politisch-gesellschaftlich unsicher, unmündig fühlen, schunkeln sie im Takt.«

»Aber warum ist es heute wieder modern, Schlager zu hören?«, fragte ich. »Haben Sie dafür auch eine Erklärung?«

»Na ja, man tut dem Schlager unrecht, wenn man ihn nur als kommerzielles Werkzeug der Massenverdummung geißelt. Es gab in den letzten Jahrzehnten ein dauerhaftes Auf und Ab der Popularität des Schlagers. Bis in die Siebziger war er Teil des Mainstreams und verschwand dann für zwanzig Jahre aus der breiten Öffentlichkeit, galt als Ausdruck schlechten Geschmacks und reaktionärer Gesinnung. In den Neunzigern wagte er sich als ironisches Statement zurück. Ich sag nur: ›Guildo hat euch lieb‹. Und seit der Jahrtausendwende wird er immer ernster genommen, generationsübergreifend.«

»Und wie sind Sie nun konkret auf das Schlagerthema gekommen?«, fragte Paulina.

»Wie so oft gab ein anonymer Hinweis den Ausschlag für die Recherche. Mir wurde ein Skript zugespielt. Ein Drehbuchentwurf für die Show, die jetzt aufgezeichnet werden sollte. Die Verlobung von Tanja und Fabian war schon seit Monaten bis ins letzte Detail geplant und choreografiert.«

»Ach ja? Und wer macht solche Pläne, wenn nicht das Paar selbst?«, fragte ich vielleicht etwas naiv.

»Das geht leider aus dem Skript nicht hervor. Aber ich bin mir zumindest sehr sicher, dass Bakow persönlich die Idee dazu hatte. Es sollte alles spontan wirken: ein vermeintlich nicht abgesprochener Heiratsantrag vor laufender Kamera, viele Tränen und natürlich ein schluchzendes ›Ja‹ von Tanja. Das hätte eine Mörderquote gegeben.« Litzka bemerkte die unpassende Wortwahl und korrigierte sich: »Ich meine, eine Hammerquote.«

Ich fand auch diesen Begriff angesichts des Modus Operandi des Täters und der noch nicht sichergestellten Mordwaffe immer noch makaber, sagte aber nichts.

»Und haben Sie herausgefunden, wie es mit der Show nun nach dem Tod des Moderators weitergehen soll?«, fragte Paulina.

Der Wirt brachte uns endlich die bestellten Getränke.

»Nach meinen Informationen«, antwortete Litzka, »hat Bakow das Konzept quasi über Nacht umgeworfen. Tanja soll die Show übernehmen mit van der Leyden an ihrer Seite.«

»Der grinsende Geiger aus Holland?«, wunderte ich mich.

»Das ist vielleicht gar kein dummer Schachzug«, meinte Litzka. »Während Tanja vor allem die werberelevante Gruppe der Vierzehn- bis Neunundvierzigjährigen anspricht, hat van der Leyden viele Fans in der Kernzielgruppe des Seniorensenders ZDF.«

»Moment mal. Soll das heißen, dass Fünfzigjährige nicht mehr relevant sind?«

Litzka lachte. »Diese Definition ist mal vom Privatfernsehen festgesetzt worden, und zwar ziemlich willkürlich, um sich bei Werbekunden von der öffentlich-rechtlichen Konkurrenz besser abzugrenzen. Wissenschaftlich ist dies ohne jede Grundlage. Und in den letzten Jahren zeichnet sich eh ab, die werberelevante Gruppe auf zwanzig bis neunundfünfzig zu verschieben. Nicht nur, weil die Babyboomer jetzt ins Rentenalter kommen und über immer mehr Einkommen verfügen.«

»Was für ein Unsinn«, entgegnete ich. Dass der Sender, der mich immer noch als »verehrter Zuschauer« ansprach, mich zum alten Eisen zählte, wollte ich nicht unwidersprochen hinnehmen.

»Sind Sie bei Ihren Recherchen im Umfeld der Produktion eigentlich zufällig auf eine Heike gestoßen?«, fragte ich.

Litzka schüttelte den Kopf. »Nein, warum?«

»Ach, nur so. Zum Wohl.« Ich hob das Glas zum Anstoßen. »Prösterchen!«

»Also dann: zum Wohl«, sagten auch Litzka und Paulina.

»Ganz schön klein, die Krüge«, bemerkte Litzka.

»Das Bier wird hier nicht in Maßkrügen, sondern im Seidla ausgeschenkt«, belehrte ihn Paulina.

»Das Seidla entspricht also a Hoibe in Minga. Verstehe«, sagte Litzka.

»Und in diesen Zeiten kann man froh sein, wenn man noch einen halben Liter ausgeschenkt bekommt und kein Mogel-Seidla«, bemerkte ich.

»Mogel-Seidla?«

»Ja, wenn dieser Trend weitergeht, bekommen wir bald wieder einen Bamberger Bierkrieg, wie es ihn schon 1907 gegeben hat«, erklärte ich. »Immer mehr Wirte schenken Null-Komma-vier-Liter-Gläser aus, zum selben Preis. So kann man eine Preiserhöhung um ein Viertel geschickt verschleiern. Aber wenn es um den Bierpreis geht, verstehen die Bamberger keinen Spaß.«

»Was war das für ein Bierkrieg?«, fragte Litzka.

»Die Bamberger Brauereien wollten den Preis für ein Seidla von zehn auf elf Pfennig erhöhen. Dies wäre die erste Bierpreiserhöhung seit hundertzehn Jahren gewesen, und dann gleich um zehn Prozent.«

»Der Kollege Müller ist ein wandelndes Lexikon«, flüsterte Paulina.

»Sie meinen, sein zweiter Vorname ist Wikipedia?«

»Wohl eher Brockhaus.« Paulina kicherte.

»Und dann ist der Bierkrieg ausgebrochen? Sieben Jahre vor dem Ersten Weltkrieg?«

»Ja, aber er dauerte nicht lange. Mehrere Wirte traten in den Bierstreik: Anstatt das überteuerte Bamberger Bier zu verkaufen, schenkten sie das nun billigere Bier aus Forchheim aus. Die Bamberger Brauereien blieben auf ihren Fässern sitzen, nach nur einer Woche knickten sie ein und nahmen die Preiserhöhung zurück.«

»Wahnsinn«, sagte Litzka. »Ein schönes Beispiel für die Macht des Verbrauchers.«

»Als Schauplätze des Bierkriegs gelten das ›Mondschein‹ in der Unteren Sandstraße und der Gasthof ›Weierich‹. Das ›Abseits‹ gab's da wohl noch nicht. Wenn hingegen heute ein Bierkrieg ausbrechen würde, ich bin sicher, das hier wäre eines der Schlachtfelder. Die Deutschen trinken ja derzeit so wenig Bier wie seit Jahrzehnten nicht.«

»Die Bamberger scheinen ganz schön kämpferisch zu sein, wenn es um ihre Köstlichkeiten geht«, sagte Litzka. »Ich hatte bislang nur vom Bamberger Hörnla-Krieg gehört.«

»In der Tat, den gab's auch, in den siebziger Jahren. Da wurde vor Gericht geklärt, dass in einem Hörnla nur Butter und keine Margarine verarbeitet werden darf.«

Ich nahm einen großen Schluck aus meinem isotonischen, vitaminreichen Trunk. »Herr Litzka, was ist eigentlich dran an den Gerüchten, dass Johannes Bonsen pleite ist?«

»Sie meinen DJ Johnny?« Litzka atmete tief durch. »Was Fakt ist: Der hat seit dem Namensstreit große finanzielle Sorgen. Es ist ein paar Jahre her, da hat er seine erste Single unter dem Namen DJ Jobo veröffentlicht. Daraufhin haben ihn die Anwälte dieses Schweizer Sing-und-Tanz-Zwerges mit dem ähnlichen Namen mit einer Klagewelle überzogen.«

»Krass«, sagte Paulina. »Und deshalb nennt er sich jetzt DJ Johnny.«

»So ist es. Aber das war wohl erst der Anfang seiner Probleme. Es heißt, dass sein Management einige grobe Fehler gemacht haben soll, was ihn viel Geld gekostet hat. Und dann stand er sogar mal in Österreich vor Gericht, weil er ein Lottogeschäft in Salzburg überfallen haben soll.«

»Ach, DJ Johnny ist vorbestraft?«, rief ich. »Als richtiger Räuber?«

»Nein. Man konnte ihm nichts nachweisen. Er wurde freigesprochen aus Mangel an Beweisen. Er hat immer geleugnet. Tatsache ist aber, dass er Geld brauchte für eine medizinische Behandlung seiner kleinen Tochter, die an einer seltenen Immunschwächekrankheit leidet. Prozessbeobachter spekulierten, dass das Gericht nicht sehr intensiv nach Beweisen gesucht hatte. Und selbst der überfallene Betreiber des Lottogeschäfts, dem nichts passiert war, hatte sich gegen eine Verurteilung ausgesprochen.«

»Und jetzt sollte sein großes Comeback starten?«, fragte Paulina.

»Ja, er hat ein neues Album aufgenommen, das nach der Präsentation in der Show durch die Decke gehen sollte. Er singt da übrigens auch ein Duett mit seiner Tochter, der es wieder besser geht.«

»Dann ist DJ Johnny wohl auch bald ein Kandidat für das Goldene Seidla?«, meinte ich und nahm noch einen Schluck meines ostfriesischen Spaß-Bieres.

»Hat er schon«, sagte Litzka. »Diese Auszeichnung hat er bereits vor seiner großen Krise bekommen.«

»Ach, interessant«, sagte ich. »Dann heben wir doch unser Seidla noch mal. Vielen Dank für diese Informationen. Sie geben uns einen interessanten Einblick hinter die Kulissen.«

»Wenn es der Aufklärung eines Verbrechens dient …« Litzka zwinkerte Paulina an. »Ein gutes Verhältnis zur Polizei hat noch keinem Journalisten geschadet. Also dann!«

Ich ertrug diese Schleimerei nicht länger, trank mein Glas aus und legte einen Fünf-Euro-Schein auf den Tisch. Dann verabschiedete ich mich freundlich, denn ich hatte eine Verabredung.

# FÜNF

Andrea erwartete mich bereits am Maximiliansplatz, den der Volksmund nur in der Koseform Maxplatz kannte. Lässig lehnte sie an der Seite des Karstadt an der Hauswand. Auf der anderen Straßenseite hatte sich eine Menschentraube um einen Straßenmusiker versammelt, der Leonard Cohens bekanntes »Hallelujah« zum Besten gab und sich dabei selbst auf einer Klampfe begleitete. Andrea wippte mit dem Fuß zur Musik, schaute ihn verklärt an und bemerkte mich zuerst nicht. Ich beobachtete sie für einige Augenblicke und versuchte mich mal wieder an den Gedanken zu gewöhnen, dass meine Kleine eine erwachsene Frau geworden war. Einerseits fiel dies gewiss leichter dadurch, dass sie seit meiner Trennung schon nicht mehr mit mir unter einem Dach wohnte. Andererseits waren die Entwicklungsschritte umso augenfälliger, wenn ich sie eine längere Zeit nicht gesehen hatte. Merkwürdigerweise sah ich sie seit ihrem Umzug ins Bamberger Studentenwohnheim seltener als zu der Zeit, in der sie in Forchheim wohnte und mir regelmäßig Besuche abstattete und selbst gebackenen Eierlikörkuchen mitbrachte.

Ich ging zwei Schritte auf sie zu, dann entdeckte sie mich.

»Hi, Papa«, rief sie. Zaghafte Umarmung.

»Bist du allein?« Ich schaute mich um. »Ich dachte, du wolltest mir jemanden vorstellen. Du machst es sehr spannend.«

»Er ist gleich so weit«, sagte Andrea. In dem Moment hörte der Straßenmusikant auf zu singen, die Menschen applaudierten begeistert, einige warfen Münzen in den aufgeklappten Gitarrenkasten, der auf dem Pflaster stand. Der Sänger verbeugte sich dankbar, ein junger Mann kaufte ihm sogar eine CD ab. Dann kam er auf uns zu, oder besser, er kam auf Andrea zu, umarmte und küsste sie. Auf den Mund.

Da sie keine offensichtliche Gegenwehr zeigte, unterdrückte

ich den Reflex, den Sittenstrolch in den Polizeigriff zu nehmen und abzuführen.

»Papa, das ist Björn. Björn, das ist Papa«, sagte sie mit strahlendem Gesicht.

Björn streckte mir seine Hand entgegen. In Sekundenbruchteilen checkte ich ihn von unten nach oben: Bei den Turnschuhen fehlten die Schnürbänder, so wie bei Untersuchungshäftlingen, denen man sie abnahm, damit sie sich nicht damit strangulierten. Die enge Jeans, die nur bis zu den Knöcheln reichte, hatte mehrere zerfranste Löcher, was aber offenkundig beabsichtigt war. Es war eine dieser Hosen, für die man absurderweise mehr bezahlte, weil sie gebraucht und kaputt aussahen. In meiner Jugend hätte man sich nicht einmal getraut, ein solches Textil in den Altkleidersack zu stecken. Ein kariertes Hemd hing aus der Hose und war am Arm hochgekrempelt. Der geringe Bauchumfang deutete auf sportliche Aktivitäten und gesunde Ernährung hin. Das Gesicht war so lange unrasiert, wie die braunen Haare nicht gewaschen waren. Sie waren fast so lang wie die seines Namensvetters Björn Borg, der jedoch wenigstens meist ein Stirnband getragen hatte. Auf einem roten Käppi war ein Emblem zu erkennen, das ich nicht zuordnen konnte. Dieser Björn war knapp eins neunzig groß, ich schätzte ihn auf Mitte bis Ende dreißig. Sollte das etwa mein künftiger Schwiegersohn sein?

»Angenehm, Müller. Horst Müller. Kriminalhauptkommissar.« Ich schlug in seine Hand ein. »Und ihr seid …«, ich schaute zu meiner Tochter, »… näher befreundet?«

»Björn ist mein Freund. Wir sind zusammen«, sagte Andrea strahlend und räumte so letzte Zweifel beiseite. Und um ihre Worte zu betonen, rückte sie noch näher an ihn heran, sodass kein Notenblatt zwischen beide passen würde.

»Interessant«, sagte ich möglichst neutral. Ich erinnerte mich, dass sie mir vor einigen Jahren fast an selber Stelle bei einer Veranstaltung auf dem Maxplatz ihren damals neuen Freund Holger Kulbach vorgestellt hatte. Ein sehr gepflegter, höflicher und adretter junger Mann, dem man nie angesehen hätte, dass er sich im Deutschen Hanfverband für eine Legalisierung von sogenannten weichen Drogen engagierte. Rein optisch würde dieser Klampfenheini viel besser in so eine aus meiner Sicht semikriminelle Organisation passen. »Und was macht dein Freund beruflich?«

»Du kannst Björn ruhig direkt ansprechen, Papa. Er versteht Deutsch.«

»Ich bin Musiker, Herr Müller«, antwortete Björn.

»Ja, das habe ich gehört. Aber ich meine: hauptberuflich. Womit verdienen Sie Ihr Geld?«

»Ich bin Musiker«, wiederholte er, als spräche er mit einem Schwerhörigen.

»Papa, Björn hat an der Musikhochschule studiert und auch schon in einer Band gespielt.«

»Ich dachte, er kann selbst sprechen. Freut mich, Sie kennenzulernen, Björn. Für diese Straßenmusik haben Sie sicherlich eine Genehmigung vom Ordnungsamt?«

»Selbstverständlich. Nur ...«

»Seine Genehmigung gilt nur noch bis Ende des Monats. Und die Stadt möchte sie nicht verlängern. Und deshalb ...«, sie holte ein Blatt Papier aus ihrer Umhängetasche, »sammeln wir Unterschriften für ihn. Damit er weitersingen darf. Björn verdient seinen Lebensunterhalt schließlich mit der Musik. Und wenn du, sozusagen als Vertreter der staatlichen Exekutive, mit deiner Unterschrift deine Unterstützung für –«

»Davon kann man leben?«, unterbrach ich sie. »Ich meine: von der Straßenmusik?« Ich nahm das Blatt, faltete es zusammen und steckte es ungelesen in meine Sakkotasche.

»Ja, ich lebe ganz gut damit«, antwortete er. »Hätte ich anfangs auch nicht gedacht. Ich habe mal im Urlaub aus Spaß angefangen, zu singen und einen Hut aufzustellen. Am Abend hatte ich mehr Geld verdient, als ich vorher mit Taxifahren bekam. Und es bereitet unendlich mehr Spaß. Wenn man den Leuten eine Freude macht, dann sind sie auch großzügig.« Er deutete auf seinen Gitarrenkasten, in dem ich ein EC-Karten-Lesegerät entdeckte.

»Ach, man kann bei Ihnen auch bargeldlos bezahlen?«

»Das Ding ist nur eine Attrappe. Ich zeige sie schon seit Jahren immer, wenn jemand sagt, dass er leider kein Kleingeld dabeihat. Der Gag kommt jedes Mal gut an. Und plötzlich haben die Leute dann doch noch ein paar Münzen in der Hosentasche. In London gibt es inzwischen wirklich ein bargeldloses Bezahlsystem für Straßenkünstler. Ich verteile auch Treueherzen. Wer zehn Mal etwas gegeben hat, darf beim elften Mal umsonst zuhören.«

Der junge Mann schien Humor zu haben. Wenigstens das. »Und wollen Sie mit diesem Geld aus dem Hut mal eine Familie mit Kindern ernähren?« Die Frage nach Kranken- und Rentenversicherung sparte ich mir an dieser Stelle.

»Papa!«, warf sich Andrea verbal dazwischen. »Ich wollte dir meinen Freund vorstellen und nicht die finanzielle Lebens- und Familienplanung der nächsten Jahrzehnte diskutieren. Unterschreibst du?«

»Schon gut«, sagte ich. »Bevor ich etwas unterschreibe, will ich wissen, mit welcher Begründung die Genehmigung nicht verlängert wird. Ich werde mich informieren.«

»Ich glaube, ich muss weiterspielen. War nett, Sie kennengelernt zu haben, Herr Müller«, sagte Björn. »Die Leute warten schon, sehen Sie?«

»Papa, wir reden ein andermal, ja?« Andrea drückte mir einen Schmatz auf die Wange und gesellte sich zu den anderen Zuhörern.

***

Im Karstadt gönnte ich mir im Restaurant im dritten Stock eine Tasse Kaffee mit einem Stück Käsekuchen. Das Kaufhausbistro war meines Wissens die einzige Stelle in der Innenstadt, wo man ohne lange Diskussionen und Erläuterungen neben der Kaffeebar mit allen Latte- und Cappuccino-Variationen einen ganz normalen Filterkaffee bestellen konnte, der auf einem Schild jedoch falsch geschrieben als »Filter Kaffee« ausgezeichnet war.

Ein weiteres Schild pries Eiskaffee an, den man paradoxerweise bitte an der »Warmen Theke« bestellen möge. Der Deppen-Apostroph auf der Tafel über »Oma's Suppenküche« war auf meine Intervention bei der Geschäftsleitung inzwischen zum Glück entfernt worden.

Ich setzte mich mit meinem Tablett an einen freien Tisch in der Nähe der Kinderspielecke und dem Transportband für die »Geschirr Rückgabe«. Mich hätte es nicht gewundert, wenn der Karstadt – oder Kar Stadt? – sich irgendwo auch als »Waren Haus« bezeichnet hätte.

An dem großen Fenster hatte ich einen Blick auf einen tristen Hinterhof und viele rot geziegelte Dächer. Ich schaute auf meinem neuen Mobiltelefon nach der Uhrzeit, und wenn ich das angezeigte Symbol richtig verstand, hatte sich mein Handy automatisch in ein drahtloses Netzwerk des Kaufhauses eingewählt. Vermutlich wurden jetzt alle meine Daten ausgespäht und mit den vorhandenen Sonderangeboten im Sortiment abgeglichen. Gut, dass ich noch nie in einem dieser Onlineshops eingekauft hatte. Ich lehnte es auch ab, Payback-Karten und ähnliche Instrumente der totalen Verbraucherüberwachung zu benutzen. Es reichte, wenn wir als Staatsorgane mit Rasterfahndung und Telefonüberwachung bei der Verbrechensbekämpfung operierten. Da brauchten wir nicht auch noch beim Verbraucher die totale Kontrolle.

Ich holte das Blatt, das Andrea mir gegeben hatte, aus der Tasche und las: »Freiheit für Björn Q.! Wir fordern von der Stadtverwaltung, die Willkürmaßnahmen gegen den beliebten Straßenkünstler unverzüglich zu stoppen und seine freie künstlerische Entfaltung nicht länger mit Paragrafenreiterei und juristischen Spitzfindigkeiten einzuschränken.« Darunter folgten viele freie Felder, in denen man seinen Namen mit Adresse eintragen und mit einer Unterschrift die Unterstützung besiegeln konnte. Ganz unten stand in sehr kleinen, kaum lesbaren Buchstaben: »Verantwortlich: Initiative pro Björn Q. c/o Andrea Müller, An der Weberei 6, 96047 Bamberg«.

Ach du grüne Neune, dachte ich. Warum musste meine Tochter immer auf solche zwielichtigen Gestalten hereinfallen?

Ich drückte ein bisschen auf meinem Handy herum, dann fand ich eine Funktion, mit der man eine Internetsuchmaschine aufrufen konnte. Ich tippte den Künstlernamen von Björn Q. ein und stieß sofort auf seine persönliche Homepage. Dort war in fast unentzifferbaren altdeutschen Buchstaben zu lesen: »Lecken Sie mich am Arsch!« In kleineren Buchstaben darunter: »Herzlich willkommen auf der Homepage von Björn Q.« Sein richtiger Name war nirgends zu lesen.

Das war ja ein schönes Lebensmotto. Ich tippte mit dem Finger auf das Wort »Pressestimmen«, woraufhin einige Zeitungsartikel klein angezeigt wurden, die ich durch erneutes Antippen vergrößerte. Ich schaute mir einen Artikel im FT an, der die Überschrift trug: »Der Mann mit der Klampfe und dem EC-Kartengerät«. Ausführlich wurde sein Werdegang beschrieben: Geboren vor achtunddreißig Jahren in Bamberg, Abitur am KHG, abgebrochenes Studium an der Musikhochschule Würzburg, Plattenaufnahme und Tournee mit der Rockgruppe Yesterday Heroes, dann die bewusste Entscheidung, als Straßenkünstler zu leben und Hartz IV zu beziehen, im Gegensatz zu seinem jüngeren Bruder, der eine Profikarriere im Showgeschäft anstrebte. Wie lange das noch so gehe? »Bis ich die Frau fürs Leben gefunden habe.« Und warum er bisher nicht geheiratet habe? »Weil ich mir doch keine Kuh kaufe, wenn ich mal ein Glas Milch trinken will.«

Mir fiel vor Schreck beinahe das Handy in den Käsekuchen, und ich verschluckte mich am Filterkaffee.

In diesem Moment leuchtete eine WhatsApp-Nachricht auf meinem Display auf. Der Absender war eine unbekannte Nummer. Aber das Gesicht auf dem Profilbild hatte ich schon mal gesehen.

»Lieber Horst, Sie haben Ihr Geschenk bei der Tupperparty vergessen. Darf ich es vorbeibringen? Bis bald, Natascha Scharrer«.

Die Geiselnehmerin verfolgte ihr Opfer nach der gelungenen Flucht.

***

»Na, habt ihr euch noch nett unterhalten?«, fragte ich scheinheilig, als ich wieder das Büro betrat. Paulina war in irgendwelche Unterlagen vertieft, aus Papier wohlgemerkt. Normalerweise las sie alles am Bildschirm.

»Wir haben unser Bier noch ausgetrunken«, sagte sie und blickte kurz auf.

Ich war beruhigt. Dieser Litzka machte zwar einen durchaus integren Eindruck, aber ich traute diesen Schreiberlingen nicht über den Weg, die einen womöglich mit aller Freundlichkeit aushorchten und im Hinterkopf schon die reißerische Schlagzeile formulierten, wobei sie einem das Wort im Munde herumdrehten. Er wirkte jedenfalls weitaus seriöser als dieser Björn.

»Frank hat mir dann noch das gegeben«, sagte sie beiläufig und zeigte auf die Blätter vor sich.

»Frank?«, fragte ich misstrauisch.

»Auf das hanseatische Sie wollte er sich nicht einlassen. Er sagte, dass sie ihn in der Redaktion schon seit seinem ersten Praktikum ›Flitzer‹ nennen.«

»Ähem, Flitzer?«

»Sein Kürzel unter den Artikeln ist ›flitz‹. Wegen Frank Litzka. Daraus wurde ›Flitzer, der rasende Reporter‹.«

»Soso. Und was genau hat dieser Flitzer mit dem Hipsterbart Ihnen mitgegeben?«

»Das ist die Abschrift des geplanten Ablaufs der Verlobung von Fabian und Tanja. Mit vorgefertigten Dialogen. Soll ich mal vorlesen?«

»Ja, bitte.« Ich setzte mich an meinen Schreibtisch, und Paulina begann, mit verstellten Stimmen zu reden.

»›Fabian, feierlich: Liebe Tanja, ich möchte diesen Moment der Vorfreude auf das Weihnachtsfest, das Fest der Liebe, nutzen, um dir etwas zu sagen. Tanja, überrascht: Was möchtest du mir sagen, mein Schatz? Fabian: Wir kennen uns jetzt schon einige Jahre. Am Anfang waren wir verliebt, dann ist daraus Liebe entstanden. Und nun bist du die Frau an meiner Seite. Das macht mich so unendlich glücklich. Tanja, gerührt: Ja, mich auch. Ich bin so glücklich mit dir.‹«

»Geht dieser Edelkitsch noch lange so weiter?«, fragte ich angestrengt.

»Nein«, sagte Paulina. »Passen Sie auf! ›Fabian, nachdenklich: Natürlich hatten wir auch unsere Krisen, wir sind ja auch nur Menschen. Aber wir sind ein tolles Team. Durch dich bin ich geworden, was ich heute bin. Du bist nicht nur meine große Liebe, sondern auch meine beste Freundin. Und heute frage ich dich daher vor Millionen Zuschauern, die Zeugen unserer Liebe sein sollen: Willst du meine Frau werden? Tanja, weint, fällt ihm in die Arme: Ja, ich will für immer deine Frau werden.‹«

»Bis dass der Tod sie scheidet«, kommentierte ich lakonisch. »Das ist ja grausam, wer denkt sich so etwas aus? Und vor allem: Wie soll dieser öffentliche Verlobungsquatsch bis Weihnachten geheim bleiben, wenn Hunderte Zuschauer in der Halle ihn live verfolgt haben?«

»Frank meint, dass sie das mit der Vorfreude auf Weihnachten wohl rausgestrichen hätten. Und dass es gar nicht geheim bleiben, sondern vorab schon exklusiv über die ›Bild‹-Zeitung verbreitet werden sollte. Das sei alles von langer Hand PR-mäßig eingetütet worden.«

»Und hätte Fräulein Bauer dann auch den Namen vom Herrn Goldstein angenommen? Weiß man das?«

»Ob sie seinen Namen angenommen hätte, weiß ich nicht. Aber sicher ist, dass sie nie Goldstein geheißen hätte.«

»Ach? Ein Künstlername?«

»Richtig. Fabian heißt eigentlich mit Nachnamen Kucharczyk. Sein richtiger Name steht auf dem Formular für den Bestattungsdienst, das vor Ihnen liegt. Sie müssten noch unterschreiben, damit die Leiche für die Beerdigung freigegeben wird.«

»Verstehe. ›Kucharczyk‹ klingt nicht sehr fernsehtauglich. Sein richtiger Name ist noch nie in den Medien aufgetaucht, oder? ›Heino‹ klingt ja auch besser als ›Heinz Georg Kramm‹. Und Roy Black wäre als Gerhard Höllerich vielleicht auch nicht so erfolgreich gewesen.«

»Roy wer?«, fragte Paulina.

*»Ganz in Weiß mit einem Blumenstrauß«*, stimmte ich an. »Ich vergaß, den haben Sie wohl nicht mehr bewusst miterlebt. Der starb vor siebenundzwanzig Jahren.«

»Aber Udo Jürgens kenne ich«, sagte sie. *»Mit sechsundsechzig Jahren, da fängt das Leben an.* Ein Trost für Sie!«

»Udo Jürgens hieß Jürgen Udo Bockelmann, aber seine Tochter nennt sich auch Jenny Jürgens.«

»Der Name Horst Müller wäre auch nicht wirklich showtreppentauglich«, sagte Paulina, wo ich ihr recht geben musste.

»Wenn wir die Leiche freigeben, heißt das wohl, dass die Obduktion abgeschlossen ist?«

Paulina nickte. »Todeszeitpunkt zwischen achtzehn und zwanzig Uhr. Als Todesursache ist eindeutig ein dumpfer Schlag mit einem harten Gegenstand festgestellt worden. Und in der Kopfwunde wurden Aluminium- und Kupferpartikel gefunden, die von der Tatwaffe stammen.«

»Aluminium und Kupfer? Was könnte das sein?«, fragte ich.

»Haben Sie schon mal von Nürnberger Gold gehört, Horst?«

Ich verneinte.

»Das ist eine Goldimitation, die zu neunzig Prozent aus Kupfer besteht und zu sieben bis acht Prozent aus Aluminium. Der Goldanteil ist zu vernachlässigen. Nach dem, was wir bis jetzt erfahren haben, ist in der Schlagerbranche nichts echt. Warum also sollte ausgerechnet das Goldene Seidla aus echtem Gold sein?«

»Sie meinen, Fabian wäre demnach mit der Trophäe für sein Lebenswerk erschlagen worden? Ausgerechnet! Wie makaber. Aber es wäre typisch. Hier ist nichts Gold, was glänzt.«

»Es liegt auf der Hand«, meinte Paulina. »Schließlich sind ja auch die Goldmedaillen bei der Olympiade –«

»Olympische Spiele!«

»Sag ich doch!«

»Sie sagten ›Olympiade‹. Das ist der Zeitraum zwischen den Olympischen Spielen, aber egal. Sie haben recht: Die Medaillen sind aus Silber und Kupfer und mit einer dünnen Goldschicht überzogen. Aus purem Gold würde jede Medaille sechzehntausend Euro kosten.« Ich kratzte mich am Kinn und schlug vor: »Dann sollten wir uns mal auf die Suche nach dem Goldenen Seidla machen. Sie könnten mir übrigens einen kleinen Gefallen tun und mal eine Recherche über diesen Straßenmusiker Björn Q. starten.«

»Björn Q.? Der ist cool, oder?«

»Schon erstaunlich, welche Männer Sie cool finden.«

»Soweit ich weiß, läuft gegen den ein Bußgeldverfahren. Moment, das haben wir gleich.«

»Bußgeldverfahren? Hoffentlich nicht wegen Drogenbesitzes.«

»Seit wann interessieren Sie sich für Straßenkünstler, Horst?«

»Meine Tochter interessiert sich für diesen ... äh ... Künstler«, antwortete ich schmallippig.

»Ich schicke eine Anfrage ans Ordnungsamt«, sagte Paulina. »Die sollen uns mal die Akte zukommen lassen.« Dann fragte sie ganz beiläufig: »Soll ich auch anfragen, ob gegen Frau Scharrer etwas vorliegt?«

»Frau Scharrer? Natascha Scharrer? Wie kommen Sie jetzt auf die?« Ich wunderte mich schwer.

Paulina lachte. »Die Dame hat eben hier angerufen und wollte mit Ihnen sprechen. Sie sagte nicht, worum es ging. Es sei etwas ...«, Paulina machte ein geheimnisvolles Gesicht und senkte die Stimme, »... Privates.« Dann sprach sie normal weiter: »Ich glaube, das ist das erste Mal, seitdem wir zusammenarbeiten, dass auf Ihrem Diensttelefon ein privater Anruf für Sie eingegangen ist. Muss ich mir irgendwelche Gedanken machen?«

»Keineswegs.«

»Haben Sie sich etwa schon bei Tinder angemeldet und dabei Ihre Büronummer angegeben?«

»Tinder? Was ist das?«

»Eine Flirt-App. Gibt's auch für Senioren.«

»Ich muss doch sehr bitten. Frau Scharrer ist eine Tupperparty-Managerin, die mir noch ein –«

»Sie müssen sich nicht rechtfertigen!«

»Ich rechtfertige mich ja gar nicht. Aber um Ihre Frage zu beantworten: Ich brauche keine Informationen über Frau Scharrer.«

## SECHS

Am Nachmittag standen noch einige Zeugenvernehmungen auf dem Plan. Wir hatten die Beteiligten der Fernsehproduktion in den Frühstückssaal des Welcome Hotels bestellt. Die meisten Mitarbeiter hatten von dem Verbrechen nichts mitbekommen und konnten keine sachdienlichen Hinweise geben. Mehr versprachen wir uns von der Aussage von Tanja Bauer. Sie kam in einer grauen Jogginghose und einem dunkelgrünen Kapuzenpulli, auf dem Kopf trug sie ein rotes Käppi, durch dessen Verschluss hinten ein blonder Pferdeschwanz herausragte. Ich hätte sie in diesem unglamourösen Outfit beinahe nicht erkannt.

Die Vernehmung fand im hinteren Teil des Raumes statt, der vom Foyer des Hotels aus nicht einsehbar war und von wo aus man einen Blick auf die Regnitz hatte. Hier hatten die Innenarchitekten darauf geachtet, dass nichts eckig war. Wir saßen an einem halbrund geformten Tisch vor einer halbkreisförmigen Sitzbank und zwei roten Stühlen.

»Danke, dass Sie gekommen sind«, sagte ich freundlich und deutete auf die Fläschchen mit Cola, Fanta, Sprite und Mineralwasser, die auf dem Tisch standen. Die strengen Augen von Ludwig van Beethoven blickten uns aus einem großen Bildnis heraus an, das von Notenzeichen seiner Werke eingerahmt war. »Bitte bedienen Sie sich.«

»Nichts zu danken, Herr Kommissar. Ich weiß ja, dass ich keine Wahl habe. Können wir gleich anfangen? Ich muss in einer Stunde wieder zur Tonprobe in der Halle sein.«

»Funktioniert die Konfettikanone wieder?«, fragte ich.

»Ich denke schon.« Sie öffnete eine Sprudelflasche und goss das Mineralwasser in ein Glas.

Ich fragte ihre Personalien ab, die keine neuen Erkenntnisse ergaben. Sie war achtundzwanzig Jahre alt, ledig und trug tatsächlich den Allerweltsnamen Tanja Bauer. Ungeschminkt und ohne Scheinwerferlicht wirkte sie wie das sprichwörtliche Mädchen von nebenan, nur eine Spur selbstbewusster. Ich nahm mir vor, herauszufinden, ob ihr sicheres Auftreten eine Maske war, hinter der sich irgendwelche Komplexe verbargen.

»Gut, fangen wir an. Wann haben Sie Fabian Goldstein zum letzten Mal gesehen?«, fragte ich.

»Gestern bei der Probe. Alles war ganz normal. Zum Schluss haben wir die Verleihung des Goldenen Seidla durchgespielt. Fabian ist von der Bühne gegangen, das ist das Letzte, was ich von ihm gesehen habe.« Sie blickte betroffen auf die Tischplatte und fingerte an einer roten Serviette herum.

»Und er hat das Seidla mit in die Garderobe genommen?«, fragte Paulina.

»Er hatte es in der Hand, als er die Bühne verließ. Ich nehme nicht an, dass er es in den Mülleimer geworfen hat.«

»Kein Grund, schnippisch zu werden, Frau Bauer«, sagte ich. »Wir machen hier nur unsere Arbeit. Haben Sie eine Erklärung dafür, dass der Pokal nicht in seiner Garderobe zu finden war?«

»Nein. Außer vielleicht, dass er damit erschlagen wurde und der Mörder die Tatwaffe mitgenommen hat. Aber ich nehme an, dass Sie auf diesen Gedanken auch schon selbst gekommen sind.«

»Wissen Sie, ob die Proben grundsätzlich von den Kameras aufgezeichnet werden?«

»Keine Ahnung, kann sein.« Sie zuckte mit den Schultern.

Ich seufzte leise. Eine Putzkolonne begann, mit röhrenden Staubsaugern die vom Frühstück der Hotelgäste übrig gebliebenen Krümel vom braunen Holzparkett aufzusaugen.

»Welches Verhältnis hatten Sie zu Herrn Goldstein? Ist es richtig, dass Sie in der nächsten Sendung Ihre Verlobung bekannt geben wollten?«

»Nein, äh, ja …« Sie schien auf dem falschen Fuß erwischt worden zu sein. Nach einer Sekunde der Unsicherheit hatte sie jedoch ihre Fassung wiedergefunden. »Dass wir heiraten wollen, stand für uns persönlich schon lange fest. In diesem Sinne waren wir schon längst verlobt. Es kam nun die Idee auf, dies auf eine für das Publikum interessante Weise der Öffentlichkeit mitzuteilen.«

»Ach so.« Ich zog die Augenbrauen hoch. »Die Verlobung war also keine reine PR-Maßnahme zur Stabilisierung der Einschaltquote bei der … äh … werberelevanten Zielgruppe?«

»Herr Kommissar, ich weiß nicht, was Sie uns unterstellen wollen. Und was geht Sie überhaupt mein Privatleben an? Die Frage, ob Fabian mich heiratet, stellt sich ja nun sowieso nicht mehr.«

»Das ist zweifellos richtig, Frau Bauer. Wie eine trauernde Witwe wirken Sie irgendwie nicht.«

Sie schaute mich trotzig an. »Ich habe vor einer Stunde auf Facebook geschrieben, dass ich am Boden zerstört bin. Und Bakow hat eine Pressemitteilung vorbereitet, in der ich auch zitiert werde. Alles andere geht niemanden etwas an.«

»Sehr überzeugend. Ihr Posting hat schon über zweitausend Likes«, sagte Paulina, die blitzschnell die Facebook-Seite von Tanja Bauer aufgerufen hatte. Sie las laut vor: »›Fassungslos habe ich vom Tod meines Partners Fabian erfahren. Ich kann nicht glauben, was passiert ist. Er wird uns immer fehlen! Gefällt mir heißt Beileid.‹«

»Damit generieren Sie durch seinen Tod noch viele Klicks, nicht wahr?«, bemerkte ich süffisant.

»Das muss ich mir nicht bieten lassen.« Sie stand auf und wollte gehen, als ein etwa Vierzigjähriger mit schulterlangen braunen Haaren und einer schwarzen Lederjacke mit grünen Streifen unter dem Arm den Saal betrat. Seine hohen Wangenknochen gaben seinem Gesicht ein markantes Aussehen.

»Tanja, ist etwas nicht in Ordnung?« Er lief direkt auf sie zu. Dann schaute er Paulina und mich an: »Lassen Sie Frau Bauer in Frieden. Sie sehen doch, dass es ihr nicht gut geht.« Wieder zu ihr gewandt in freundlichem Tonfall: »Komm, wir müssen doch unsere Moderation durchgehen. Bakow hat eben die neuen Texte geschickt.«

»Möchten Sie sich nicht vorstellen?«, fragte ich. »Sie sind Ton van der Leyden? Wo ist Ihr Rudi-Carrell-Akzent geblieben?«

Für den holländischen Stargeiger war es wohl undenkbar, nicht überall und von jedem erkannt zu werden.

»Sie können gleich hierbleiben und Ihre Aussage machen.«

»Dann kommen Sie auch noch rechtzeitig zu Ihrer Probe«, fügte Paulina hinzu. »Frau Bauer kann schon mal gehen.«

Tanja Bauer blickte unsicher van der Leyden an. Nachdem er ihr zugenickt hatte, verließ sie wortlos den Frühstückssaal. Der Geiger nahm auf ihrem Stuhl Platz und schaute uns erwartungsvoll an.

»Ihr vollständiger Name?«, fragte Paulina. »Geburtsdatum und Geburtsort?«

»Leitmeier, Anton. Vierundzwanzigster Juli neunundsiebzig in Krefeld.«

»Moment mal«, wunderte ich mich. »Aber Sie sind doch –«

»Ton van der Leyden nannte ich mich schon, als ich im Schülerkabarett als Rudi-Carrell-Imitator aufgetreten bin. Ist ein Künstlername neuerdings verboten?«

»Natürlich nicht. Aber dann sind Sie gar kein Holländer?«

»Ich bin mit meiner Mutter früher oft nach Venlo zum Einkaufen gefahren und war Fan der holländischen Fußballnationalmannschaft. Het elftal! Hup, Holland, hup! Und der Akzent ist hart antrainiert durch endloses Anschauen der ›Traumhochzeit‹ mit Linda de Mol. Ich habe übrigens noch nie im Leben behauptet, niederländischer Staatsbürger zu sein. Was die Medien über mich schreiben, kann ich nicht beeinflussen.«

»Aber Stargeiger sind Sie?«, fragte Paulina. »Ich meine: Ist irgendwas an Ihnen echt?«

»Selbstverständlich. Ich spiele Geige seit meinem vierten Lebensjahr. Ich kann nicht viel, aber das schon.«

»Und jetzt sollen Sie an der Seite von Frau Bauer die Nachfolge des Verstorbenen antreten, verstehe ich das richtig?«, wollte ich wissen.

»Ich springe für die Moderation ein, das stimmt. Nicht mehr und nicht weniger.«

»In welchem Verhältnis stehen Sie zu Tanja Bauer?«, fragte Paulina.

Er zögerte kurz mit der Antwort. »Zu dem, was ich eben gesagt habe, gibt es nichts hinzuzufügen.«

»Also ein rein berufliches Verhältnis, ja?«, hakte Paulina nach.

Leitmeier alias van der Leyden nickte.

»Die nächste Frage wäre, wann Sie Fabian Goldstein zum letzten Mal gesehen haben. Aber ich nehme an, dass das wie bei allen anderen Zeugen der Moment gewesen ist, als er mit dem Goldenen Seidla die Showbühne verlassen hat. Stimmt's?«

»Nein«, lautete die überraschende Antwort. »Ich war beim Abschluss der Probe nicht mehr dabei. Ich hatte gesundheitliche Probleme und habe mich daher in meine Garderobe zurückgezogen. Davor habe ich Fabian zuletzt am Samstagabend in dieser Traditionsgaststätte in der Nähe des Doms gesehen. Ambrosianum oder so ähnlich.«

»Sie meinen das ›Ambräusianum‹ in der Dominikanerstraße? Waren Sie mit ihm dort?«

»Nein, ich sah ihn zufällig. Ich war allein in der Altstadt unterwegs und wollte noch so ein Rauchbier trinken, von dem man immer hört. Im ›Ambräusianum‹ war kein Platz mehr, dann bin ich weiter ins ›Schlenkerla‹.«

»Und war Herr Goldstein allein, als Sie ihn gesehen haben?«, fragte ich.

»Nein, er saß mit einem Herrn am Tisch. Die beiden führten eine, so kann man wohl sagen, hitzige Unterhaltung.«

»Was heißt das?«, hakte Paulina nach.

»Auf Deutsch gesagt: Es war ein heftiger Streit. Sie haben sehr laut geredet, sie haben mich wohl auch gar nicht bemerkt. Ich bin dann gleich weiter.«

»Haben Sie mitbekommen, worum es in diesem Streit ging?«

»Nein. Ich bin sofort wieder raus. Und bevor Sie fragen: Ich weiß auch nicht, wer der Herr war, mit dem er da beisammensaß.«

»Wann genau war das?«, fragte ich. »Und können Sie seinen Gesprächspartner beschreiben?«

»Es muss zwischen zweiundzwanzig und dreiundzwanzig Uhr gewesen sein. Und der Mann war um die sechzig, mit Vollbart und einem Wuschelkopf. In einem Ohr hatte er einen

Ring, und seine Brille war sehr auffallend: eine rote Fassung mit blauen Gläsern. Er trug ein kariertes Tweedjackett, so ähnlich wie dieser radikale Politiker mit der Hundekrawatte.«

Ich schaute Paulina kurz an und erkannte, dass sie wie ich eine Ahnung hatte, auf wen diese Beschreibung passen konnte.

»Was können Sie uns über das Verhältnis von Fabian Goldstein und Tanja Bauer sagen?«, fragte ich.

»Nichts, was nicht auch in der Presse steht.«

»Sie meinen, die beiden waren wirklich das glückliche Pärchen, oder war das nur für die Show?«, fragte ich.

Van der Leyden kratzte sich kurz am unrasierten Kinn. »Ich würde sagen: Sie waren wirklich das glückliche Paar, und es war auch für die Show.«

»Sie meinen, sie haben ihre tatsächliche Liebe auch für PR-Zwecke instrumentalisiert?«

»Ich meine, dass Bakow ein Meister darin ist, alles für seine Zwecke zu nutzen. Und seine Zwecke sind hohe Einschaltquoten. Bakow ist seit Jahrzehnten ein Genie, wenn es darum geht, im richtigen Moment das Richtige zu tun. Sie verstehen, was ich meine?«

Ich nickte. »Bei jedem Verbrechen fragt man sich: Cui bono? Wem nützt es? Sie profitieren eindeutig davon, dass Goldstein tot ist.« Ich schaute den Geiger provozierend an.

»Wollen Sie mir ein Mordmotiv unterstellen, Herr Kommissar? Da sind Sie auf dem Holzweg, tut mir leid.«

»Sie stehen nun im Mittelpunkt der erfolgreichsten deutschen Fernsehshow. Ist das denn nichts?«, sagte Paulina. »Nur mit der Violine schafft man das normalerweise nicht.«

»Wie ich schon sagte: Wenn Fabian nach der Probe in seiner Garderobe erschlagen wurde, kann ich es nicht gewesen sein. Denn zu dem Zeitpunkt lag ich in meiner Garderobe auf dem Sofa. Es ging mir wirklich schlecht.«

»Zeugen?«, fragte Paulina.

»Weiß ich nicht. Ich habe eine Schlaftablette genommen.«

»Was für ein gesundheitliches Problem haben Sie?« Ich erinnerte mich an die Schlagzeile aus einem dieser Schundblättchen über ein Blutkrebsdrama des Geigers. Ich hatte das jedoch für eine dieser erfundenen oder aufgeblasenen Storys gehalten.

Van der Leyden schwieg einen Moment, dann sagte er: »Darüber rede ich ungern. Es gibt schon genug Spekulationen …«

»Sie reden hier nicht mit der Klatschpresse, sondern mit der Kriminalpolizei«, stellte ich klar.

»Also gut. Ich verlasse mich auf Ihre Diskretion. Ich hatte eine Krebserkrankung, die ich zum Glück überstanden habe. Gelegentliche Schwächeanfälle sind eine Nachwirkung. Ich habe das im Griff, wenn ich mich entsprechend schone.«

Er schaute demonstrativ auf seine protzige Armbanduhr.

»Nun gut«, sagte ich. »Sie können zu Ihrer Textprobe gehen, Herr Leitmeier.«

Der Stargeiger bedankte und verabschiedete sich.

»Und jetzt?«, fragte ich Paulina.

»Vielleicht ein Besuch im Rathaus. Es sieht ja fast so aus, als ob Fabian sich am Samstagabend im ›Ambräusianum‹ mit Knuth von Sonnenberg getroffen hat.«

»Der Beschreibung nach könnte das sein.«

Wir hatten mit dem Kulturdezernenten schon mehrmals dienstlich zu tun gehabt, erstmals nach einem Mord bei den Bamberger Symphonikern, später im Zusammenhang mit Ermittlungen beim Bamberger Zauberfestival, das Sonnenberg maßgeblich organisierte. Sicher gab es nicht viele Personen in Bamberg, die eine bunte Plastikbrille und eine auffällige Künstlermähne trugen.

Wir packten unsere Sachen zusammen und verließen den Frühstückssaal, als wir an der Rezeption zwei bekannte Gesichter sahen.

»Gitti und Sonja«, sagte ich leise.

Die zwei Fans saßen auf bunten Sitzmöbeln vor einer Backsteinmauer, die das Hotelfoyer von dem benachbarten Lokal »Plückers« trennte. Neben der Sitzgruppe stand eine Vitrine, in der Manschettenknöpfe und stylische Krawatten zum Verkauf angeboten wurden. An den Wänden hingen Schwarz-Weiß-

Bilder von Wagner, Verdi, Mozart und Liszt im gleichen Stil wie der Beethoven aus dem Frühstückssaal.

Die Pferdeschwanz-Trägerin blätterte in einer Kladde, in der bunte Postkarten eingeklebt waren. Sie trug einen Rock, der keinen Millimeter kürzer hätte sein dürfen, um nicht vulgär zu wirken. So war er nur etwas obszön. Ihre Feinstrumpfhosen hatten ein aufgedrucktes Spitzenmuster, das bei flüchtigem Hinsehen den Eindruck hätte erwecken können, es handele sich um Strapse. Selbstverständlich schaute ich nur flüchtig hin, dennoch fiel ich nicht auf diesen erotischen Täuschungsversuch herein.

»Was machen Sie hier?«, fragte ich die Damen.

»Wir warten auf Thommy«, sagte Sonja. »Thommy den Fux. Er ist hier im Hotel.«

»Ist das wieder so ein bescheuerter Künstlername?«, fragte Paulina.

Ich wusste natürlich, dass Thomas Wanitschek über dreißig Jahre lang der Sänger der Schlagergruppe Die Füxe war und seit der Auflösung der Band unter dem Namen »Thommy der Fux« auf Solopfaden wandelte.

»Das erinnert mich an Timmy, den Hund von den ›Fünf Freunden‹«, sagte Paulina.

»Er sollte in der Show seinen neuen Song ›Die gelbe Sonne von Curaçao‹ vorstellen. Thommy fehlt mir noch in meiner Sammlung«, sagte Gitti und zeigte auf das Heft, das auf ihrem Schoß lag.

»Sie sind richtige Schlagerfans, was?«, fragte ich. »Dürfen wir uns kurz zu Ihnen setzen, solange Sie auf Thommy warten?«

»Na klar«, antwortete Gitti. »Seine Tochter ist übrigens auch dabei. Sie tritt inzwischen als Claudia Wany auf und tourt mit ihrem Vater im Wohnmobil durchs Land.«

»Ich kann ja gut verstehen, dass ältere Semester«, Paulina schaute mich grinsend an, »sorry, Horst, auf solche Schnulzen stehen. Aber was begeistert junge Frauen wie Sie an solchen Knallköpfen wie Ton van der Leyden oder DJ Johnny? Das würde mich echt mal interessieren.«

»Schlager ist einfach geil«, antwortete Sonja ein wenig undifferenziert.

Gitti ergänzte: »Wissen Sie, es gibt zwei Arten von jungen Schlagerfans. Die einen sind über ihre Eltern zur Musik gekommen. Die anderen haben sie in der Partyszene entdeckt: auf dem Oktoberfest, auf Festen in Bierzelten, im Fasching und natürlich beim Après-Ski oder auf Mallorca auf dem Ballermann. Überall wird fröhliche Schlagermusik gespielt.«

»Eine interessante Beobachtung«, stellte ich fest. »Und wie kommt es, dass sich junge Leute für die doch etwas simplen Texte begeistern? Wo sich ›Herz‹ immer auf ›Schmerz‹ und ›Glück‹ auf ›zurück‹ reimt?«

Sonja lachte. »Ist Ihnen schon mal aufgefallen, dass es in den meisten Schlagertexten, wenn nicht um Liebe, um Sehnsucht nach fernen Ländern geht? Liebe und Reisen, das mag doch jeder gerne, oder?«

»Die Füxe haben in ihrer dreißigjährigen Karriere sicher über jeden Traumstrand der Welt schon mal ein Lied gesungen«, sagte Gitti.

*»Die gelbe Sonne von Curaçao«*, summte ich. »Stimmt, das scheint System zu haben.«

»Wir leben in einer immer komplexer werdenden Welt, von der man sich in dreieinhalb Minuten mit einem Schlagersong schnell verabschieden kann«, erläuterte Gitti weiter. »Die Melodien sind so komponiert, dass sie sofort ins Ohr gehen und man sie gleich mitsingen kann. Und wer Schlager mag, kann deshalb trotzdem auch Freude an Blues, Jazz oder anspruchsvoller Klassik haben. Sie essen ja auch nicht jeden Tag nur wie ein Gourmet.«

»Der Herr Kommissar ernährt sich vorzugsweise von Tiefkühlgerichten und Käsestullen aus Tupperdosen«, sagte Paulina. »Ich glaube allerdings, dass man irgendwann kein Schnipo Schranke mehr essen kann, wenn die Geschmacksnerven an gutes Essen gewöhnt sind.«

»Schnipo? Schranke?«, fragte ich.

»Schnitzel mit Pommes, Ketchup und Majo«, erläuterte

Sonja, die offenbar über den gleichen Wortschatz wie meine Kollegin verfügte.

»Sind Sie beide aus Bamberg?«, fragte ich.

»Ich bin aus Memmelsdorf«, sagte Sonja.

»Und ich aus Gundelsheim«, sagte Gitti. »Wir sind Kolleginnen bei der Sparkasse.«

»Wir besuchen alle Schlagerkonzerte, die wir erreichen können. In Nürnberg, Würzburg, oft fahren wir nach München. Und in Thüringen findet auch einiges statt.«

»Und Sie versuchen immer, auch hinter die Kulissen zu kommen?«, fragte ich.

»Ja, nach der Show in die Garderobe der Künstler zu gehen, ein paar Worte zu wechseln, ein Selfie für Instagram zu machen und sich die Eintrittskarte signieren zu lassen, das gehört schon selbstverständlich dazu«, erklärte Sonja.

»Wir wissen inzwischen, wen wir dafür ansprechen und wo wir warten müssen.« Mit einem etwas frivolen Klang fügte Gitti hinzu: »Wir bringen immer genug Zeit mit.«

»Das heißt, die Begegnung mit den Stars endet manchmal nicht in der Garderobe, sondern …«

Gitti legte den Kopf zu Seite, schloss die Augen und sagte: »Eine Lady genießt und schweigt.«

»Soso«, sagte Paulina. »Haben Sie Fabian Goldstein vor seinem Tod auch näher kennengelernt? Sind Sie auch mit ihm ins Hotel –«

»Wie bitte?«, unterbrach sie Sonja. »Was soll das heißen: vor seinem Tod?« Die beiden Fans schauten sich ratlos und erschrocken an.

»Wollen Sie damit sagen, dass Sie noch nicht davon gehört haben, dass Goldstein gestern Abend nach der Probe für die Show in seiner Garderobe erschlagen wurde?«, wollte ich wissen.

»Machen Sie Witze, Herr Kommissar?«, fragte Sonja. »Das kann ja wohl nicht wahr sein!«

»Es ist leider wahr. Wir haben heute eine Pressekonferenz dazu gegeben. Wenn Sie in Ihre Handys schauen, sollten Sie zahlreiche Nachrichten dazu finden.«

»Wir haben unsere Smartphones auf Flugmodus gestellt, um Akku zu sparen«, sagte Gitti. »Es wäre sehr ärgerlich, wenn wir ein Foto machen wollen und keinen Strom mehr haben. Wir sind schon seit heute früh hier und warten darauf, dass wir Stars treffen.« Langsam schien sie zu realisieren, was geschehen war. Ihre Gesichtsfarbe wurde zunehmend blasser, ihre Augen schauten an uns vorbei. »Er ist wirklich tot? Ich kann das nicht glauben!«

»Ja, es ist leider so. Um mal ganz direkt zu fragen, werte Damen«, fuhr ich fort. »Haben Sie mit Fabian Goldstein schon mal … Also, ich meine, waren Sie mit ihm schon mal intim?«

Sonja schüttelte schluchzend den Kopf. Ich glaubte, eine Spur von Bedauern erkennen zu können. Gitti hingegen zögerte.

»Was ist mit Ihnen?«, hakte Paulina nach. Gitti sagte nichts. Ich sah eine Träne über ihre Wange laufen. »Wann und wo?«, wollte Paulina wissen.

»Also gut, ja. Es war vorgestern. Am Abend, als er in Bamberg angekommen ist. Ich habe ihn in der Hotelbar angesprochen, und wir haben erst etwas getrunken. Später sind wir auf sein Zimmer gegangen. Aber … es ist nichts weiter passiert.«

»Ach nein?«, wunderte ich mich.

»Er hätte zwar gewollt. Aber er war letztlich so berauscht, dass gar nichts ging.«

»Berauscht? Was meinen Sie damit? War er betrunken?«

»Er trank grundsätzlich keinen Alkohol. Aber er muss irgendwelche anderen Drogen konsumiert haben. Ich weiß es nicht. Ich habe ihn schlafend in seinem Hotelbett zurückgelassen. Das war das letzte Mal, dass ich ihn gesehen habe.«

»Und Sie waren nicht dabei?«, wandte ich mich an Sonja.

»Nein, an dem Abend ging es mir nicht gut. Migräne. Ich bin früh ins Bett.«

»Warum hat Fabian Sie mit aufs Hotelzimmer genommen, wenn er sich doch bald mit Tanja Bauer verloben wollte?«

»Die Frage ist nicht Ihr Ernst, oder?«, meinte Sonja.

»Doch!«

»Es weiß doch jeder, dass diese Beziehung ein PR-Gag ist. Oder besser war.«

»Möglich«, sagte ich. »Aber wenn es eine PR-Maßnahme war, wäre es dann nicht dumm von ihm, seinen eigenen Fans leibhaftig das Gegenteil zu zeigen?«

Gitti zuckte mit den Schultern. »Er war nicht wirklich Herr seiner Sinne. Ich wollte ihn deshalb auch jetzt noch mal treffen. Ich kann nicht glauben, dass er tot sein soll!«

»Da kommt Thommy der Fux!«, rief Sonja. Und alle Trauer schien wie weggeblasen. Der Sänger hatte für sein Alter, er musste über siebzig sein, auffallend volles, farbiges Haar. Er war schlank und trug eine braune Lederjacke. Unter dem Arm hielt er eine schwarze Aktentasche. Sonja und Gitti schienen für ihn keine Unbekannten zu sein. Als er sie erblickte, holte er aus der Innentasche seiner Jacke einen schwarzen Filzstift und signierte alles, was die beiden ihm reichten. Danach gab es noch ein Bussi auf jede Wange.

»Möchten Sie auch ein Autogramm?« Er schaute Paulina fragend an. Dann wanderte sein Blick zu mir, der sagen wollte: Was will diese junge, hübsche Frau mit diesem Spießer an ihrer Seite?

Um weitere unangebrachten Gedanken zu unterbinden, zückte ich den Dienstausweis.

»Hauptkommissar Müller. Kripo Bamberg. Wir ermitteln im Todesfall Fabian Goldstein. Sie waren gestern nicht in der Halle, Herr … äh … Fux?«

»Wanitschek, angenehm«, sagte er und reichte mir seine Hand. »Es ist furchtbar, was geschehen ist. Ich hoffe, Sie können die Sache schnell aufklären, Herr Kommissar. Nein, ich steckte auf Mallorca fest, wo ich einen Auftritt im ›Oberbayern‹ hatte. Wegen des Fluglotsenstreiks in Frankreich kam ich erst mit vierundzwanzig Stunden Verspätung in Nürnberg an. Am Flughafen, wo auf einem großen Bildschirm ein Nachrichtensender lief, habe ich erfahren, was passiert ist. Einfach schrecklich. Ich bin, ehrlich gesagt, auch etwas entsetzt darüber, dass die Sendung trotzdem aufgezeichnet werden soll.« Er seufzte tief. »Das geht doch nicht. Wenn der Moderator gestorben ist. Und zwar auf eine solche Weise. Da kann man doch nicht zum Tagesgeschäft übergehen. Aber Bakow war schon immer ein harter Hund. So gesehen überrascht es mich nicht, dass er es durchzieht. Das ist schon ein brutales Business, in dem wir arbeiten.«

»Und was halten Sie von der Idee, dass Tanja Bauer die Show mit Ton van der Leyden moderieren soll?«, fragte ich.

»Nun, dass die beiden besonders gut harmonieren, ist ja kein Geheimnis.«

»Was wollen Sie damit sagen?«, fragte Paulina.

»Nichts Besonderes. Sie verstehen sich halt sehr gut. Ich kann mir vorstellen, dass es funktioniert, die beiden auf die Bühne zu stellen. Vielleicht wird man eines Tages sogar sagen, dass Tanja eine bessere Moderatorin als Sängerin ist. Wer weiß das schon? Auch wenn ihre Stimme eine Ausnahmeerscheinung in der Branche ist, das muss man schon zugegeben. Aber nun müssen Sie mich entschuldigen.« Er winkte mit einem Autoschlüssel, den er aus seiner Jackentasche geholt hatte. »Mir wurde gesagt, dass mein Wohnmobil eine Feuerwehrzufahrt versperrt.«

Nachdem Thommy das Hotelfoyer verlassen hatte, verabschiedeten sich auch Sonja und Gitti freundlich. Ich fragte mich, wie trostlos ein Leben sein musste, wenn man seine gesamte Freizeit investierte, um solchen alternden B- und C-Prominenten hinterherzudackeln.

»Sagen Sie mal, Paulina, glauben Sie das, dass diese Mädels einen ganzen Tag lang nicht mitbekommen, dass ihr Idol erschlagen wurde? Gibt's da keine WhatsApp-Gruppen oder wie das heißt, wo solche Nachrichten sich wie ein Lauffeuer verbreiten?«

»Schon, Horst. Aber wenn sie wirklich altersschwache Smartphones haben und auf die Akkulaufzeit achten müssen, kann es schon sein, dass sie das Internet vorübergehend ausschalten. Es war ja auch zu lesen, dass Apple die Akkuleistung von alten Handys künstlich drosselt. Angeblich im Interesse der Nutzer, um die Geräte zu schonen.«

»Hm«, sagte ich. »Das neue iPhone, das wir gerade bekommen haben, ist auch schon halb leer. Mein altes Nokia musste ich nur am Wochenende aufladen.« Ich seufzte. »Ob dieser neumodische Kram wirklich immer eine Verbesserung ist? Ich bin mir nicht sicher.«

»Wissen Sie, Horst, neulich haben Archäologen in einer seit viertausend Jahren verschlossenen Grabkammer ein angeschaltetes Nokia 3310 gefunden, das mit zwei Ladebalken den niedrigsten jemals bei einem solchen Handy gemessenen Akkustand hatte. Krass, oder?«

»Sehr witzig. Vermutlich hatte das Gerät in der Grabkammer keinen Empfang und suchte Tausende Jahre nach einem Netz. Kein Wunder, dass der Akkustand so niedrig war. Man sollte das Gerät den Entwicklungsabteilungen von Apple, Samsung und Co übergeben. Wissen Sie eigentlich, Paulina, dass heute ein ganz besonderer Tag ist?«

»Nein, Horst, welcher? Aber keine schlechten Scherzfragen bitte.«

»Wenn Sie heute Ihr Alter und Ihr Geburtsjahr addieren, ergibt das das aktuelle Jahr. Das passiert nur einmal in tausend Jahren.«

Paulina schien kurz nachzurechnen, um dann begeistert festzustellen: »Stimmt tatsächlich. Krass!«

Ich schaute so ernst wie möglich. Nach etwa zwei Sekunden kam ihr wohl ein Verdacht.

»Moment mal«, sagte sie. Nach weiteren zwei Sekunden fiel bei ihr der Groschen. »Mensch, Horst, jetzt wäre ich beinah auf Ihren Quatsch reingefallen.«

»Aber Spaß beiseite«, sagte ich. »Fahren Sie ins Kommissariat und kümmern sich um die Zeugenprotokolle? Dann gehe ich zum Rathaus.«

# SIEBEN

Es war ein netter Herbstspaziergang Richtung Maxplatz, der mich über den Markusplatz an meiner Wohnung vorbeiführte. Als ich das »Zelt der Religionen« passierte, sah ich von Weitem bereits eine blonde Frau vor meiner Haustür stehen. Sie trug in der linken Hand einen Plastikbeutel und schaute sich suchend um. Kein Zweifel, es handelte sich um Natascha Scharrer. Ich überlegte kurz, welchen Weg ich nehmen konnte, um eine Begegnung mit der Tupperfrau zu vermeiden. Doch in dem Moment hatte sie mich bereits erblickt. Ihre rechte Hand schoss in die Höhe, ihre Mundwinkel zuckten schlagartig nach oben, die Lippen legten den Blick auf ihre strahlend weißen Zähne frei. Winkend rief sie mir zu: »Herr Müller!« Das ü zog sie dabei in die Länge wie einen Kaugummi.

Eine Zehntelsekunde erwog ich, sie schlichtweg zu übersehen, bis mir die Aussichtslosigkeit deutlich wurde. Denn Frau Scharrer überquerte die Innere Löwenstraße und wäre beinahe vor ein herannahendes Dönertaxi gelaufen, dessen Fahrer gerade noch rechtzeitig bremsen konnte.

»Schön, Sie zu sehen, Herr Müller.« Sie kam mit schnellen Schritten auf mich zu und streckte mir die freie Hand entgegen. »Oder darf ich Horst sagen? Also, ich bin die Natascha.«

Ich gab ihr die Hand. »Ich habe wenig Zeit, ich bin im Dienst und habe einen Termin im Rathaus.« Demonstrativ fügte ich »Frau Scharrer« hinzu. Ich sah keine Veranlassung, mich mit ihr aufgrund eines gemeinsamen Tupperparty-Erlebnisses auf eine unangemessene persönliche Ebene zu begeben.

»Ich wollte Ihr Partygeschenk vorbeibringen und es bei Frau Weimer für Sie hinterlassen.« Sie hob den linken Arm, was zwar meinen Blick auf ihre Plastiktüte zog, mich jedoch weiter im Unklaren darüber ließ, welches Geschenk sich darin befand. »Aber sie macht nicht auf.«

»Das wundert mich nicht. Frau Weimer ist montags um diese

Zeit beim Lungensport. Sie können mir die Tüte gerne geben. Vielen Dank.«

»Darf ich Sie noch ein Stück begleiten? Ich muss auch in die Fußgängerzone.«

Ich zuckte mit den Schultern, weil ich nicht wusste, wie ich ihr Angebot ablehnen konnte, ohne mich einer Unhöflichkeit schuldig zu machen. Es waren ja nur wenige hundert Meter.

»Kennen Sie eigentlich diesen Straßensänger, der immer vor dem Karstadt steht?«, fragte ich, als wir in die Kleberstraße einbogen.

»Sie meinen diesen Björn Q.? Ich höre ihn gerne und finde ihn sehr sympathisch. Warum fragen Sie?«

»Ach, nur so.« Sie hatte meine Ablehnung des Du-Angebots wohl akzeptiert.

»Er soll ja eine Menge Ärger mit der Stadt haben, weil er die Gebühren nicht bezahlt hat. Angeblich soll ihm sogar Gefängnis drohen.«

Die Vorstellung, einen angehenden Schwiegersohn im Strafvollzug zu haben, gefiel mir nicht. Allerdings erschien mir Haft für einen Straßenmusiker auch etwas drakonisch. Ich beschloss, den Kulturdezernenten nach dem Sachverhalt zu befragen.

»Machen Sie häufiger solche Tupperpartys?«, bemühte ich mich, ein höflicher Small-Talk-Gesprächspartner zu sein.

Plötzlich wurde sie ernst. Sie atmete tief durch, schaute mich einen Moment nachdenklich an und sagte dann: »Die Tupperpartys waren jahrelang die einzige Bestätigung, die ich im Leben erfahren habe.«

»Wie bitte?«

»Wissen Sie, ich habe zwei Kinder großgezogen. Als Hausfrau schuftet man den ganzen Tag, aber Anerkennung? Fehlanzeige. Im Gegenteil, man muss sich noch anmeckern lassen, wenn die Krümel auf dem Frühstückstisch mal nicht weggewischt sind. Kennen Sie das?«

»Das kenne ich.«

»Krümel auf dem Frühstückstisch? Danach sehen Sie gar nicht aus.«

»Nein.« Ich lachte. »Ich kenne es, wenn man zum Beispiel hervorragende Ermittlungsarbeit leistet und danach einen Rüffel vom Personaldezernat bekommt, weil das Überstundenkonto unzulässig überzogen wurde. Und als Tupperverkäuferin bekommen Sie Anerkennung?«

»Wenn die Kinder im Bett waren, bin ich abends tuppern gegangen, zwei- bis dreimal pro Woche. Wenn man ordentlich Umsatz macht, wird man richtig gefeiert und ausgezeichnet. Das kann fast zur Sucht werden, sag ich Ihnen. Aber man muss wirklich von Gehirnwäsche sprechen. Ich habe mich gefühlt wie in einer Sekte.«

»Ach ja? Und warum sind Sie dann nicht ausgestiegen?«

»Die machen Verträge, aus denen man nicht so einfach rauskommt. Sie verpflichten sogar den Ehemann zu einem Schuldbeitritt, sodass er mit seinem Privatvermögen haften muss. Und seit einem halben Jahr habe ich keinen Ehemann mehr. Seitdem ist die Scheidung rechtskräftig.«

Warum erzählte sie mir von ihrer Scheidung? Das tat überhaupt nichts zur Sache.

»Und was machen Sie ansonsten beruflich?«, wollte ich wissen. »Oder leben Sie vom Tuppern?«

»Ich schreibe Kinderbücher.«

»Ach, das ist ja interessant. Unter Ihrem richtigen Namen? Und kann man die auch kaufen?«

»Ich habe noch keinen Verlag, aber es sind einige sehr interessiert. Frau Weimer hat gesagt, dass Sie auch geschieden sind, Horst. Haben Sie Kinder?«

»Ja, eine Tochter und einen Sohn. Beide studieren inzwischen.« Und zur Sicherheit fügte ich hinzu: »Ich habe mit dem Alleinleben meinen Frieden gefunden.«

Ich hoffte, Frau Scharrer verstand diesen Hinweis darauf, dass ich nicht auf der Suche nach einer neuen Frau fürs Leben war.

»So«, sagte ich, als wir am Ende der Kleberstraße die Hauptwachstraße erreichten, um zu signalisieren, dass unsere gemeinsame Innenstadtwanderung sich nun dem Ende näherte.

»So« zu sagen war auch so eine meiner Angewohnheiten, um Gesprächsinhalte zu strukturieren und den Beginn eines thematisch neuen Abschnitts sprachlich kenntlich zu machen, sozusagen.

»Zeit für einen Kaffee mit Hörnla haben Sie nicht mehr, oder?« Frau Scharrer deutete auf die Bäckerei.

»Ein andermal sehr gerne«, schwindelte ich. »Man sieht sich.«

***

Ich nutzte den Besuch im Rathaus, um mir beim Bürgerservice im Erdgeschoss eine Rolle Gelbe Säcke zu holen. Auch wenn Paulinas Aussage, Mülltrennung sei mein Hobby, deutlich übertrieben war, so gab es auch keinen Grund, mich nicht zur Notwendigkeit des Dualen Systems bei der Abfallvermeidung zu bekennen.

Der Gelbe Sack war für mich ein Symbol für den Fortschritt der Menschheit, die aus alten Joghurtbechern Parkbänke herstellen konnte. Das fand ich weitaus sinnvoller als die bemannte Raumfahrt oder selbstfahrende Autos. Es gab wenige Dinge, mit denen man mir mehr psychische Schmerzen zufügen konnte als mit einer Bananenschale oder einer Glasflasche im Restmüll. Ich radelte daher jeden Tag auf dem Weg zum Dienst auch an einem Altglascontainer vorbei, wo ich – natürlich erst nach sieben Uhr, wie es der Aufkleber unter dem Einwurfloch vorschrieb – leere Flaschen und Gläser ordnungsgemäß entsorgte, wobei mich das Einwerfen von grünen Flaschen lange Zeit ratlos machte, weil ich erst nach Jahren festgestellt hatte, dass der Braunglascontainer auf der Rückseite einen Einwurf für grünes Glas hatte. Da fiel mir wieder ein, dass ich erst vor wenigen Tagen auf dem Weg zum Büro das Einwerfen vergessen hatte.

Für eine weitere Form des Recyclings ging ich in den obersten Stock des Rathauses, wo ein großes Büchertauschregal stand, das ein literarisches Geben und Nehmen förderte und zugleich Platz in heimischen Schränken schuf. Ich nahm einen Franken-Krimi eines mir unbekannten Autors mit, der mich vom Titel her ansprach. Ich genoss gelegentlich diese Art der trivialen Heimatliteratur, weil sie intellektuell nicht überforderte und mich die völlig unrealistisch dargestellte Polizeiarbeit immer wieder zum Schmunzeln brachte. Ich war so froh, dass ich mit einem Romanhelden so viel zu tun hatte wie ein Schäufela mit einem veganen Kochbuch.

Kulturdezernent Dr. Knuth von Sonnenberg hatte sein Büro immer noch in Zimmer 107. Er saß hinter seinem Schreibtisch vor einem riesigen Aquarell, das für einen Laien wie mich so aussah, als hätte man mit Farbe gefüllte Wasserbomben auf der Leinwand zum Platzen gebracht. Ähnlich bunt war seine Krawatte, die farblich abgestimmt schien mit dem Plastikgestell seiner Brille. Im Ohrläppchen blinkte ein silberner Ring, die Haare trug er wie Thomas Gottschalk in seinen besseren Jahren.

»Grüß Gott, Herr Dr. Sonnenberg«, sagte ich, nachdem ich angeklopft und auf sein »Herein« hin den Raum betreten hatte.

»Der Herr Kommissar«, stöhnte Sonnenberg, ohne Anstalten zu machen, sich von seinem bequemen Stuhl zu erheben. »Wenn Sie hier auftauchen, hat das meist nichts Gutes zu bedeuten.«

»Wir werden sehen.« Ich deutete auf ein weißes Regal. »Ich vermisse den kopflosen Gartenzwerg.«

»Der ist unserer neuen Reinigungskraft zum Opfer gefallen. Sie hat sich wohl die Frage gestellt: Ist das Kunst, oder kann das weg?«

»Und sich für ›Das kann weg‹ entschieden?« Ich schmunzelte innerlich. Die geköpften Gartenzwerge waren vor einigen Jahren Teil eines umstrittenen Projekts eines polnischen Aktionskünstlers gewesen und im Zuge der Ermittlungen nach einem Mord in der Konzerthalle aufgetaucht.

»Was kann ich für Sie tun, Herr Kommissar?« Der Dezernent deutete auf einen für Besucher bereitstehenden Stuhl mit rot gepolsterter Sitzfläche. Ich nahm Platz und holte aus der

Innentasche meines Sakkos das Formular für die Unterschriftensammlung, das Andrea mir gegeben hatte.

»›Freiheit für Björn Q.‹«, las ich vor. »›Wir fordern von der Stadtverwaltung, die Willkürmaßnahmen gegen den beliebten Straßenkünstler unverzüglich zu stoppen und seine freie künstlerische Entfaltung nicht länger‹ –«

»Gehen Sie mir damit weg«, schnaufte Sonnenberg. »Dieser Vogel geht mir so was von auf die Nerven. Sie glauben gar nicht, welche Ressourcen in der Stadtverwaltung mit dieser Sache in Beschlag genommen sind.«

»Und Sie wollen ihn wirklich in Haft nehmen?«

»Wenn er seine Schulden nicht bezahlt, passiert mit ihm das Gleiche wie mit jedem Falschparker, der alle Strafzettel ignoriert und sich weigert, ein Bußgeld zu akzeptieren. Am Ende steht Erzwingungshaft. So sieht es das Gesetz vor. Der Knabe lehnt es ab, gemäß Sondernutzungssatzung die obligatorischen Gebühren zu entrichten. Fünfzehn Euro pro Tag. Mit allen Bußgeldern und Mahngebühren schuldet er der Stadt inzwischen über dreitausend Euro.«

»Und warum diese Gebühren? Kann nicht jeder in der Fußgängerzone musizieren, wie er lustig ist?«

»Ganz einfach: Wir wollen damit ein Platzmonopol verhindern, damit verschiedene Straßenkünstler die Möglichkeit bekommen, aufzutreten. Außerdem soll die Fläche nicht von Musikern übervölkert werden. Die Gebühren sind ein Instrument zur Regulierung. Der Vorwurf der Schikane ist absurd. Und man kann auch nicht behaupten, dass die Stadt mit den Einnahmen ihren Haushalt sanieren würde. Ich möchte mal eine solche Kampagne für einen Verkehrssünder sehen, der sich seiner Strafe entziehen will. Fehlt nur noch, dass der FT auf die Solidaritätskutsche aufspringt. Aber Herr Kommissar, hat dieser Minnesänger etwas mit dem ermordeten Fernsehstar zu tun, außer dass er den gleichen Namen trägt?«

»Wie bitte?«

»Ich las heute in der Zeitung, dass Fabian Goldstein ein Künstlername sei und er in Wirklichkeit Kucharczyk heißt.«

»Ja, das ist richtig. Das ist der Name, der im Totenschein steht. Aber Björn Q. …« Mir dämmerte es. War der Buchstabe Q gar nicht der Anfangsbuchstabe seines Nachnamens, sondern eine Art Lautmalerei?

»Björn Felix Kucharczyk ist der volle Name des Sängers.« Sonnenberg drehte sich auf seinem Stuhl um und suchte in einer Ablage nach einer Handakte. »Hier steht's«, sagte er, als er fündig geworden war. »Geboren in Bamberg, wohnhaft in Bamberg, Fabrikbau 4.«

»Das ist in Gaustadt«, sagte ich und dachte: Nicht weit weg von Andreas Appartement. Allerdings auf der anderen Seite der Regnitz, wo die Mieten nur die Hälfte kosteten von denen auf der überteuerten Erba-Insel.

»Goldstein war auch ein gebürtiger Bamberger«, sagte ich. »Das könnte bedeuten, dass die beiden verwandt waren.«

»Ich weiß es nicht. Er hätte deshalb jedenfalls keinen Prominentenstatus, was die Strafverfolgung anginge. Dass Goldstein auch so heißt, wusste ich nicht. Dabei habe ich ihn erst vor wenigen Tagen gesehen.«

»Schön, dass Sie das von sich aus ansprechen, Herr Dr. von Sonnenberg. Darüber wollte ich nämlich mit Ihnen reden. Warum haben Sie Goldstein im ›Ambräusianum‹ getroffen?« Nach einer dramaturgischen Pause fügte ich hinzu: »Und worüber haben Sie gestritten?«

Sonnenberg lehnte sich in seinem Stuhl zurück und schloss für einen Moment die Augen. Dann antwortete er: »Es war ein unverbindliches Treffen zu der Frage, ob Fabian Goldstein bereit sein könnte, sich als Bamberger Bierbotschafter zur Verfügung zu stellen. Wir sind allerdings nicht sehr weit gekommen.«

»Was ist ein Bamberger Bierbotschafter?«

»Zunächst mal ist das nur eine Idee der IG Rauchbier.«

»Ist das so was wie die IG Metall, nur flüssig?«

»Die Interessengemeinschaft Rauchbier ist ein Werbe- und Marketingverbund fast aller Brauereien in Bamberg und Umgebung, der versucht, sich gegen die immer stärker wachsende

Marktmacht der Großbrauereien zu positionieren, die uns mit ihrem Gebräu aus München oder Tschechien überfluten. Die heimischen Brauereien haben das Problem, dass das handwerklich hergestellte Bier eigentlich zu billig ist. Wissen Sie, die Tariflöhne in der bayerischen Brauwirtschaft steigen ständig, und die Braugerste ist auch teurer geworden.«

»Und was haben Sie damit zu tun? Als Kulturdezernent?«

Sonnenberg lachte. »Wollen Sie abstreiten, dass das Bamberger Bier zu unseren elementaren Kulturgütern gehört?«

»Daran besteht in der Tat kein Zweifel.«

»Ich vertrete die Interessen der Stadt in dieser Runde. Und es gab die Idee, jedes Jahr einen Bierbotschafter zu ernennen, der für Marketingmaßnahmen zur Verfügung steht, Interviews gibt, in Talkrunden auftritt, Zeitungsanzeigen, Werbespots und so weiter. So ähnlich wie eine Weinkönigin, wissen Sie? Und weil Goldstein bekanntermaßen ein gebürtiger Bamberger ist und jetzt auch mit dem Goldenen Seidla ausgezeichnet werden sollte, wollten wir ihn fragen.«

»Und er hat abgelehnt?«

»Seine astronomischen Honorarvorstellungen haben unser Budget um ein Vielfaches überstiegen. Völlig indiskutabel.«

»Sie wussten von der Verleihung des Seidlas? Ich dachte, das wäre eine geheime Kommandosache.«

»Selbstverständlich wusste ich davon. Es ist Kern meiner Aufgabe, über alles informiert zu sein, was in Bamberg in Zusammenhang mit Kunst und Kultur geschieht. Und Bier.«

»Und wie kam es zu dem lautstarken Streit, den Zeugen beobachtet haben?«

»Zeugen?« Er schaute kurz irritiert. »Ich habe an seine Verantwortung für seine Heimatstadt appelliert, und daraufhin hat er gesagt, dass seine Heimat Regensburg sei und er nur zufällig Bamberg als Geburtsort im Pass stehen habe. Für eine entsprechende Honorierung würde er aber jederzeit öffentlich behaupten, im Herzen ein Bamberger zu sein. Da bin ich wütend geworden.«

»Und dann?«

»Dann habe ich mein Bier bezahlt und bin gegangen.«

»Goldstein ist geblieben?«

»Das weiß ich nicht. Ich bin zu Fuß Richtung Schranne gelaufen und habe mir dort ein Taxi genommen. Wollen Sie die Quittung sehen? Brauche ich etwa ein Alibi?«

»Wohin sind Sie denn gefahren? Und gibt es dafür Zeugen?«

»Ich habe mich direkt nach Hause bringen lassen, meine Frau kann das bestätigen.«

»Haben Sie noch über etwas anderes gesprochen?«, wollte ich wissen. »Wirkte Herr Goldstein irgendwie beunruhigt? Bekam er vielleicht einen Anruf? Jedes Detail könnte wichtig sein.«

»Lassen Sie mich überlegen. Doch, ja. Einmal klingelte sein Telefon. Er sagte nur kurz so was wie ›Jetzt nicht‹ und legte wieder auf.«

»Mehr nicht? Erwähnte er keinen Namen?«, hakte ich nach.

»Doch, er sagte einen Namen. Es war eine Frau. Es fällt mir gleich wieder ein.« Sonnenberg hielt die Hand vor die Augen, um sich besser konzentrieren zu können. »Vielleicht hat er ›Anke‹ gesagt? Nein, ich glaube, er sagte ›Heike‹. Ja, genau. ›Jetzt nicht, Heike.‹ Das waren seine Worte.«

»Vielen Dank, Herr Dr. Sonnenberg. Und haben Sie schon eine neue Idee für den Bierbotschafter?«

»Die Staatsministerin aus dem Kanzleramt hat schon abgesagt, weil sie mehr für Weinfranken als für Bierfranken stehe. Aber eins ist sicher: Bevor ich den nächsten Kandidaten zum Gespräch einlade, stelle ich sicher, dass er nicht wie Goldstein ein Anti-Alkoholiker ist.«

***

Ich verließ das Rathaus und überquerte den Maxplatz, der von fliegenden Händlern bevölkert war, die Flechtkörbe, kalt gepresste Öle, fleischlose Hamburger und nützliche Küchengeräte feilboten. Wer sich fragte, woher Großmütter ihre aus der Zeit gefallenen geblümten Küchenschürzen bekamen, fand hier die Antwort. Über den tristen Platz wurde gespottet, dass er die größte Ein-Euro-Shop-Dichte nördlich der Alpen aufweise und dass die Stadt ihn behandle wie die eigene Garagenzufahrt, wo man immer schon was verschönern wollte, sich jedoch längst an den verlotterten Zustand gewöhnt hatte. Ein Dozent der Denkmalpflege bezeichnete das menschliche Unbehagen vor unmöblierten und ungestalteten Plätzen mal als »Horror vacui«, als Angst vor der Leere. Für mich diente der Maxplatz, den ein bekannter Bamberger Comedian als »Murksplatz« bezeichnete, vor allem dazu, um darüberzugehen oder darunter zu parken.

Neben dem Eingang des Wöhrl erblickte ich Björn Q., der eine Gruppe von einem Dutzend Zuhörern mit einem Protestlied gegen Atomkraft, Elektrosmog und Durchgangsverkehr am Torschuster beschallte. Ich stellte mich unauffällig dazu und warf, um nicht weiter aufzufallen, einen Euro in den offenen Gitarrenkoffer. Als Björn mich erblickte, nickte er mir freundlich lächelnd zu. Ich wartete, bis sein Gesang verklungen war und sich die Schar aufgelöst hatte. Dann trat ich auf ihn zu, zeigte meinen Polizeiausweis und sprach ernst: »Ich habe ein paar dienstliche Fragen an Sie, Herr Kucharczyk.«

Er packte seine Sachen zusammen, füllte die gesammelten Münzen in einen Geldbeutel aus braunem Leder und sagte, ohne mich dabei anzuschauen: »Ach ja? Dass die Herren von der Stadt mit allen Mitteln gegen mich vorgehen wollen, um mich mundtot zu machen, überrascht mich nicht. Aber dass sie die Kriminalpolizei auf mich hetzen, ist vielleicht etwas verfrüht, oder?«

»Es geht nicht um Ihre Bußgeldsache«, klärte ich ihn auf. »Sondern um den Mord am Schlagerstar Fabian Goldstein. Sein richtiger Name war Kucharczyk. Sagt Ihnen das was?«

»Verstehe«, sagte er leise. »Kommen Sie mit in den ›Kochlöffel‹? Da können wir ungestört reden.«

Das Schnellrestaurant gegenüber vom Karstadt war wohl der Grund dafür, dass Bamberg eine der wenigen Städte war, wo man in der Fußgängerzone weit und breit weder eine

McDonald's- noch eine Burger-King-Filiale fand. Der »Kochlöffel« war sozusagen die provinzielle Alternative zur amerikanischen Fast-Food-Systemgastronomie mit dem Vorteil, dass hier auch ganz klassische Currywust serviert wurde.

Ich beschränkte mich bei der kulinarischen Auswahl auf eine Bratwurst mit Senf. Björn Kucharczyk bestellte ein halbes Grillhähnchen mit Pommes und Ketchup. Wir setzten uns an den einzigen freien Tisch in die hintere Ecke des Lokals, wo am Nachbartisch eine Gruppe von Schülern unter großem Geschrei einen Burger-Krieg austrug, in dem zwar kein Blut, aber eine Menge Ketchup floss.

Kucharczyk nahm einen großen Schluck Cola light, ergriff mit der Hand sein Hähnchen und biss hinein. Mit vollem Mund sagte er: »Um Ihre Frage vorwegzunehmen, Herr Kommissar, Fabian war mein Stiefbruder. Und auch die nächste Frage beantworte ich gleich: Ich hatte seit Jahren keinen Kontakt mehr zu ihm.«

»Interessant«, sagte ich und tunkte mit der Gabel ein Stück Bratwurst in den Senf. Am Nebentisch schien das Pommes-Massaker gerade in die Endphase zu gehen. »Was heißt das genau? Haben Sie denselben Vater, oder wie muss ich mir das vorstellen?«

»Ich bin im Internat der Regensburger Domspatzen aufgewachsen. Meine leiblichen Eltern habe ich nie kennengelernt. Sie sind bei einem Autounfall ums Leben gekommen, als ich zwei Jahre alt war. Später hat mich Gregor Kucharczyk mit seiner damaligen Frau Melanie adoptiert, er war Generalmusikdirektor beim Philharmonischen Orchester Regensburg. Mit seiner zweiten Frau Elisabeth hat er dann Fabian bekommen. Der Altersunterschied zwischen ihm und mir war aber so groß, dass ich niemals ein brüderliches Verhältnis zu Fabian aufbauen konnte. Er hat sich schon immer in einer anderen Welt bewegt. Wenn er TKKG- und Drei-Fragezeichen-Hörspiele gehört hat, habe ich Thomas Mann gelesen. Er liebte Popcharts, ich Blues und Jazz. Wir hatten nichts gegeneinander, aber es gab auch nichts, worüber wir miteinander hätten reden können. Das wurde immer deutlicher, je älter wir wurden. Wir belächelten uns gegenseitig für den jeweils eingeschlagenen Lebensweg. Ich rümpfte die Nase über seine Mainstreamschnulzen, und er hielt mich für einen hoffnungslosen Idealisten. Ich glaube, wir bewunderten uns auch ein wenig, ohne uns das aber merken lassen zu wollen.«

Ich hörte, wie mein Smartphone den Empfang einer Nachricht signalisierte. Ich ließ das Gerät aber in der Tasche stecken, um das Gespräch in Gang zu halten.

»Mit seinen Mainstreamschnulzen war Fabian kommerziell wohl sehr erfolgreich«, sagte ich.

»Und was hat er jetzt davon? Erschlagen mit der Trophäe für sein Lebenswerk.« Björn Q. lachte sarkastisch. »Der passionierte Alkoholverächter stirbt durch einen Bierkrug. Das Leben kann so zynisch sein, nicht wahr?«

»Woher wissen Sie die Details, wie er umgekommen ist?«

»Steht alles auf infranken.de.« Er klopfte auf die Brusttasche seines karierten Hemdes, in dem sich offenbar ein Smartphone befand. »Ich lebe zwar weitgehend auf der Straße, aber nicht hinterm Mond. Auch wenn die Abkürzung ja angeblich für ›Fehlerteufel‹ steht: Der FT scheint einen guten Informanten zu haben.«

»Und auf seine Berühmtheit und seinen Erfolg waren Sie nie neidisch, oder?«

Er ließ sich nicht provozieren. »Nein. Jeder soll seinen Weg gehen. Ich bin überzeugt, dass ich auch im Showgeschäft hätte Fuß fassen können, wenn ich das gewollt hätte. Doch mein Leben ist ein anderes. Und darüber bin ich sehr froh. Nicht nur mit Blick auf Fabians trauriges Ende.« Es klang durchaus überzeugend, was er sagte. »Sie glauben hoffentlich nicht, dass ich etwas mit dem Tod meines Stiefbruders zu tun habe?«

»Was ich glaube, spielt hier keine Rolle. Wir werden den Täter überführen, davon bin ich überzeugt. Und …«, ich räusperte mich, »… seien Sie anständig zu Andrea. Wenn ich ein schlechtes Wort über Sie höre, kriegen Sie es mit mir zu tun.«

»Jawohl, Herr Kommissar.«

Nachdem ich wieder den Grünen Markt betreten hatte, holte ich mein Telefon hervor und las die Nachricht. Sie war von Paulina und hatte den überraschenden Inhalt: »Heike ist ein Mann.«

# ACHT

Auf dem Weg ins Büro dachte ich darüber nach, ob es sich bei Heike um einen Travestiekünstler handelte, so wie bei dieser österreichischen Bartträgerin, die den Grand Prix gewonnen hatte, den sie heute ESC nannten. Zugleich fiel mir ein, dass ich die Tüte mit dem Tuppergeschenk von Frau Scharrer nicht mehr bei mir hatte. Ich musste sie im Rathaus oder im »Kochlöffel« vergessen haben.

Als ich unser Büro betrat, wollte ich Paulina gerade fragen, was es mit dieser Genderfrage auf sich hatte, doch sie kam mir zuvor. Ihr ernster Blick deutete darauf hin, dass etwas nicht in Ordnung war.

»Horst, Sie sollen zu Dr. Goos.« Sie legte noch eine Portion Dramatik drauf und fügte hinzu: »Sofort.«

Wenn sich der Polizeidirektor als Leiter der gesamten Dienststelle über die zuständige Kommissariatsleiterin hinweg einschaltete, hatte dies entweder besonders erfreuliche oder extrem unangenehme Gründe.

»Sofort?«, versicherte ich mich. »Was ist denn los?«

»Ich weiß es nicht. Er hat anrufen lassen von seinem Vorzimmer. Gehen Sie besser gleich.«

Als ich das letzte Mal überraschend zu Dr. Goos ins Büro bestellt worden war, hatte er mir eine Betriebsfeier zum fünfzigsten Geburtstag einreden wollen. Ich war nun gleichermaßen neugierig und beunruhigt. Eine Minute später stand ich im Zimmer von Dr. Goos, der sich hinter seinem Schreibtisch erheben musste, um wenigstens ansatzweise die für eine Respektsperson erforderliche Körpergröße zu erreichen. Zur wahren Größe fehlten ihm mindestens fünfzehn Zentimeter.

»Grüß Gott, Herr Polizeidirektor«, sagte ich beim Eintreten.

»Nehmen Sie Platz, Herr Kriminalhauptkommissar«, sagte Dr. Goos, legte einen Bleistift zur Seite und kratzte sich an seinem grauen Vollbart. »Wenn Sie ein Problem haben, sollten Sie jederzeit mit mir reden.«

»Wie bitte?«, reagierte ich ratlos.

»Sie sind doch schon länger geschieden, nicht wahr? Haben Sie Ärger mit Ihrer Ex-Frau? Oder mit Ihren Kindern? Ich hätte vollstes Verständnis für jede Art von privaten Schwierigkeiten. Aber als Dienstgeber trage ich Verantwortung dafür, dass Ihre polizeiliche Arbeit nicht leidet unter –«

»Moment mal, Herr Polizeidirektor«, fiel ich ihm ins Wort. »Ich weiß überhaupt nicht, wovon Sie sprechen!« Hatte Björn Q. sich möglicherweise über mich beschwert? Oder hatte der Kulturdezernent seine Kontakte spielen lassen? »Worum geht's hier eigentlich?«

»Nun gut, wenn Sie darauf bestehen. Ich hatte gedacht, wir könnten unter Männern reden, ohne dass ich konkreter werden muss. Ich wollte uns beiden diese Peinlichkeit eigentlich ersparen.«

»Da ich nicht weiß, was Sie mir sagen wollen, muss ich leider darum bitten, dass Sie konkreter werden. Von mir aus auch unter Männern. Die Peinlichkeit werden wir wohl aushalten müssen, Herr Polizeidirektor.«

Dr. Goos beugte sich zur Seite, griff langsam unter seinen Schreibtisch und öffnete dort eine Klappe. Nacheinander stellte er theatralisch drei leere Flaschen vor sich ab und fragte mich wie bei einer Personengegenüberstellung: »Kennen Sie die?«

Ich schaute sie genauer an.

»Nicht persönlich, aber den Etiketten zufolge handelt es sich um leere Gin-, Wodka- und Grappaflaschen. Ist das ein Quiz? Darf ich das Publikum befragen, oder bekomme ich einen Joker?«

»Wenn Sie sich so unkooperativ stellen, frage ich Sie direkt: Haben Sie ein Alkoholproblem, Herr Müller? Und falls Sie immer noch nicht verstehen: Diese Flaschen hat unser Reinigungsdienst bei Ihnen im Schreibtisch gefunden. Das lässt auch ohne kriminaltechnische Ermittlungen gewisse Schlussfolgerungen zu. Was haben Sie dazu zu sagen?«

Nach einer Sekunde hatte ich verstanden und musste laut lachen.

»Was ist daran lustig, Herr Hauptkommissar? Sie sind sich wohl nicht im Klaren darüber –«

»Doch, doch, Herr Polizeidirektor. Das sind Flaschen, in denen mir meine Nachbarin selbst gemachten Eier- oder Haselnusslikör geschenkt hat. Mit selbst beschrifteten Etiketten, die leider abgegangen sind, als ich die Flaschen zum Entsorgen eingepackt habe.« Ich musste immer noch lachen.

»Moment mal.« Dr. Goos schien leicht verunsichert. »Sie wollen damit glaubhaft machen, dass Sie den alkoholischen Inhalt der Flaschen nicht während der Dienstzeit konsumiert haben?«

»Ganz sicher nicht. Ich habe lediglich einmal versäumt, die Flaschen auf dem Weg zum Dienst einzuwerfen, und sie dann in meinen Schreibtisch gestellt, wo ich sie anscheinend vergessen habe. Wollen Sie einen Alkoholtest durchführen lassen? Ich stehe für eine Blutprobe zur Verfügung.«

»Unsinn. Also gut«, sagte Dr. Goos und räusperte sich etwas übertrieben. Er war wohl erleichtert, mich nicht wegen Alkoholmissbrauchs im Dienst maßregeln zu müssen, zugleich war ihm sein falscher Verdacht wohl peinlich. Nach einem kurzen Augenblick der Unsicherheit hatte er sich wieder gefangen und bemühte sich um einen Ausweg aus seiner Situation: »Ich habe mich offenbar etwas missverständlich ausgedrückt, Herr Hauptkommissar. Selbstverständlich wollte ich Ihnen niemals unterstellen, im Dienst Alkohol zu trinken. Das wäre ja auch gar nicht Ihre Art.« Er räusperte sich noch einmal. »Ich wollte Sie lediglich darauf hinweisen, dass es laut Arbeitsschutzgesetz und Betriebssicherheitsverordnung nicht zulässig ist, der Entsorgung zuzuführende Materialien und Gegenstände im Bereich der … äh … also im Büro … ich meine, auch wegen des Brandschutzes …«

»Bassd scho«, sagte ich freundlich. »Ich werde die Flaschen bei nächster Gelegenheit ordnungsgemäß der Entsorgung im Glascontainer zuführen.«

»Danke, tun Sie das. Und nun gehen Sie wieder an Ihre Arbeit. Wir haben einen Mörder frei herumlaufen. Haben Sie eigentlich schon in der Schwulenszene ermittelt?«

»Äh, nein. Warum sollten wir?«

»Haben Sie denn noch nicht gelesen, was die ›Bild‹-Zeitung auf ihrer Onlineseite aktuell schreibt? Sie sollten bei Ihren Ermittlungen alle relevanten Quellen im Blick behalten. Gehen Sie wieder an Ihre Arbeit!«

***

»Und?« Paulina schaute mich mit großen Augen an, als ich wieder ins Büro kam. »Hat er Ihnen den Kopf abgerissen?«

»Nein, es war lediglich ein Missverständnis. Aber er hat uns gesagt, wir sollen ›Bild‹-Zeitung lesen. Im Internet.«

»Ich weiß schon, das wollte ich Ihnen auch gerade sagen. Goldstein soll schwul gewesen sein.«

»Sagt wer?«

»›Bild‹ zitiert einen Insider aus der Schlagerbranche. Demnach ist seine Beziehung zu Tanja Bauer tatsächlich nur Fake. Hier ist noch ein Artikel, der Sie interessieren könnte. ›Warum kaum ein Kind mehr Horst genannt wird‹ lautet die Überschrift. Und da steht, dass Horst vor hundert Jahren mal ein beliebter Vorname war, der seinen Höhepunkt hatte in den dreißiger Jahren. Doch seit über dreißig Jahren gibt es kaum noch Kinder, die Horst heißen.«

»In Bamberg gibt es ja auch kaum noch Kunigunden. Und das, obwohl der Erzbischof jedes Jahr beim Kunigundenfest allen Kunigunden persönlich zum Namenstag gratuliert. Aber warten wir's ab«, sagte ich. »So altmodische Namen wie Paul und Mathilde sind ja auch wiedergekommen.«

»Ein Horst-Revival ist nicht zu erwarten«, widersprach Paulina. »Und zwar weil der Name ein extremes Konsonantencluster sei. Eine solche Häufung von Mitlauten sei derzeit ziemlich unbeliebt. Außerdem sei der Name durch den Begriff ›Vollhorst‹ nachhaltig belastet.«

Ich nickte zustimmend. »Das stimmt wohl. Dabei hatten wir einen Bundespräsidenten namens Horst und einen Ministerpräsidenten. Da kann sonst nur noch der Name Helmut mithalten, mit dem Deutschland vierundzwanzig Jahre lang regiert wurde.«

»Ich glaube, Helmut nennt heute keiner mehr seine Kinder. Aber was machen Sie mit den Flaschen? Hat Goos die Ihnen mitgegeben?«

»Die sind für den Altglascontainer.«

»Ach so, alles klar. Ich wusste nur nicht, dass es zu den neuen Zuständigkeiten des K1 gehört, den Müll des Dienststellenleiters zu entsorgen. Dafür weiß ich jetzt, wie Sie das kleine rote Tuch entsorgen, wenn Sie es mit Ihrem faulen Trick verschwinden lassen.«

»Ach ja?«

»Hab ich gegoogelt. Der Trick kostet drei Euro neunzig bei eBay. So simpel. Aber ich muss zugeben, dass er ziemlich gut wirkt, wenn man nicht weiß, wie er funktioniert.«

»Das ist bei allen Zaubertricks so. Man ist maßlos enttäuscht, wenn man weiß, wie sie funktionieren. Deshalb fragen Sie nie einen Magier nach einem Trick. Ich habe vor Kurzem ein Buch gelesen, in dem die Geheimnisse der großen Magier wie Copperfield enthüllt werden, zum Beispiel wie er durch die Chinesische Mauer gegangen ist. Ganz simpel mit einem Doppelgänger, dessen Schatten man auf der einen Seite in die Mauer reingehen sieht, während der echte Magier auf der anderen Seite rauskommt. Und wissen Sie noch, wie Abraham Kadabra in Bamberg über die Regnitz gelaufen ist? Mit Plexiglasplatten unter der Wasseroberfläche. Aber ich frage Sie: Was hat es nun mit dieser Heike auf sich? Oder muss ich sagen: mit diesem Heike?«

»So ist es. Heike ist männlich und heißt Werner.«

Ich schaute sie neugierig an und sagte: »Ich bin wirklich gespannt, was jetzt kommt.«

»Auch hier werden Sie von der Auflösung enttäuscht sein. Es geht um den Konzertveranstalter Werner Heike aus Litzendorf. Seine Firma heißt WHM: Werner-Heike-Management. Ich habe mir seine Homepage mal angeschaut, er macht sehr viele Veranstaltungen im Bereich Schlager und Volksmusik. Schauen Sie mal!«

Ich ging hinüber zu Paulinas Schreibtisch und blickte auf ihren Monitor, während sie hinunterscrollte. Zu sehen waren die Porträtfotos mehrerer alternder Herren, deren füllige und farbige Haarpracht nicht zu den faltigen Gesichtern passte. Plötzlich tauchte eine junge blonde Frau auf.

»Das ist Claudia Wany, die Tochter von Thommy dem Fux«, sagte Paulina.

»Hätte sie besser etwas Anständiges gelernt«, murmelte ich. Dann sah ich ein anderes bekanntes Gesicht. »DJ Johnny hat er wohl auch unter Vertrag. Da sind mehrere Auftritte mit seiner Tochter geplant.«

»Ja, und regelmäßig organisiert er Auftritte in der Bamberger Konzerthalle.« Paulina klickte auf eine andere Rubrik. »Die Regensburger Domspatzen, die Wiener Sängerknaben und sogar das Orchester des Papstes hat er nach Bamberg geholt.«

»Aber was wollte er von Fabian Goldstein?«

»Fragen wir ihn!«

»Ich war schon lange nicht mehr in Litzendorf.«

***

Die Geschäftsräume von Werner-Heike-Management befanden sich in der ersten Etage eines Bürogebäudes am Rande von Litzendorf, in dessen Erdgeschoss eine Pizzeria »Wegen Urlab geschlossen« war.

»Schauen Sie mal, Horst.« Paulina deutete auf die Stelle, wo das u fehlte. »Wären wir jetzt bei Dan Brown, wäre das bestimmt ein geheimnisvoller Code, den wir entschlüsseln müssten.«

»Ja, aber das hier ist ja kein Mysterythriller, sondern ein Regiokrimi.«

»Wie bitte?«

»Ich meine, wenn jemand unseren Fall aufschreiben und ein Buch draus machen würde, dann wäre das gewiss einer dieser Franken-Krimis. Und ins Kino kämen wir wohl eher nicht«, sagte ich. »Und wäre ich Robert Langdon, dann hätte ich eine Micky-Maus-Armbanduhr und keine von Tchibo.«

»Die Frage ist, welche von beiden spießiger ist«, meinte Paulina.

»Hier haben wir es aber wohl nicht mit einem Geheimcode, sondern mit einem Gastronomen mit Migrationshintergrund zu tun.« Ich sah neben der Eingangstür, die schon lange keinen frischen Anstrich mehr gesehen hatte und an der ein Plakat für ein Kabarettprogramm mit dem ermutigenden Titel »Es gibt ein Leben über 50« klebte, einen Klingelknopf mit dem Schild »WHM Sekretariat«. Einige andere Tasten waren mit handgeschriebenen Papierschildern mit ausländisch klingenden Namen versehen. Daneben war ein Schild, das zur Pizzeria »La Tombola« gehörte, dazu der Hinweis: »Inhaber Gregorios Berberoglu«. Das klang wenig italienisch.

Ich klingelte bei WHM, kurz darauf ertönte ein Summer. Wir betraten ein dunkles, enges Treppenhaus mit steinernen Stufen, auf denen die Flugblätter und Gratis-Werbezeitungen der letzten Wochen verteilt lagen. Es roch nach scharfem Reinigungsmittel. Im ersten Stock traten wir durch eine offene Tür, hinter der wie in einer Arztpraxis ein hoher Holztresen stand, über den wir auf eine etwa vierzigjährige Empfangsdame und Telefonistin mit Headset hinabblickten. Ihre Haarfarbe glich dem unnatürlichen Rot eines Feuerwehrautos. Dazu passte wie ein Blaulicht das marinefarbene Plastikbrillengestell. Für ihr Alter und meinen Geschmack war sie etwas zu figurbetont angezogen. Aber sie konnte es sich einigermaßen erlauben.

»Grüß Gott, mein Name ist –«

»Sie sind bestimmt wegen des Vertrags hier«, unterbrach sie mich mit leicht slawischem Einschlag, stand auf und streckte mir die Hand entgegen. »Ich bin die Pamela, aber alle sagen Pam zu mir. Sie müssen Benny sein.« Sie sprach ihren Vornamen mit lang gezogenem e aus, nicht englisch wie die vollbusige »Baywatch«-Nixe. Die Kurzform hingegen wollte sie wie »Päm« ausgesprochen wissen. Dann schaute sie zu Paulina. »Und Sie sind Jenny? Auf Ihren Künstlerfotos sehen Sie fünfzehn Jahre jünger aus. Den Maskenbildner müssen Sie mir empfehlen.« Sie lachte. »Kleiner Scherz. Kommen Sie mit. Herr Heike erwartet Sie schon.«

»Ich bin nicht –«, wollte Paulina erwidern. Aber die Vorzimmerdame ließ sie nicht zu Wort kommen. Als sie hinter ihrem Tresen hervortrat, wurde auch ihr etwas zu kurz geratener Jeansrock sichtbar, unter dem sie eine Netzstrumpfhose und Lederstiefel bis zu den Knien trug.

»Sie müssen nicht beleidigt sein«, sagte sie. »Im Showbiz muss man auch mal was einstecken können. Gewöhnen Sie sich schon mal dran. Hier geht's rein.«

»Moment bitte«, wollte auch ich einhaken. Doch da kam schon ein untersetzter und gut gebräunter Herr Mitte fünfzig mit Dauerwelle und getönter Brille auf uns zu. Er trug ein schwarzes Oberhemd, dessen Ärmel hochgekrempelt waren. Die obersten, geöffneten Knöpfe gaben den Blick frei auf eine goldfarbene Halskette.

»Nehmt Platz! Es freut mich sehr, euch kennenzulernen. Benny und Jenny. Diese Namen muss man sich auf der Zunge zergehen lassen. Ein Jammer, dass es die ZDF-Hitparade mit Dieter Thomas Heck nicht mehr gibt. Ich würde euch dort zu Stammgästen machen.« Er verstellte die Stimme und sprach wie der einstige Kult-Moderator: »Dreimal dabei, bitte nicht wiederwählen! Mit der Startnummer eins: das Erfolgsduo Benny und Jenny! Reiner, fahr das Band ab!« Er seufzte: »Wenigstens macht der Bernhard Brink jetzt wieder eine schöne Schlagerparade, auch wenn sie leider nur im Ossiprogramm läuft. Wir bräuchten in der Branche mehr Typen vom Kaliber des Schlagertitanen.« Wieder mit Heck-Stimme sagte er: »Der Brink, der bringt's.« Er seufzte abermals. »Wenn ich an die gute alte Zeit denke, bekomme ich Hitnoppen.«

»Hitnoppen?« Wir schauten ihn fragend an.

»Gänsehaut«, erläuterte er.

Wir setzten uns an einen viereckigen Besprechungstisch. Dann redete er weiter.

»Ein erfolgreiches Vater-Tochter-Duo gab's schon seit Udo und Jenny Jürgens nicht mehr. Wobei ich sagen muss, dass ich mir dich, liebe Jenny, wirklich noch etwas jünger vorgestellt hatte.« Er musterte meine Kollegin von oben bis unten wie ein Käufer auf dem Pferdemarkt. »Aber daraus kann man was machen. Ich habe schon ein genaues Bild vor Augen: Vater Benny ist so der eher biedere Spießer-Papa, mit braunem Cordanzug und Old-School-Krawatte. Die Frisur können wir so lassen, die Brille könnte noch einen Tick altmodischer sein.«

Paulina konnte ihr Kichern nicht mehr unterdrücken. Ich hörte fassungslos zu, ohne mir etwas anmerken zu lassen.

»Die Jenny müssen wir noch ein bisschen mehr girlylike stylen. Etwas andere Frisur, freche Zöpfe vielleicht. Den Rock ein paar Zentimeter kürzer. Du nimmst das hoffentlich nicht persönlich. Es geht hier um Imagedesign. Du kannst noch so schön singen: Wenn das Image nicht passt, ist alles nichts. Die Schlagerbranche ist kein Ponyhof. Man muss hier nicht nur gemeinsam Pferde stehlen können, sondern am Ende bereit sein, die Scheiße zusammen vom Hof zu schaufeln. Oder noch besser: in Gold zu verwandeln.«

Er lachte laut. Mit dem Pferdevergleich lag er wohl gar nicht so falsch. Heike machte eine ausladende Handbewegung und deutete auf eine Vitrine, die neben seinem riesigen Schreibtisch stand und in der zahlreiche Auszeichnungen ausgestellt waren. Ich erkannte eine Goldene Kamera, einen Bambi, mehrere Goldene Schallplatten und einen der wenigen Echos, die offenbar noch nicht wegen der skandalösen Verleihung an antisemitische Rapper zurückgegeben worden waren. Ein Goldenes Seidla hingegen sah ich nicht.

»Ich habe hier auch eine Medaille«, sagte ich und zog meine Polizeimarke, um dem bizarren Spiel ein Ende zu bereiten. »Zwar nicht aus Gold, aber echt. Mein Name ist nicht Benny, sondern Müller. Kripo Bamberg. Und Jenny ist meine Kollegin, Kriminalmeisterin Kowalska.«

»Wir treten zwar im Duo auf«, sagte Paulina, »aber wir singen nur unter der Dusche.«

Heike stockte kurz, stellte sich aber blitzschnell und souverän auf die neue Situation ein und wechselte vom Du zum Sie.

»Die Schlager-Cops, das wäre auch ein interessantes Konzept. Falls Sie mal genug von der Verbrecherjagd haben. Auf das Singen kommt's gar nicht so an, das kriegen wir schon hin. Sie glauben gar nicht, welche talentfreien Sänger wir schon in die Charts gebracht haben, bloß weil sie hübsch aussehen und sich gut bewegen können. Der Rest entsteht am Computer. So was darf nur niemals rauskommen, sonst ist die Karriere zu Ende. Ich sag nur: Milli Vanilli. Wissen Sie, das Image muss passen, wir brauchen originelle Typen, die Leute wollen etwas Neues sehen. Nach dem ›Kriminal-Tango‹ wär's vielleicht mal an der Zeit für einen Bullen-Blues oder einen Haftbefehls-Hip-Hop.« Er atmete tief durch. »Aber ich nehme an, dass Sie wegen Fabian Goldstein hier sind. Tragisch, tragisch. Wie kann ich Ihnen helfen?«

»Herr Heike«, begann ich die Vernehmung. »Wir haben Indizien dafür, dass Sie vor seinem Tod mehrfach Kontakt zu Fabian Goldstein hatten. Worum ging es dabei?«

»Nicht nur kurz vor seinem Tod«, erwiderte Heike, lehnte sich zurück, verschränkte die Arme hinter seinem Kopf und schloss die Augen. »Ich war schon lange an Fabian dran. Doch bis zuletzt ohne Erfolg.« Er seufzte.

»Was meinen Sie damit: Sie waren an ihm dran?«, fragte Paulina.

»Wissen Sie, ich bin seit Jahrzehnten als Konzert- und Tourneeveranstalter aktiv. Mit der Megaschlagerparade toure ich durch ganz Deutschland, Österreich und die Schweiz und bringe eine tolle Show in die kleinen und mittleren Hallen der Provinzstädte, wo sich die ganz großen Stars nicht blicken lassen. Leute wie Thommy der Fux sind da der absolute King. Aber ich mache nicht nur Schlager, sondern auch Folkmusik, Klassik, Rock und Pop. Ich habe auch viele Veranstaltungen in der Bamberger Konzerthalle mit Chören und Orchestern.

Mit Goldstein hatte ich schon lange Kontakt. Wir haben immer wieder mal über ein mögliches gemeinsames Projekt geredet. Aber er war bei Bakow fest unter Vertrag. Da gab es letztlich keine Möglichkeit.«

»Was für ein Projekt hätte das sein sollen?«, fragte ich.

Heike schwieg einen Moment, dann sagte er: »Darüber möchte ich nicht viel sagen, nur so viel: Es hatte nichts mit Schlager zu tun.«

»Jetzt machen Sie es aber spannend, Herr Heike«, meinte Paulina. »Plante Fabian eine neue Karriere als Hip-Hopper?«

»Nein, das nicht. Aber ich kann Ihnen sagen, dass er nicht wirklich glücklich war. Die ganze Schlager-Glitzerwelt ging ihm sogar gehörig auf den Keks. Ich sag's mal so: Er wollte ein musikalisches Experiment probieren, mit englischer Musik, anspruchsvoller Rockmusik. Aber wie gesagt: Bakow ließ hier nicht mit sich reden. Er hatte Fabian Goldstein als den Schlagersonnyboy etabliert und verdiente viel Geld damit. Und mit der geplanten Hochzeit mit Tanja Bauer sollte dies noch gekrönt werden. Ein Ausflug in die Rockmusik passte ihm da überhaupt nicht in den Kram.«

»Aber Verträge kann man kündigen, wenn man von ihrem Sinn nicht mehr überzeugt ist«, sagte Paulina.

»Fabian hat getan, was Bakow ihm gesagt hat. Da war zuletzt fast kein eigener Wille mehr erkennbar. Manche, die ihn gut kannten, sprachen sogar von Gehirnwäsche. Ich will dazu nichts weiter sagen. Bakow ist ein harter Hund.«

»Sie sind nicht der Erste, der diese Worte für Bakow benutzt«, sagte ich. »Was genau meinen Sie damit? Kennen Sie ihn näher?«

»Ich kenne ihn gut, habe schon viel mit ihm zusammengearbeitet. Das ist aber lange her. Sie wissen sicher, dass Bakow selbst einmal erfolgreicher Fernsehmoderator war?«

Ich nickte. »Ja, ich schon. Aber meine Kollegin genießt hier wohl die Gnade der späten Geburt.«

»Ich kenne Bakow noch aus der Zeit, als er Moderator bei Radio Luxemburg war, siebziger Jahre. Lange bevor es in

Deutschland Privatfunk mit Gewinnspielen und Mitmachaktionen gab, sendete dieser kleine Kanal RTL über die Grenzen hinweg und machte ein modernes Programm für junge Leute. ›Erfrischend anders‹ war einer der Slogans. Oder auch ›Radio in Farbe‹. Und ›Die fröhlichen Wellen von Radio Luxemburg‹. Die Moderatoren nannten sich alle beim Vornamen. Und weil es schon einen Alex gab, nahm Alexander Bakow den Vornamen Ben an, den er bis heute trägt und der auch in seinem Pass steht. Er moderierte jeden Sonntag eine Hitparade, für die man mit Postkarten und ausgefüllten Zetteln in Lotto-Annahmestellen abstimmen konnte.«

»Ach so? Bakow heißt gar nicht Ben?«, sagte ich. »Ob wir in dieser Branche mal auf etwas stoßen werden, das tatsächlich so ist, wie es den Anschein erweckt?«

Heike lachte. »Wenn Sie im Showgeschäft unterwegs sind, müssen Sie sich vorstellen, dass Sie auf einer Theaterbühne stehen: Der Vorhang öffnet sich, alle Akteure spielen eine Rolle und sprechen einen Text, der ihnen vorgegeben wird, und alles findet vor Kulissen statt, die schön und echt aussehen. Wenn man sie anfasst oder näher betrachtet, wird schnell deutlich, dass alles nur aus Pappe und Styropor ist.«

»Alles Lug und Trug? Alles Fake?«, fragte ich.

Heike zuckte mit den Schultern. »Solange die Menschen zuschauen und sich amüsieren, ist daran ja nichts auszusetzen. Wir machen Entertainment, die große Volksbespaßung. Am Lauf der Welt ändert sich nichts dadurch. Aber das Leben wird ein Stück weit erträglicher, wenn sich ›Welt‹ auf ›gefällt‹ reimt. Die Nachfrage schafft das Angebot. Verzeihen Sie mir meinen Zynismus. Die Schlagerindustrie ist ein Milliardengeschäft mit den gleichen Mechanismen wie in jeder anderen Branche auch, in der es um viel Geld geht.«

Mir war nicht klar, ob Heike durch und durch verbittert war oder ob er einfach nur seinen stressigen Job mit einer gesunden Portion Sarkasmus ertrug.

»RTL hatte Kultstatus bei der Jugend, viele der Luxemburger Radiomoderatoren wurden bald vom öffentlich-rechtlichen

Spießerfernsehen nach Deutschland geholt, wo es kaum Popmusik gab und man sich auf einen hochkulturellen Bildungsauftrag zurückzog. Biggi Lechtermann wurde Nachfolgerin von Michael Schanze bei ›1, 2 oder 3‹ und machte in den Achtzigern eine Computersendung namens ›Technik 2000‹. Das war fast revolutionär fürs ZDF. Viktor Worms übernahm die Hitparade von Heck, und die Geschichte von Thomas Gottschalk ist bekannt. Ich könnte die Liste endlos fortführen: Tommi Ohrner, Rainer Holbe, Max Schautzer, Lou van Burg, Karl Dall, Hugo Egon Balder, Hans Meiser, Désirée Nosbusch und sogar Rolf Zuckowski … Sie alle waren die Stimmen von Radio Luxemburg.«

»Und Elmar Gunsch«, sagte ich und erinnerte mich gut, dass bei meiner Tante Margot in Leverkusen immer Radio Luxemburg lief mit der sonoren Stimme in der Sendung »Der Kaffee ist fertig«. Und abends hörte ich dort regelmäßig eine Sendung, deren Titel die Telefonnummer war, unter der man anrufen und an der Musikgestaltung mitwirken konnte: »00352 49 60 61«. Später bekam der Sender eine besser zu merkende Nummer, und die Sendung hieß fortan »13 31«. Erstaunlich, dass ich diese Ziffern immer noch auswendig aufsagen konnte, während ich die vierstellige PIN meines Handys – als fiktiven Geburtstag einer nicht existierenden Person – in meinen roten Sparkassenkalender notieren musste. Tante Margot sprach mich irgendwann mal darauf an, dass ihre Telefonrechnung so hoch war, wenn ich sie besuchte. Sie unterstellte mir, eine Freundin im Ausland zu haben, was ich glaubhaft bestritt.

»Gottschalk war auch bei Radio Luxemburg?«, staunte Paulina.

»Ja, und Bakow kannte sie alle. Anders als Gottschalk zog sich Bakow hingegen irgendwann hinter die Kulissen zurück und war nur noch als Produzent tätig. Er machte es sich zur Aufgabe, neue Talente zu entdecken. Dafür hatte er immer ein Händchen, das muss man ihm lassen. Kaum jemand kennt die Mechanismen des Marktes so gut wie er. Und er zwingt jeden Schützling, den er in seiner Obhut hat, sich diesen Gesetzen zu beugen. Das kann sehr schmerzhaft sein. Aber der kommerzielle Erfolg gibt ihm recht. Das beste Beispiel dafür ist Fabian Goldstein.«

»So? Finden Sie?«, wandte ich ein. »Er hat jetzt nicht mehr viel von seinem Erfolg.«

»In der Tat«, räumte Heike ein. »Aber mit Fabians Tod hat Bakow doch nun wirklich nichts zu tun.« Nach einer Sekunde fügte er hinzu: »Oder?«

»Wir werden sehen«, blieb ich unbestimmt. »Was ist eigentlich an dem Gerücht dran, dass Goldstein homosexuell gewesen sein soll?«

»Bullshit«, antwortete Heike sofort. »Das wird doch seit Jahren immer wieder mal behauptet. Mit diesem Gerücht hat doch fast jeder gut aussehende junge Mann zu tun, der sportlich, gepflegt und sehr schlank ist. Ich nehme an, dass dies von interessierter Seite regelmäßig an die Medien gestreut wird.«

»Von interessierter Seite?«, fragte Paulina. »Wen meinen Sie damit?«

»Niemand Konkretes. Ich sag das nur mit Blick auf die geplante Verlobung.«

»Wissen Sie, dass es in Bamberg einen Stiefbruder von Fabian gibt?«, fragte ich.

»Was? Einen Stiefbruder? Nein. Davon hat er nie etwas gesagt.«

»Aber dass Goldsteins richtiger Name Kucharczyk ist, dass wussten Sie?«

»Dass er sich irgendwann einen Künstlernamen zugelegt hatte, war in der Szene allgemein bekannt. Seinen richtigen Namen habe ich mir aber nicht merken können. Das zeigt ja auch, dass seine Entscheidung richtig war, oder?«

»Sein Stiefbruder ist Björn Kucharczyk, der in Bamberg als der Straßenmusikant Björn Q. bekannt ist«, fügte Paulina hinzu. »Schon mal gehört?«

»Ich las davon in der Zeitung, ja. Aber die Namensgleichheit war mir bisher nicht aufgefallen. Sitzt der nicht im Gefängnis wegen irgendwelcher nicht bezahlter Bußgelder?«

»Noch nicht«, stellte ich fest. Der Freund meiner Tochter hatte offenkundig ein großes Imageproblem.

»Wo waren Sie denn Sonntagabend, Herr Heike?«, fragte ich nach einem Alibi.

Heike überlegte kurz. »Ich war auf einer Autorenlesung bei Hübscher in Hallstadt. Ich weiß, dass der Laden jetzt Osiander heißt, aber für mich wird er immer der Hübscher bleiben. Hartmut Knauer hat seinen neuen Roman vorgestellt. ›Tod auf der Regnitz‹.«

»Ist das nicht auch der Autor von ›Mord im Franken-Thüringen-Express‹?«, sagte ich. »Einer von diesen Franken-Krimis?«

»Ja, Knauer lehnt seine Buchtitel an Agatha-Christie-Romane an. ›Mord im Orient-Express‹ und ›Tod auf dem Nil‹. Demnächst erscheint ›16 Uhr 50 ab Strullendorf‹.«

»Die anderen Besucher können Ihre Anwesenheit sicher bezeugen?«

»Warten Sie!« Heike stand auf, trat zu einem hellen Holzschrank und öffnete die Tür. Er holte ein Exemplar des neuen Knauer-Krimis hervor, schlug die erste Seite auf und zeigte eine persönliche Widmung. »Sehen Sie! ›Für Werner‹, mit Unterschrift.«

»Das hätte der Krimiautor sich auch nicht träumen lassen, dass seine Signatur als Alibi in einer echten Mordermittlung dienen würde«, sagte Paulina.

»Könnten Sie noch mal den Schrank öffnen, Herr Heike?«, bat ich ihn.

»Äh, ja. Warum?«

»Ich meine, etwas gesehen zu haben. Bitte.«

»Gut«, sagte Heike, zögerte kurz, dann öffnete er erneut den Holzschrank.

»Was ist denn das Goldene da unten?«, fragte ich.

»Das ist ein …« Heike bückte sich und hob einen vergoldeten Bierkrug hoch, den er vor sich auf den Tisch stellte.

»Das ist ein Goldenes Seidla«, sagte Paulina. »So wie es Fabian bekommen sollte. Für sein Lebenswerk.«

»Und wie wir es als verschwundene Mordwaffe suchen«, ergänzte ich. »Warum steht dieser Pokal nicht bei den anderen im Regal?«

»Weil ... also ... ich kann das erklären ...«

»Das wäre gut.« Ich stellte mir kurz vor, dass die Erklärung ein Geständnis sein könnte. Warum sonst sollte ein Konzertmanager eine so begehrte Auszeichnung in einem Büroschrank verstecken, während alle anderen stolz in einer Vitrine präsentiert wurden?

»Also, dieses Seidla gehört eigentlich nicht hierher«, versuchte Heike zu erklären.

»Verstehe. Es hat jemand vorbeigebracht und hier abgestellt. Sie wissen nicht, wer es war?« Ich schaute ihn zweifelnd an.

»Sie wollen mir etwas unterschieben?« Heike wurde sichtlich nervös.

»Was haben Sie uns zu erklären? Wenn Sie unschuldig sind, haben Sie nichts zu befürchten. Also reden Sie!«

»Ich sage nichts mehr. Nicht ohne meinen Anwalt.«

Wenn das nicht schon ein halbes Geständnis ist, dachte ich und sagte: »Na schön, dann kommen Sie mal mit auf die Inspektion. Da können Sie dann auch Ihren Anwalt anrufen.«

Das verdächtige Seidla und den Krimi mit der Alibi-Signatur packten wir vorsichtig in Plastiktüten ein. Sollte der Fall sich so einfach aufklären?

»Sie sind vorläufig festgenommen, Herr Heike«, sagte ich.

# NEUN

»War das mit der vorläufigen Festnahme vielleicht etwas voreilig?«, meinte Paulina, während sie neue Bohnen in ihren Jura-Kaffeevollautomaten füllte. Der verdächtige Heike saß im Vernehmungszimmer und beriet sich mit seinem Rechtsanwalt unter vier Augen.

»Wieso?«, erwiderte ich und gab bei Google den Namen des Krimis von Hartmut Knauer ein, der mir als mittelmäßiger Autor von trivialer Heimatliteratur bekannt war. Seine Bücher zeichneten sich vor allem dadurch aus, dass der Leser darin jeden Briefkasten und den Standort jedes Straßenschilds überprüfen konnte. Lokalkolorit nannte man das. Ich fand eine Reihe sehr wohlwollender Besprechungen in fränkischen Heimatzeitungen und auch mehrere Berichte über Veranstaltungen mit dem Autor in der Region. »Die KTU wird herausfinden, ob das beschlagnahmte Seidla die Tatwaffe ist. Wenn ja, sollte Heike dafür eine Erklärung haben.«

»Er hat ein Alibi. Die Lesung.«

»Ein Autogramm in einem Buch sagt erst mal wenig aus. Es stand kein Datum dabei. Dieser Knauer macht doch ständig Lesungen, wo man sich Bücher signieren lassen kann. Und Sie müssen zugeben: So einen Pokal im Schrank zu verstecken ist schon merkwürdig, oder?«

»Ja, schon. Aber wenn er mit diesem Seidla Goldstein erschlagen hätte, dann hätte er die Waffe doch irgendwo verschwinden lassen, anstatt sie in seinem Büro zu deponieren.«

»Ein Täter handelt nicht immer rational. Und jeder macht Fehler. Sonst könnten wir keinen einzigen überführen.«

»Jaja, Horst. Ich glaube nur, dass Sie sich da verrannt haben. Welches Motiv sollte Heike denn haben?«

»Das liegt auf der Hand. Er hatte irgendwelche Pläne mit Goldstein, darüber gerieten sie in Streit. Heike wird zornig, ergreift den nächsten Gegenstand. Und rums. Aus die Maus. Ende

Gelände. Schluss mit lustig. Ist Ihnen eigentlich aufgefallen, dass er denselben Friseur zu haben scheint wie Thommy der Fux?«

»Vielleicht ist es auch derselbe Toupethersteller«, meinte Paulina spöttisch. Mit Blick auf meine Kaliber-neun-Millimeter-Frisur fügte sie hinzu: »Wäre vielleicht auch mal was für Sie! Toupet or not toupet, that's the question. So ein Haarteil ist doch mal eine praktische Art der Illusionskunst. So wie bei Ihrem verschwindenden Tuch.«

»Sehen Sie! Der Zuschauer will sich täuschen lassen. Wir machen diesen Fehler nicht.«

Es klopfte an der Tür, ein uniformierter Beamter teilte uns mit, dass Heike und sein Anwalt nun bereit seien für die Vernehmung.

Kurz darauf saßen wir in dem fensterlosen Raum am Ende des Ganges. Heike hatte seine Fassung wiedergefunden, offenbar gestärkt durch den Zuspruch des Juristen neben ihm. Dessen Outfit, Jeans und kariertes Kurzarmhemd, deutete darauf hin, dass ihn der Ruf seines Mandanten in der Freizeit erreicht haben musste. Der Mittvierziger stellte sich als Dr. Jens Dorn von der Kanzlei Dorn und Dechsler vor und schob seine Visitenkarte über den Tisch. Der zufolge war seine Kanzlei auf Vertrags- und Urheberrecht spezialisiert. Es sprach für Heike, dass er wohl keine Nummer eines Strafverteidigers in seinem Handy eingespeichert hatte.

»Mein Mandant möchte eine Erklärung abgeben«, sagte der Anwalt, nachdem wir uns an den viereckigen Resopaltisch gesetzt hatten. Es roch in diesem Raum mit der flackernden Neonröhre immer wie in der Umkleide einer Turnhalle. »Genauer gesagt: Ich werde im Namen meines Mandanten eine Erklärung abgeben.«

»Wir sind gespannt. Bitte sehr«, forderte ich ihn auf.

»Herr Heike betont, dass das von Ihnen beschlagnahmte Goldene Seidla dem Künstler Johannes Bonsen, bekannt als DJ Johnny, gehört, der es vor einigen Jahren als Newcomer des Jahres verliehen bekam. Da Herr Bonsen derzeit in finanziellen Schwierigkeiten steckt, bat er Herrn Heike um ein zinsloses

Darlehen. Dieses Geld sollte für PR-Maßnahmen für seine neue Veröffentlichung eingesetzt werden. Der Pokal diente dabei als Sicherheit.«

»Als Sicherheit?« Ich lachte. »Wie hoch war der Kredit? Fünfzig Euro? Mehr ist dieses Teil aus Kupfer und Aluminium doch nicht wert.«

»Es waren zwanzigtausend Euro«, meldete sich nun Heike selbst zu Wort. »Es war eine Ehrensache, ihm zu helfen. Er steckte sehr in der Klemme und hat ja sonst keine Mittel flüssig. Und das Seidla als Sicherheit hat eher symbolischen Charakter. Er wollte mir etwas anbieten. Das habe ich dann natürlich angenommen.«

»Fest steht«, schaltete sich der Anwalt nun wieder ein, »dass mein Mandant nicht das Geringste mit dem Ableben von Herrn Goldstein zu tun hat. Er ist daher unverzüglich wieder auf freien Fuß zu setzen.«

»Warum hat er das nicht sofort erzählt?«, wollte ich wissen.

»Sie haben ihn mit der Festnahme sehr überrumpelt«, antwortete der Anwalt. »Er wusste nicht mehr, was er noch sagen konnte, ohne sich in Schwierigkeiten zu bringen.«

»Gibt es denn für dieses Darlehen eine schriftliche Vereinbarung?«, fragte Paulina.

»Nein. Das wurde per Handschlag unter Männern besiegelt«, antwortete Heike. »Das Geld habe ich ihm in bar gegeben. Herr Bonsen wird Ihnen meine Darstellung bestätigen. Fragen Sie ihn!«

»Ich hätte noch eine andere Frage«, sagte ich. »Wie erklären Sie sich denn, dass auf der Rückseite Ihres signierten Krimis von Hartmut Knauer ein Preisschild von der Bücherwelt im ERTL-Zentrum klebt, obwohl Sie das Buch bei Osiander haben signieren lassen?«

Heike räusperte sich. Bevor er antworten konnte, legte ich nach: »Und ist es nicht merkwürdig, dass es sich um ein Exemplar der ersten Auflage handelt, während das Buch inzwischen in vierter Auflage mit einem veränderten Cover-Design im Handel ist?«

»Ich muss da wohl noch etwas erklären«, sagte Heike kleinlaut.

Dann übernahm wieder der Winkeladvokat. »Herr Heike möchte sagen: Er bedauert, dass er hier einem Irrtum unterlegen ist. Die Falschbehauptung war lediglich eine unbedachte Kurzschlussreaktion. Er hat nicht an der Lesung in Hallstadt teilgenommen.«

»Und wo waren Sie dann zur Tatzeit?«, fragte Paulina.

»Ich bin verheiratet«, sagte er, was nur auf den ersten Blick unpassend zur Frage wirkte. Denn außereheliche Aktivitäten waren meist der Grund dafür, wenn Beschuldigte ein falsches Alibi angaben, ohne dass sie damit ein Verbrechen verdecken wollten. »Ich habe den Sonntagabend mit Frau Sukowa verbracht.«

»Päm?«, vermutete ich wegen des Namens, den sie mit einer früheren tschechischen Tennisspielerin gemein hatte.

»Pamela, ja. Ich bitte Sie um … Diskretion … was mein Verhältnis zu ihr angeht. Ist das möglich? Sie verstehen doch …«

»Sie glauben gar nicht, wie diskret wir sein können, Herr Heike«, sagte ich und fügte hinzu: »Wenn es nichts mit unseren Ermittlungen zu tun hat. Heißt Frau Sukowa wirklich Pamela oder in Wirklichkeit Olga?«

»Äh, warum sollte sie Olga heißen?«, zeigte Heike sich irritiert. »Natürlich heißt sie Pamela.«

»Ich meine ja nur so. Bislang haben wir in der Schlagerbranche wenige Personen getroffen, die so heißen, wie sie sich nennen.«

»Wenn Sie Schlagersänger werden wollten, kämen Sie mit Ihrem Namen auch nicht weit, Herr Müller.«

»Ich weiß schon: Benny und Jenny. Das würde abgehen wie eine Rakete. Aber noch mal zu Ihrem Alibi: Wo und wann haben Sie Frau Sukowa denn getroffen?«

»Wir treffen uns meistens unten im ›La Tombola‹. Gregorios, der Inhaber, hat immer ein Separee für uns, wo wir Chianti trinken und ungestört –«

»Jaja, bitte keine Details, Herr Heike. Aber das ›La Tombola‹ hat ja derzeit ›Urlab‹. Wo waren Sie also am Sonntag?«

»Wir haben uns im ›Landgasthof Lohntal‹ ein Zimmer genommen und dort den Abend verbracht. Um kurz vor Mitternacht war ich wieder zu Hause.«

»Das wird Ihre Gemahlin dann sicher bestätigen können«, sagte ich. »Landgasthof statt Stundenhotel. Wir können das dort überprüfen, Herr Heike? Ich vermute, Sie haben nicht mit Ihrer Kreditkarte eingecheckt.«

»Ich habe natürlich bar bezahlt. Ich hatte das Zimmer auf den Namen von Pamela reserviert. Der Portier wird sich bestimmt erinnern: Ich hatte eine Flasche Champagner bestellt und ein sehr ordentliches Trinkgeld gegeben«, erklärte Heike. »Haben Sie eigentlich schon mal mit Paul Kammerer gesprochen? Wenn jemand ein Motiv hätte, sich an Goldstein zu rächen, dann er.«

»Kammerer?« Ich zuckte mit den Schultern. »Wer soll das sein? Moment mal …« Ich glaubte mich zu erinnern. »Hat der nicht vor einiger Zeit eine große Show im Fernsehen moderiert?«

»Richtig, den ›Musikpalast‹, fast zwanzig Jahre lang mit riesigem Erfolg. Bis der Sender die Show vor fünf Jahren quasi über Nacht absetzte und dies öffentlich mit gesundheitlichen Problemen des Moderators begründete. Kammerer jedoch erklärte gleich am nächsten Tag, er sei kerngesund, und ließ die ›Bild‹-Zeitung das Attest seines Arztes veröffentlichen. Er sei aus allen Wolken gefallen, als er aus den Medien erfuhr, dass er gefeuert war.«

»Und vor fünf Jahren startete auch die Show von Fabian Goldstein, stimmt's?«, sagte Paulina.

»So ist es, auf demselben Sendeplatz. Es war für jeden offensichtlich, dass der Sender sein Programm verjüngen wollte. ›Alpenpop statt Bergjodler‹ hieß die Devise. Der neue Schlagerboom war im Kommen. Der ›Musikpalast‹ war ein verstaubtes Relikt aus dem vergangenen Jahrhundert, und der Moderator war schon in den siebziger Jahren selbst ein erfolgreicher Sänger. Erinnern Sie sich an ›Die blaue Lagune von Lanzarote‹? Das war sein größter Hit.«

Das Lied kannte ich gut, aber dass es von Paul Kammerer war, war mir nicht bewusst. »Und was macht Paul Kammerer heute?«, fragte ich.

»Jahrelang hat er nur mit verbitterten Interviews auf sich aufmerksam gemacht, in denen er über den angeblichen Jugendkult der Fernsehsender geschimpft hat. Und immer wieder attackierte er die Sendungen von heute als niveaulose Selbstinszenierung von narzisstischen Lackaffen mit synthetischer Plastikmusik.«

»Völlig absurder Vorwurf, oder?« Paulina verkniff sich ein Lachen.

»Später bekam er wieder eine eigene Sendung in einem österreichischen Spartenprogramm, das quasi unter Ausschluss der Öffentlichkeit ausgestrahlt wurde. Und was vielleicht auch nicht uninteressant ist …«, Heike schaute uns nacheinander in die Augen, »… Paul Kammerer war heuer ebenfalls für das Goldene Seidla in der Kategorie Lebenswerk nominiert.«

»Ach, woher wissen Sie das?«

»Ich bin Mitglied der Jury.«

»Das heißt, Paul Kammerer hätte in der Sendung von Fabian Goldstein aus dessen Hand die Auszeichnung für sein Lebenswerk erhalten sollen?«

»Das wäre nicht möglich gewesen. Fabian hat sein Veto dagegen eingelegt.«

»Wie konnte er das?«, wunderte ich mich. »Hatte er Mitspracherecht?«

»Er war auch Mitglied der Jury«, sagte Heike trocken.

»Äh, Moment, sagen Sie das noch mal!«

»Sie haben schon richtig gehört, Herr Kommissar. Nach dem Einspruch von Fabian hat die Jury einen alternativen Preisträger gesucht, der idealerweise eh schon bei der Aufzeichnung vorgesehen war. Die meisten kamen nicht in Frage, weil sie das Seidla schon mal bekommen hatten oder beim falschen Management unter Vertrag sind.«

»Wieso beim falschen Management?«, wollte Paulina wissen. »Das wird ja immer doller.«

»Nun …« Heike holte tief Luft. »Offiziell wird das Goldene Seidla vom Fränkischen Brauerbund finanziert. Aber es gibt natürlich noch eine Menge Sponsoren und Geldgeber im Hintergrund, die dafür sorgen, dass die Verleihung des Preises auch größtmögliche Publicity bekommt. Und einer der Hauptsponsoren ist Bakow Show Entertainment.«

»Die Firma, bei der Goldstein Mitinhaber war?«, erinnerte ich mich. »Es ist nicht zu glauben. Wo lebt Kammerer heute?«

»In der Nähe von München. Fürstenfeldbruck.«

»Vielen Dank für diese Hintergrundinformation, Herr Heike.«

»Kann mein Mandant dann jetzt gehen?«, fragte der Anwalt und blickte ungeduldig auf seine goldfarbene Armbanduhr.

»Wenn er sich zu unserer Verfügung hält«, sagte ich. »Wir werden seine Angaben schnellstmöglich überprüfen.« Und flüsternd ergänzte ich in verschwörerischem Tonfall: »Und so diskret wie möglich.«

***

Tatsächlich konnte der Rezeptionist im »Landgasthof Lohntal« die Aussagen von Heike bestätigen. Zugleich starteten wir ein Amtshilfeersuchen an die KPI in Fürstenfeldbruck, Paul Kammerer aufzusuchen und zu vernehmen. Die für uns interessanten Fragen übermittelten wir per E-Mail an den Leiter der Inspektion, Kriminalrat Jürgen Sonne.

»Heute können wir wohl nicht mehr viel anrichten«, stellte ich mit Blick auf meine Tchibo-Uhr fest.

»Sie haben recht«, sagte Paulina. »Machen wir Feierabend? Es ist schon spät.«

»Morgen ist auch noch ein Tag.«

Ich beschloss, im Bambados noch eine Runde schwimmen zu gehen, und holte aus dem untersten Schubfach meines Rollcontainers die Badesachen, die ich in meinen grünen Rucksack packte. Ich schaute noch einmal mein Postfach durch und legte alles ordnungsgemäß in die Ablagefächer.

Wenige Minuten später radelte ich auf meinem Pedelec die Starkenfeldstraße entlang Richtung Spaßbad. Ich bedauerte immer noch, dass das alte Hallenbad am Margaretendamm geschlossen war. Dorthin brauchte ich von zu Hause nur fünf Minuten zu Fuß, während die Fahrt zum Bambados immer wie eine kleine Weltreise war. Ich hielt dieses hippe Spaßbad, dessen Bezeichnung wohl eine Kombination aus Bamberg und Barbados darstellen sollte, für die neben dem Atrium überflüssigste Einrichtung in der Stadt, die zudem regelmäßig wegen sich lösender Fliesen im Becken geschlossen war. Der Trend, Schwimmbäder zu bewässerten Indoorspielplätzen auszubauen, kostete die öffentlichen Kassen nur viel Geld, ohne dass sich die Investitionen rechneten. Den Eintrittspreis fand ich zu hoch, die Temperatur im Bad zu niedrig. Aber ich hörte auf die Empfehlung meines Orthopäden, der mir mehr Bewegung verordnet hatte, um den Alterserscheinungen im Bewegungsapparat entgegenzuwirken.

An der Ampel, wo die Starkenfeldstraße den Berliner Ring kreuzte, wartete ich bei Rotlicht als Erster in der Reihe, als mir auffiel, dass ich den Rucksack mit meinen Schwimmsachen im Büro vergessen hatte. Sollte dies ein Zeichen dafür sein, dass neben den körperlichen auch geistige Ausfallerscheinungen hervortraten? Kurz überlegte ich, ins Büro umzukehren, was jedoch die Gefahr barg, dass Paulina mich auslachte und mir beginnende Altersdemenz attestierte.

In diesem Augenblick überquerte vor mir an der Ampel eine Fußgängerin die Straße, die mich trotz Fahrradhelms und eintretender Dämmerung erkannte und rief: »Horst! Sie hier? Was für eine schöne Überraschung.«

Es war Natascha Scharrer, die mich daran erinnerte, dass ich heute bereits einmal etwas vergessen hatte.

»Oh, Sie auch noch unterwegs? Schön, Sie zu sehen«, schwindelte ich und hoffte, sie würde mich nicht auf ihre Tupperpräsente ansprechen.

»Haben Sie schon Feierabend, Herr Kommissar? Dann kommen Sie doch mit!«

»Äh, wohin?«

»Ins ›Romantica‹! Da ist heute XXL-Discofox-und-Freestyle-Abend mit Prosecco und veganen Häppchen. DJ Antonio legt auf. Es gibt außerdem Tanzgarantie für Sologäste.«

»›Romantica‹? Dieser Schuppen, der sich selbst ›das verrückte Tanzlokal für Jung und Alt‹ nennt? Ich war ja eigentlich auf dem Weg zum Bambados ...«

Wollte Natascha Scharrer mich wirklich zu einer Seniorentanzstunde einladen? Das konnte nicht ihr Ernst sein. Tatsächlich musste ich vor rund zwanzig Jahren, kurz nachdem der Laden eröffnet hatte, mit meiner damaligen Frau Judith mal dort gewesen sein. Die Erinnerung war nur noch schwach. In der Festplatte meines Langzeitgedächtnisses hatte nach der Scheidung ein Prozess eingesetzt, der die Informationen über sämtliche zweisame Pärchenereignisse nach und nach überschrieb oder auf Partitionen verschob, die dem tagesaktuellen Datenzugriff entzogen waren. Vermutlich war dies ein Schutzmechanismus des Gehirns, um zu viel überflüssige Auseinandersetzung mit der Vergangenheit zu vermeiden.

»Ich weiß ja nicht, was an veganen Häppchen romantisch sein soll ...«, sagte ich zu Natascha Scharrer. Jetzt erst bemerkte ich, dass sie unter ihrem Wintermantel einen kurzen Rock trug, der ihre schlanken Beine sichtbar werden ließ, die in schwarzen Lederstiefeln steckten. Sie war dezent und unauffällig geschminkt und hatte die blonden Haare zu einem frechen Pferdeschwanz gebunden.

»Jetzt seien Sie nicht so, Herr Kommissar. Es ist nicht weit und –«

»Ich kann übrigens gar nicht tanzen.«

»Freestyle kann jeder. Und nach einem Glas Prosecco erst recht. Die Polizisten-Ausrede ›Kein Alkohol im Dienst‹ gilt ja wohl um diese Uhrzeit nicht mehr.«

Da hatte sie zwar recht. Und auch wenn sie nicht wissen konnte, dass meine Ausrede »Bambados« wegen vergessener

Badesachen nicht mehr relevant war, war ich fest entschlossen: In dieses Frührentner-Tanzcafé ließ ich mich garantiert nicht abschleppen. Eher würde ich mich erneut zu einer Tupperparty einladen lassen.

## ZEHN

Es war ein historischer Tag. Zum ersten Mal in meinem Leben wachte ich am nächsten Morgen mit einem Prosecco-Kater auf. Und zum ersten Mal in meinem Leben verschlief ich meinen Dienstantritt.

Als ich die Augen aufschlug und Andrea Berg singen hörte, ich hätte sie bereits tausend Mal betrogen, musste schon über eine Dreiviertelstunde Antenne Thüringen laufen. Dies war der einzige Sender, den ich im Schlafzimmer mit meinem fast ein Vierteljahrhundert alten Radiowecker im Schlafzimmer störungsfrei empfangen konnte. Ich versuchte zunächst vergeblich, die Ereignisse des Abends zu rekonstruieren. Da es mir nicht sofort gelang, war ich auf alle Fälle froh, in meinem eigenen Bett aufgewacht zu sein. Ich schaute mich im Schlafzimmer um und vergewisserte mich, allein zu sein.

Ich rieb mir die Augen und tastete nach meiner Brille auf dem Nachtschränkchen. Dann brachte ich durch einen Tastendruck Andrea Berg zum Verstummen, die mit jedem Ton einen dröhnenden Kopfschmerz in meinem Schädel auslöste. Hatte ich wirklich nur Prosecco getrunken? Oder vertrug ich keine veganen Häppchen? Ich fühlte mich jedenfalls, als hätte mir jemand K.-o.-Tropfen verabreicht.

Langsam setzte das Gedächtnis wieder ein. Die letzten Gesichter, an die ich mich erinnern konnte, waren neben dem von Natascha Scharrer die der Fan-Girlies Sonja und Gitti. Waren sie auch im »Romantica« gewesen? Wie war ich nach Hause gekommen? Offenbar war ich noch in der Lage gewesen, meinen dunkelblauen Frotteeschlafanzug anzuziehen. Was ich jedoch nicht mehr getan hatte, war, mein Smartphone ans Ladekabel anzuschließen. Es lag mausetot auf dem Telefonschränkchen im Flur neben meinem Festnetzapparat. In dem Moment, als ich es in die Hand nahm, läutete es an der Tür. Ich vermutete den DHL-Boten, der um diese Zeit gern alle

Klingeltasten drückte, um dann beim Ersten, der ihm öffnete, ein Dutzend Pakete zu hinterlegen. Ich drückte den Summer, ohne die Sprechanlage zu betätigen. Wenige Sekunden später stampfte kein Paketbote, sondern Paulina die Holztreppen hinauf in den ersten Stock.

»Mensch, Horst!«, waren ihre ersten Worte mit vorwurfsvollem Ton. »Alles in Ordnung?« Als sie bemerkte, dass ich augenscheinlich wohlauf war, sagte sie: »Wollen Sie heute einen Ausschlaftag nehmen, oder was ist los? Sexy Pyjama übrigens. Gibt es den bei Tchibo?«

Anstatt zu antworten, gähnte ich. »Alles in Ordnung, nur ...« In Sekundenbruchteilen entschied ich mich für eine Halbwahrheit. »Ich hatte Kopfschmerzen heute Nacht und habe eine Schlaftablette genommen. Die hat wohl zu stark gewirkt. Tut mir leid. Gönnen Sie mir noch eine heiße Dusche, dann bin ich so weit.«

»Eine kalte Dusche wäre jetzt sicher besser für Sie«, erwiderte sie.

»Ich stehe dazu, ein Warmduscher zu sein.«

Da konnte Fräulein Hipster-Kommissarin noch so spotten. Es gab für mich nichts Schöneres, als den Tag mit einer richtig heißen Dusche zu beginnen: Während Blutdruck und Körpertemperatur auf Wohlfühlmodus gebracht wurden, verschwanden alle schlechten Träume und belastenden Grübeleien der Nacht durch den Abfluss in die Unterwelt, wo sie hingehörten. Warum sollte ich mich zur Körperreinigung quälen und kasteien, ohne dass jemand von meinem Leiden profitierte? Für Altruismus gab es genug andere Möglichkeiten. Und warum eigentlich musste Duschgel für Männer immer stahlblau sein und so aussehen, als handele es sich um geliertes Wasser eines eiskalten Bergsees? Wenigstens teilte ich den Warmduscher-Spott mit Jürgen Klinsmann, der in den neunziger Jahren von Harald Schmidt als »blöder Warmduscher« beleidigt wurde. Vermutlich hat den Fußballer damals das zweite Wort härter getroffen als das erste.

»Sie können zu Hause von mir aus so viel Zahnpastatuben

ausdrücken, gebrauchtes Geschenkpapier bügeln, Müll trennen und meinetwegen auch warm duschen, wie Sie möchten.«

»Ich kann damit leben, dass Sie mich für einen Softie halten«, entgegnete ich trotzig.

»›Softie‹ sagt seit dreißig Jahren kein Mensch mehr. Außer zu Papiertaschentüchern.«

»Was man vor dreißig Jahren gesagt hat, können Sie überhaupt nicht wissen. Denn da konnten Sie noch nicht sprechen.«

»Jetzt beeilen Sie sich, Horst. Zum Glück müssen Sie nach dem Duschen nicht lange Haare föhnen. Danach erzähle ich Ihnen, was heute in der Zeitung steht.«

»Ach, hat Null Null Sieber wieder zugeschlagen? Machen Sie es sich in der Küche bequem. Ich kann Ihnen leider nur Filterkaffee anbieten.«

Paulina antwortete, dass sie auch gar nichts anderes erwartet habe. Ich schaltete die Kaffeemaschine ein, übrigens das baugleiche Modell wie die im Büro, nur in Beige, und verschwand unter der Dusche. Fünf Minuten später und nachdem ich die Glaswände meiner Duschkabine ordentlich mit einem Abstreicher von den Wasserspritzern gesäubert hatte, trat ich mit einem dezenten Duft von »Sir Irisch Moos« und in einem hellblauen Kurzarmhemd und einer grauen Stoffhose dienstbereit vor meine Kollegin, die am Küchentisch Platz genommen hatte, die Tageszeitung vor sich ausgebreitet.

»Sie wollen wirklich keine Tasse?«, vergewisserte ich mich höflichkeitshalber, während ich mir einen Kaffee eingoss. »Was gibt's denn Neues?«

»Aufmacher im Lokalteil«, sagte sie und las vor: »›Schlager-Mord in Bamberg: Warum musste Goldstein sterben?‹«

»Diese Fragestellung hat noch wenig Neuigkeitswert«, brummte ich. »Oder wird auch eine Antwort mitgeliefert? Das wäre dann schon interessant.«

»Warten Sie ab«, sagte Paulina und las weiter: »›Nach FT-Informationen könnte das geplante Outing des beliebten Moderators eine wichtige Rolle bei der Motivsuche spielen. Wie ein Insider unserer Zeitung berichtete, wollte Goldstein in den nächsten Tagen seine Homosexualität öffentlich machen.‹«

»Das ist doch Nonsens«, entfuhr es mir. »Dass ein Outing einen Fernsehstar in Schwulitäten bringt ...«

»In was?«

»Ich meine, in berufliche Schwierigkeiten, darüber sind wir doch zum Glück schon lange hinweg. Abgesehen davon wollte er gerade seine Verlobung bekannt geben. Mit einer Frau.«

»Eben«, sagte Paulina. »Genau das könnte ja das Problem sein. Wenn diese Verlobung von seinen PR-Strategen –«

»Bakow!«

»Richtig. Wenn Bakow die öffentliche Verlobung von Fabian Goldstein und Tanja Bauer arrangiert oder inszeniert haben sollte, um ihre Karrieren zu befördern, dann dürfte er wenig Interesse daran haben, dass Fabian sich als schwul outet.«

»Hm, mag sein«, murmelte ich. »Aber mal ehrlich, Paulina, ein bisschen Menschenkenntnis haben Sie doch auch. Finden Sie nicht, dass Fabian der Prototyp eines Womanizers ist? Der Traum aller schlaflosen Schwiegermütter?«

»Na und? Von Kevin Spacey hätte auch niemand gedacht, dass der Serien-US-Präsident privat Kerle knutscht.«

»Außerdem ist Fabian Goldstein ein Schauspieltalent«, räumte ich ein. »In den Sketchen seiner Show schlüpft er in jede beliebige Rolle. Und vielleicht ist es für ihn auch nur eine von vielen Rollen, den geschmeidigen Lover von Tanja Bauer zu spielen. Gibt es weitere Infos in diesem Artikel?«

»Es werden Gerüchte erwähnt, dass fast das ganze Produktionsteam regelmäßig weiche Drogen konsumiert und dafür von einem nicht namentlich genannten Künstler mit Stoff versorgt wird.«

»Der falsche Holländer!«, sagte ich. »Ton van der Leyden. Vielleicht hat er illegal Rauschgift importiert und sich damit erpressbar gemacht?«

»Wegen Gras bringt man niemanden um«, sagte Paulina.

»Wollen Sie jetzt etwa auch die sogenannten weichen Drogen verharmlosen?«, empörte ich mich. »Sie wissen genau, dass Marihuana eine gefährliche Einstiegsdroge ist.«

»Jaja. Ich kenne die Sprachregelung unseres Innenministers. Wenn es stimmt, dass es in unserer Schlagertruppe ein Drogenproblem gibt, dann haben wir es vielleicht nicht nur mit Kiffern zu tun. Kann ja sein, dass es da auch um härteres Zeug geht. Dass Kokain unter Künstlern eine gewisse Beliebtheit genießt, ist ja auch keine sensationelle Erkenntnis. Außerdem hat dieses Fan-Girl doch erzählt, dass Fabian zwar keinen Alkohol trinkt, aber bei ihrem gescheiterten Rendezvous möglicherweise unter Drogeneinfluss stand.«

Ich erinnerte mich an unsere Ermittlungen bei den Bamberger Symphonikern, wo sich herausstellte, dass einer der Musiker auf Auslandstourneen regelmäßig Rauschgift in seinem Instrument transportierte.

»Aber ich nehme an, dass Sieber in seinem Text keinen Hinweis auf irgendwelche Quellen für seine Spekulationen gibt. Oder hat er alles nur aus der ›Bild‹-Zeitung abgeschrieben?«

»Keine konkrete Quelle. Soll ich mal mit Frank Litzka Kontakt aufnehmen? Vielleicht weiß der mehr.«

»Das könnte Ihnen so gefallen. Lassen Sie sich von diesem Schreiberling mal lieber nicht um den Finger wickeln.«

»Apropos um den Finger wickeln, das wollte ich Sie noch fragen: Was war eigentlich gestern Abend los?«

»Wieso? Was soll los gewesen sein?«

»Sie sind auf Facebook markiert worden. Im ›Romantica‹. Sie wollten doch schwimmen gehen, dachte ich.«

Tatsächlich hatte ich mir vor einiger Zeit ein Profil im sozialen Netz eingerichtet, das ich jedoch nach anfänglicher Neugier kaum mehr nutzte.

»Weil ich mit Ihnen befreundet bin, habe ich einen Hinweis bekommen, dass Sie markiert wurden. Und zwar von einer Person mit dem Nicknamen Na Tascha.«

»Natascha Scharrer«, sagte ich. »Ja, ich habe sie auf dem Weg zum Bambados getroffen. Und weil ich meine Badesachen im Büro vergessen hatte, überredete sie mich, in diesen

Tanzschuppen mitzukommen. Ich wollte eigentlich nur auf ein halbes Stündchen mitgehen. Sie hat nicht lockergelassen. Und weil ich ein höflicher Mensch bin …«

»… haben Sie sich öffentlich abknutschen lassen?« Paulina lachte. »Das passt irgendwie nicht zu Ihnen. Da arbeiten wir so lange zusammen, und dann lerne ich plötzlich das menschliche Antlitz des Horst Müller kennen.«

»Äh, Moment mal. Wie bitte?«

Paulina lachte laut und zog ihr Smartphone aus ihrer Handtasche.

»Was soll das heißen: abknutschen lassen?«, fragte ich. »Sie wollen doch nicht etwa sagen …« Dann begriff ich und rief energisch: »Zeigen Sie sofort das Handy!«

»Ich schmeiß mich weg.« Paulina wurde dem Ernst der Lage nicht gerecht. Dann schob sie mir ihr Telefon über den Küchentisch zu. »Hier. ›Na Tascha war mit Superhorst hier: Tanzcafé Romantica‹.« Kichernd fügte sie hinzu: »Superhorst sind übrigens Sie.«

»Zeigen Sie!« Ich griff nach dem Handy und suchte den richtigen Abstand zu meinen Augen, um das Bild scharf zu erkennen. Was ich sah, verschlug mir die Sprache. Denn es war eindeutig mein etwas verdutzt wirkendes Gesicht, auf dessen linke Wange sich die gespitzten Lippen von Natascha Scharrer pressten, die in die Selfiekamera schielte, die sie offenbar in der ausgestreckten linken Hand hielt. Ich goss mir eine weitere Tasse Kaffee ein. Dann drückte ich mit dem Zeigefinger auf das Bild, um die Ansicht zu vergrößern.

Paulina lächelte weiter höchst amüsiert und genoss es, wie ich peinlich berührt war. Auf der vergrößerten Ansicht war nicht nur mein Gesichtsausdruck noch deutlicher zu erkennen. Ich sah im Hintergrund auch zwei Personen, mit denen ich nicht im »Romantica« verabredet gewesen war.

»Haben Sie die beiden dahinten auch gesehen?« Ich schob das Handy wieder zu Paulina.

Sie blickte kurz auf das Bild. »Aber das sind doch …«

»… Sonja und Gitti, unsere beiden Schlagergroupies.« Ich

nahm einen letzten Schluck aus der Kaffeetasse. »Paulina, Sie werden verstehen, dass ich eine kleine Sonderermittlung durchführen muss. Ich will wissen, was gestern Abend genau passiert ist.«

»Das verstehe ich vollkommen! Sagen Sie Bescheid, wenn wir eine ›Soko Romantica‹ gründen sollen.« Dann kicherte sie und sagte leise zu sich selbst: »Nicht zu fassen, Horst hat einen Filmriss.«

Ich nahm mein Smartphone, das inzwischen einen Akkustand von fünf Prozent anzeigte. Genug, um den Kontakt von Natascha Scharrer zu suchen und ihr zu schreiben: »Wir müssen uns sehen. Sofort. HM«.

***

Nachdem ich mein Pedelec am »Romantica« abgeholt hatte und in die Don-Bosco-Straße gefahren war, öffnete Natascha Scharrer mir die Tür im Dachgeschoss einer Wohnanlage. Auch ungeschminkt sah sie erstaunlich frisch und ausgeruht aus. Ihre Haare hatte sie mit einem Stirnband zusammengebunden. Sie trug eine helle Sporthose und ein weißes Sweatshirt.

»Ich hoffe, ich störe nicht«, sagte ich.

»Kein Problem, ich war gerade beim Yoga. Wäre auch mal was für dich.«

»Nein, danke. Das ist wohl eher nichts für mich.«

Sie lachte. »Du hast auch behauptet, du wärst kein Tänzer, und hast gestern Abend das Gegenteil bewiesen. Also bitte keine falsche Bescheidenheit, Horst.« Sie legte ihren Kopf zur Seite und fragte dann: »Ich nehme an, das Du gilt weiterhin, oder?«

»Ähem«, ich räusperte mich verunsichert, »nun, ja. Dann soll es wohl so sein, Frau … äh, Natascha.« Es kostete mich große Überwindung, aber es war nicht anzunehmen, dass die Duz-Vereinbarung, unter welchen Umständen und auf wessen Initiative auch immer sie sich ereignet hatte, nur einseitig getroffen worden war.

»Komm doch rein, Horst. Du siehst etwas gerädert aus.« Sie lachte, trat zur Seite und ließ mich an ihr vorbei. Ich ging einen hellen Flur entlang durch eine offen stehende Glastür in ein großes Wohnzimmer mit vielen bodentiefen Fenstern, die einen famosen Ausblick über Bamberg ermöglichten. Der Boden war mit dunklem Räuchereiche-Parkett ausgelegt, eine Kochinsel trennte den Wohnbereich von der Küche ab, die mit schwarz lackierten Fronten einen starken Kontrast zu den weißen Sitzmöbeln und Regalen bildete.

»Setz dich«, forderte sie mich auf und deutete auf einen Designersessel, der sich als bequemer herausstellte, als er auf den ersten Blick zu sein schien. »Wenn man deinen Zustand gestern Abend kennt, siehst du heute verhältnismäßig erholt aus, mein Kompliment.«

»Das Kompliment würde ich gerne erwidern, aber …«

»Aber?«

»Na ja, als Mann muss man ja heute vorsichtig sein, einer Dame Komplimente zu machen und dabei keine Grenzüberschreitung zu begehen. Zumal wir hier ohne Zeugen sind.«

Natascha lachte. »Keine Sorge, Horst. Ich werde dich nicht wegen sexueller Belästigung anzeigen, egal was du sagst.«

»Erinnern Sie … erinnerst du dich an diese Reporterin, die mal die Anzüglichkeiten eines FDP-Politikers öffentlich gemacht hat?«, fragte ich. Natascha nickte. »Die hat neulich in einem Interview auf diese Frage geantwortet, ein Mann solle im Zweifel zu einer Frau sagen: ›Ich finde, dass du heute sehr gut ausschaust. Ist es in Ordnung, wenn ich das so sage?‹«

Natascha schüttelte den Kopf. »Tolle Idee. Aber wie soll das Gespräch weitergehen, wenn die Dame meint: ›Das ist sehr nett, aber ich finde es nicht in Ordnung, dass du das sagst‹?«

»Gute Frage, keine Ahnung.«

»Aber keine Sorge, Horst. Du darfst.«

»Wie bitte?«

»Ich meine, du darfst sagen, dass du findest, dass ich heute gut ausschaue. Wenn du es wirklich meinst.«

»Oh, das war jetzt nur so ein Beispiel. Ich meine, also

nein …« Ich bemerkte, dass ich im Begriff war, mich um Kopf und Kragen zu reden. »Also doch, natürlich schaust du heute sehr gut aus. Aber es ist eigentlich nicht meine Art, so etwas … also, was ich meine …«

»Bassd scho, Horst. Du bist ja auch sicher nicht hergekommen, um einer älteren Dame Komplimente zu machen.«

»Ältere Dame? Absurd!« Jetzt hatte sie mir noch ein Kompliment entlockt. »Du bist jünger als ich, nehme ich an. Und ich bin ein Herr in den besten Jahren, wie es so schön heißt.«

»Deine junge hübsche Kollegin, mit der du immer auftauchst, lässt dich da schon ein bisschen alt aussehen. Aber älteren Männern stehen jüngere Frauen meistens ganz gut. Kaffee?«

»Ja, sehr gerne«, sagte ich, da ich nirgendwo einen dieser unsäglichen Vollautomaten erkennen konnte.

Natascha öffnete einen Küchenschrank und holte eine kleine Espressokanne hervor, die sie mit Kaffeepulver und Wasser füllte und auf die Herdplatte stellte.

»Es ist mir ein bisschen unangenehm«, sagte ich. »Aber was genau ist gestern Abend eigentlich passiert? Ich kann mich nicht erinnern, jemals einen solchen Filmriss gehabt zu haben. Ich weiß nicht einmal, wie ich nach Hause gekommen bin.«

»Es ist nichts geschehen, wofür du dich schämen müsstest. Ich habe für uns gemeinsam ein Taxi bestellt, der Fahrer hat dich am Markusplatz rausgelassen und ist dann weiter hierhergefahren. Es war ein lustiger Abend, und du hast beim Musikroulette den ersten Preis gewonnen.«

»Musikroulette?«

»Du erinnerst dich wirklich nicht? Gestern war ABBA-Abend, es wurden die ersten Sekunden von ABBA-Titeln gespielt, und wer sie zuerst erkannte, bekam einen Grappa auf Kosten des Hauses. Es passiert dabei wohl eher selten, dass zehn von zwölf Runden vom selben Gast gewonnen werden.«

»Du meinst, ich habe zehn ABBA-Titel erkannt?«

»›Dancing Queen‹, ›Super Trouper‹, ›The Winner Takes It All‹, ›Summer Night City‹, ›Head over Heals‹, ›Fernando‹,

›Mamma Mia‹, ›Voulez-Vous‹, ›Gimme! Gimme! Gimme!‹ und ›S.O.S.‹«

»Oh, und welche habe ich nicht erkannt?«

»›Does Your Mother Know‹ und ›Lay All Your Love on Me‹. Da waren Gitti und Sonja schneller. Die schienst du ja auch zu kennen.«

»Die Schlager-Girlies … Ja, ich habe sie auf dem Foto gesehen, das auf Facebook steht. Wie ist es dazu gekommen? Es ist mir sehr peinlich …«

»Es muss dir nichts peinlich sein. Du meinst den Kuss? Das war sozusagen die Siegerehrung. Ich hab es als Selfie gemacht, auf Facebook gestellt und dich markiert. Du hattest gesagt, das wäre in Ordnung für dich. Nur, warum du dort unter dem Namen Superhorst registriert bist, hast du mir nicht mehr verraten. Ich dachte ja immer, Superhorst wäre der frühere Landesvater.«

»Andrea«, seufzte ich. »Meine Tochter war neulich mal der Meinung, dass man mich im Internet unter meinem normalen Namen nicht findet, es gäbe zu viele Horst Müllers. Und dann hat sie mit meinem Profil herumgespielt. Ich nutze dieses Facebook ja fast gar nicht.«

Auf dem Herd begann es zu blubbern.

»Der Kaffee ist fertig.« Sie stand auf, servierte den Kaffee in kleinen Porzellantassen und stellte Milch und Zucker in blauen Plastikbehältern auf den Tisch.

»Ah, Tupper«, bemerkte ich und rührte etwas Milch in meinen Kaffee. »Diese beiden jungen Damen, Sonja und Gitti, waren die zufällig da?«

»Ja, ich denke schon. Warum?«

»Sie laufen uns derzeit öfters bei den Ermittlungen zum Mord an Fabian Goldstein über den Weg. Waren sie allein, oder hatten sie Männerbegleitung dabei?«

»Sie haben hier und da ein bisschen rumgeflirtet, aber mir wäre keine Dauerbegleitung aufgefallen, bei beiden nicht.«

»Hm, danke«, sagte ich. »Der Kaffee schmeckt übrigens köstlich. Auch wenn ich eigentlich Filterkaffeetrinker bin.«

»Wir können das gerne mal wiederholen, Horst. Es wäre mir ein Vergnügen.«

»Sehr gerne. Aber wer hat gestern das Taxi bezahlt? Bin ich dir etwas schuldig?«

»Ach was, bassd scho! Und du musst auch wirklich nicht fragen, bevor du das nächste Mal ein Kompliment machst.«

»Einverstanden«, sagte ich. Es war wohl wirklich an der Zeit, zu gehen.

***

Als ich unser Büro betrat, ertönte aus Paulinas Computer laute Musik.

*»Du hast mir den Kopf verdreht! Was hast du nur mit mir gemacht?«*

Ich glaubte, die sanfte Schlagerstimme von Fabian Goldstein zu erkennen, begleitet vom stampfenden Rhythmus eines Trommelcomputers.

*»Ich weiß nicht, wie das jetzt weitergeht! Im Nacken spüre ich den Atem der Nacht!«*

»Sind Sie auf den Geschmack gekommen, Paulina?« Ich hängte mein Sakko an den Haken neben der Tür. Sie drehte sofort den Ton leiser. »Ich dachte, Sie stehen nicht auf Schlager.«

»Ich höre dieses unerträgliche Schnulzenzeug rein dienstlich. Was man nicht so alles tut für Vater Staat im Sinne der Verbrechensbekämpfung. Man könnte echt den Eindruck haben, die Texte dieser Lieder würden von Reimcomputern erstellt.«

»Selbst die Grammatik wird dem Reimschema untergeordnet«, sagte ich. »Marmor, Stein und Eisen brechen – so muss es korrekt heißen. Plural. Aber ›brechen‹ reimt sich halt nicht auf ›nicht‹. Die englischen Texte von dem, was ständig im Radio läuft, sind allerdings auch nicht besser, wenn man mal genau hinhört. Übersetzen Sie mal einen Song von Katy Perry ins Deutsche. Da bleibt auch keine hohe Poetikkunst übrig.«

»Mag sein. Ich habe da übrigens was für Sie auf den Schreibtisch gelegt. Wenn Sie mal etwas Gutes tun wollen!«

Ich nahm einen Papierflyer mit der Aufschrift »Handys recyceln – Gutes tun«, der sich bei genauerem Hinsehen als Umschlag herausstellte, mit dem man sein Mobiltelefon spenden konnte. »›Über hundert Millionen ausgediente Handys liegen ungenutzt in deutschen Schubladen‹«, las ich vor. »›Einundvierzig Handys enthalten so viel Gold wie eine Tonne Gold-Erz.‹«

»Wahnsinn, oder?«, sagte Paulina. »Wenn Sie Ihr altes Nokia in die Tüte stecken und in die Sammelbox unten im Sozialraum werfen, geht ein Teil des Erlöses an einen guten Zweck für Familien in Not. Und Sie können auch unterschreiben.«

»Unterschreiben? Wofür?«

»Im Kongo gibt es einen blutigen Krieg um Bodenschätze«, erläuterte sie. »Dieser Krieg wird durch den illegalen Verkauf von Erzen wie Coltan finanziert.«

»Und was hat das mit meinem Handy zu tun?«

»Dieses Coltan sorgt dafür, dass unsere Handys nicht überhitzen. Mit der Unterschriftenkampagne werden die führenden Mobilfunkunternehmen aufgefordert, kein illegales Coltan aus der Konfliktregion zu verwenden.«

Ich seufzte. »Sie finden immer etwas Neues, um mir ein schlechtes Gewissen zu machen, Paulina. Also gut, ich unterschreibe.« Dann steckte ich mein altes Nokia etwas wehmütig in den Papierumschlag. Es hatte mir schließlich viele lange Jahre gute Dienste geleistet.

»Nicht traurig sein«, sagte Paulina grinsend. »Es hat doch ein schönes Leben gehabt. Und nach seinem Ende tut es noch etwas Gutes. Wie ein toter Motorradfahrer mit seiner Spenderniere. Sehen Sie es so. Was hat denn Ihre Sonderuntersuchung ergeben?«

Ich verzog den Mund und lächelte selbstironisch. »Dass ich offenkundig zu viele hochprozentige Alkoholika in kurzer Zeit nicht vertrage. Aber lassen wir das lieber.«

»Und was ist mit den Schlagergirls? Warum waren Gitti und Sonja auch dort? Hat die Schlagermafia Ihnen aufgelauert?«

»Ich denke, es war Zufall. Und Sie? Haben Sie etwas herausgefunden?«

»Ja, ich höre diesen Schlagerkram wirklich nicht zum Spaß, das können Sie mir glauben. Es gibt einen YouTube-Kanal, auf dem alle bisherigen Hits von Fabian Goldstein hochgeladen sind.«

»Ist das ein offizieller Kanal der Plattenfirma?«, fragte ich. Obwohl der Begriff ›Plattenfirma‹ vermutlich nicht mehr den heutigen Gepflogenheiten entsprach.

»Nein«, antwortete Paulina. »Das ist ein privater Kanal, betrieben von einem User namens Poweronoff.«

»Ein Russe?«

»Ich vermute eher einen anonymen Spaßnamen, um die Identität zu verschleiern.«

»Warum? Vielleicht muss man ihn auch Poweronoh aussprechen. Wie Bakow.«

»Nein, zerlegen Sie das Wort mal in seine Bestandteile: Power. On. Off. Steht auf dem Schalter jedes Elektrogerätes.«

Ich kapierte den Sprachwitz und lachte. »Okay, das könnte sein, ja. Sehr lustig. Was ist interessant an diesem Poweronoff-Kanal?«

»Dass hier Videos hochgeladen wurden, die nichts mit Schlager zu tun haben.«

»Sondern?«

»Ich würde es als Rockmusik bezeichnen. Englischsprachig. Schauen Sie mal!« Paulina klickte mit ihrer Maus auf dem Bildschirm, ich trat zu ihr und blickte über ihre Schulter.

Ich sah ein professionell gemachtes Musikvideo, auf dem deutlich Fabian Goldstein zu erkennen war, allerdings nicht wie üblich im maßgeschneiderten Anzug mit weißem T-Shirt oder Glitzerklamotten, sondern in einer löchrigen Jeans und einer Peter-Maffay-Lederjacke. Aufgenommen war das Video in einem Studio, dazwischengeschnitten waren Aufnahmen, auf denen Fabian eine E-Gitarre umhängen hatte und wie ein wild gewordener Rocker in die Saiten griff. Hinter ihm stand ein zweiter Musiker, der eine Bassgitarre spielte und ebenfalls zerrissene Jeans und ein schwarzes Käppi trug. Wenn man Fabian als Schlagerstar kannte, wirkten diese Bilder irgendwie grotesk, so als wäre er für einen Sketch in eine andere Rolle geschlüpft.

»Es gibt noch mehr davon«, sagte Paulina. »Schauen Sie!« Mit zwei Mausklicks brachte sie ein weiteres Musikvideo auf den Bildschirm, diesmal sang Fabian ein bekanntes Stück. Den Refrain konnte jeder mitsingen, ich trommelte mit den Fingerspitzen auf der Schreibtischplatte.

*»I love rock 'n' roll*
*So put another dime in the jukebox, baby*
*I love rock 'n' roll*
*So come an' take your time an' dance with me.«*

»Klingt gar nicht so übel«, kommentierte ich.

»Joan Jett and the Blackhearts«, sagte Paulina. »Ist aus dem Jahr 1981. Also eher Ihre Ära.«

»Stimmt fast«, besserwisserte ich. »Genau genommen ist das Original von den Arrows aus dem Jahr 1975. Aber das ist für Sie ja sozusagen prähistorisch.«

»Jaja, Horst Müller und die Dinosaurier.« Paulina deutete wieder auf den Monitor. »Da ist wieder ein zweiter Musiker zu sehen. Derselbe wie in dem anderen Video. Und wieder ist sein Gesicht nicht zu erkennen.«

»In der Tat. Aber der Titel ist schon ein Statement.«

»Vor allem für einen Schlagerheini wie Fabian Goldstein.«

»Das erinnert mich an Roy Black.«

»Der mit dem weißen Blumenstrauß?«

»›Ganz in Weiß‹, ja. Einer der erfolgreichsten deutschen Schlagersänger, der mit achtundvierzig Jahren an gebrochenem Herzen starb.«

»Was für ein Tod für einen Schlagersänger. ›Ich sterbe, um zu lieben‹. Aber was heißt das?«

»Er hatte wohl einen Herzfehler, verbunden mit Alkoholproblemen und Depressionen. Und die Tragik seines kurzen Lebens bestand darin, dass er eigentlich Rocksänger werden wollte, den großen Erfolg aber mit Schlagerschnulzen schaffte. Irgendwie hat er wohl auch nie die Balance gefunden zwischen der Kunstfigur Roy Black und seinem richtigen Leben als Gerhard Höllerich. Roy nannte er sich übrigens nach dem amerikanischen Sänger Roy Orbison. Und seine Musikerkarriere begann er mit einer Band namens Roy Black & The Cannons.«

»Da muss man ja ein bisschen schizo werden. Das mit dem Künstlernamen ist auch eine Parallele zu Goldstein.«

»Ja. Höllerich und Kucharczyk. Nur dass Goldstein nicht an gebrochenem Herzen, sondern an einem zerbrochenen Schädel starb«, stellte ich fest. »Haben Sie schon was von der KTU gehört?«

»Ja, kam gerade rein«, sagte Paulina und griff in die Ablage mit der internen Dienstpost. »Die Laboranalyse des Seidlas, das wir bei Heike gefunden haben, weist keinerlei genetisches Material des Opfers auf. Damit ist mit an Sicherheit grenzender Wahrscheinlichkeit auszuschließen, dass Goldstein mit diesem Pokal erschlagen wurde.«

»Und wenn der Täter das Ding zum Beispiel in ein Handtuch eingewickelt hatte?«, mutmaßte ich.

»Nope. Denn die kriminaltechnische Untersuchung hat noch ein anderes interessantes Ergebnis gebracht. Die Spuren der Metalllegierung, die an der Kopfwunde des Toten gefunden wurden, stimmen mit dem Material des Seidlas zu neunundneunzig Komma vier Prozent überein.«

»Das heißt also, dass Goldstein mit einem Goldenen Seidla erschlagen wurde, aber nicht mit dem, das wir sichergestellt haben.«

»Mit an Sicherheit grenzender Wahrscheinlichkeit, ja«, sagte Paulina. »Heike ist also tatsächlich unschuldig.«

»Und wir suchen immer noch nach der Tatwaffe. Vermutlich war es wirklich das Seidla, das Goldstein in der Probe am Sonntagabend überreicht bekam und dann mit in die Garderobe nahm.«

»So ein Ding verschwindet doch nicht einfach so.«

»Man lässt es verschwinden«, sagte ich und setzte mich an

meinen Platz. Ich stützte die Ellbogen auf die Tischplatte und legte das Kinn in meine Hände, dann schloss ich die Augen.

»Alles in Ordnung, Horst?«, fragte Paulina nach einigen Sekunden besorgt. »Haben Sie einen Migräneanfall, oder bereiten Sie wieder einen Zaubertrick vor?«

»Ich denke nach«, erwiderte ich. »Mir ist etwas eingefallen, aber ich weiß nicht genau, was …«

»Sehr mysteriös. Kann ich helfen?«

»Ich brauche die Zeitschriften, die ich vom Bahnhof mitgebracht habe.«

»Die liegen dort im Regal.« Paulina deutete hinter mich in Richtung Kaffeemaschine.

Ich stand auf und nahm den Stapel Goldener Blätter und wie sie alle hießen. Nach kurzer Zeit hatte ich gefunden, was ich suchte.

»Und jetzt möchte ich die Musikvideos noch mal sehen!«

Nachdem Paulina mir beide erneut gezeigt hatte, war ich mir fast sicher.

»Ich glaube, ich weiß jetzt, wer der zweite Musiker mit dem Käppi ist.«

»Ach ja?«

Ich legte ihr die Ausgabe der »Neuen Post« hin, in der sich der Bericht über die Schicksalsschläge der Schlagerstars befand. Dann deutete ich auf das Foto, das die Person zeigte, die nach meiner Überzeugung der zweite Mann in Goldsteins Rockervideos war.

»Das ist er«, sagte ich.

Paulina sah, worauf ich mit dem Zeigefinger deutete, und bestätigte: »Mit an Sicherheit grenzender Wahrscheinlichkeit.«

## ELF

Die an Sicherheit grenzende Wahrscheinlichkeit reichte uns, um zur Brose-Arena zu fahren und nach dem Gesuchten zu fragen. Wir fanden ihn schon nach kurzer Zeit im hinteren Bühnenbereich, wo für die Künstler und Mitarbeiter ein Büfett mit belegten Brötchen und Kaltgetränken aufgestellt war.

DJ Johnny saß auf einem Stuhl mit dem Gesicht zur Wand, in der linken, unversehrten Hand hielt er eine Dose Red Bull, auf dem Schoß lag ein Stapel Blätter.

»Grüß Gott, Herr Bonsen«, sagte ich, als wir neben ihm standen. »Dürfen wir Sie kurz stören? Wir haben einige Fragen an Sie.«

Als er nicht reagierte und weiter auf seine Papiere starrte, bemerkte ich, dass er kleine weiße Kopfhörer im Ohr hatte, deren Kabel zu einem Smartphone führten, das in der Brusttasche seines karierten Holzfällerhemdes steckte.

Paulina trat von der anderen Seite an ihn heran und klopfte ihm sanft auf die Schulter. Bonsen zuckte zusammen und schaute zuerst sie, dann mich erschrocken an. Er zog sich die Kopfhörer aus dem Ohr und sagte unwirsch: »Was wollen Sie? Sehen Sie nicht, dass ich mich vorbereite?«

»Worauf bereiten Sie sich vor?«, fragte ich, während ich ihm meinen Dienstausweis vor die Nase hielt.

»Polizei? Es geht um Fabians Tod, oder? Warum kommen Sie damit zu mir? Ich lerne meinen Text für die Aufzeichnung.«

»Spielen Sie in einem Sketch mit?«, fragte ich und warf einen Blick auf seine Blätter.

»Nein, es geht um die Moderation. Die Texte wurden umgeschrieben, damit sie besser zu Tanja und Ton van der Leyden passen.«

»Wieso? Heißt das, die Gespräche zwischen Moderatoren und Stars sind nicht spontan, sondern vorformuliert?«

»Gescriptet heißt das«, sagte der Alpenrocker. »Haben Sie

sich noch nie gefragt, warum im Abspann einer solchen Show immer ›Buch‹ steht? Dahinter kommt der Name desjenigen, der das Drehbuch für die Moderationen schreibt. Die vermeintlich schlagfertigen Gags sind alle perfekt vorbereitet. Das geht ja auch nicht anders. Am Ende muss die Show ja auf die Sekunde genau getaktet sein.«

»Das heißt also, dass die Sendung jetzt tatsächlich mit neuen Moderationen aufgezeichnet wird?«, fragte Paulina.

»Ja, wir haben einen sehr straffen Probenplan.«

»Wir wollen Sie nicht lange aufhalten.« Ich zog einen weiteren Stuhl heran und setzte mich. Paulina blieb stehen und lehnte sich mit verschränkten Armen an die Wand. Ich holte mein neues iPhone aus der Sakkotasche, entsperrte es und suchte nach der Aufnahmefunktion. Ich wollte die technischen Neuerungen auch anwenden und dabei nicht immer auf die Hilfe meiner jungen Kollegin angewiesen sein.

»Darf ich mal Ihre rechte Hand sehen?«, sagte ich, als ich glaubte, die Tonaufnahme gestartet zu haben. Er zögerte kurz, legte dann die Blätter auf seinen Schoß und streckte den rechten Arm vor.

»Man gewöhnt sich dran. Es gibt wichtigere Körperteile als den kleinen Finger.«

Bildete ich mir ein, dass er einen anzüglichen Blick zu Paulina warf?

»Es gab mal eine ›Tagesschau‹-Sprecherin, der ein Finger fehlte, ohne dass es jemals jemand merkte, weil sie ihre Manuskripte immer entsprechend hielt.«

»Dagmar Berghoff!« Ich erinnerte mich gut an eine der Vorgängerinnen der Sprecherin, der Natascha Scharrer so ähnlich sah.

»Warum interessieren Sie sich für meine Hand?«

»Es war ein Motorradunfall?«, fragte ich. »So steht es in der Presse.«

»Richtig. Lange her. Es ist fast ein Wunder, dass mir nicht mehr passiert ist. Bei hundertvierzig Sachen aus der Kurve geflogen. So ziemlich alles gebrochen, was man sich brechen kann, ohne dabei draufzugehen. Es konnte alles wieder geflickt werden, bis auf den kleinen Finger. Aber ich verstehe nicht, warum Sie das interessiert. Das ist über zwanzig Jahre her.«

»Kann man mit einem fehlenden Finger gut Gitarre spielen?«, wagte ich einen Vorstoß. »Beziehungsweise Bass?«

»Daher weht der Wind, ich verstehe«, sagte Bonsen und atmete einmal durch. »Richtig, ich habe mit Fabian an einem musikalischen Projekt gearbeitet und dafür auch einige Demovideos aufgenommen, die ich auf YouTube hochgeladen habe. Es sollte eine Crossover-Sache werden, wissen Sie? Fabian wollte raus aus der Schlagerecke und sich breiter aufstellen.«

»Aber warum? Er war doch als Schlagerstar auf dem absoluten Höhepunkt seines Erfolgs. Mit welchem Grund sollte er neue Pfade gehen?«

»Tja.« Bonsen verzog den Mundwinkel. »Rein kommerziell gesehen haben Sie völlig recht. Aber Fabian war nicht die Kommerzfigur, für die viele ihn hielten.«

»Sondern?«, fragte Paulina.

»Auch wenn viele ihn als Schlagerfuzzi belächelt haben: Er war ein Künstler, ein sehr begabter Künstler. Nach seiner Gesangsausbildung bei den Domspatzen hätte er das Zeug gehabt, ein großer Tenor zu werden. Und damit meine ich keine deutsche Fernsehshow, sondern die internationalen Opernbühnen.«

Es fiel mir schwer, mir Fabian Goldstein als Heldentenor auf dem Grünen Hügel vorzustellen. Aber genauso wenig hätte ich ihn bis vor Kurzem als Rocksänger mit Fetzenjeans gesehen.

»Sie meinen, diese Rockvideos waren mehr als ein musikalischer Ausflug, um mal etwas anderes zu probieren?«, fragte Paulina. »Was hatten Sie konkret vor?«

»Zunächst sollte es ein Versuchsballon sein. Wir wollten als Duo auftreten und uns The Second Chance nennen.«

»Die zweite Chance? Was sollte das bedeuten?«

»Na ja, die zweite Chance, das zu tun, wozu man sich wirklich berufen fühlt, und nicht das, womit man die meiste Kohle macht.«

»Kohle hatte er ja wohl genug«, sagte Paulina. »Und wenn

der Versuchsballon nicht geplatzt wäre, wie hätte dann der weitere Plan ausgesehen?«

»Wir hätten ein paar Fernsehauftritte absolviert und dann die Reaktion des Publikums abgewartet und die Klicks auf YouTube und die Streams bei Spotify angeschaut. Und bei entsprechenden Zahlen hätten wir sicher bald ein Label gefunden, mit dem wir ein Album aufgenommen hätten.«

»Was sagte Ben Bakow zu diesen Plänen?«, fragte ich.

»Er wäre sicher nicht begeistert gewesen. Aber soweit ich weiß, hatte Fabian mit ihm noch nicht darüber gesprochen.«

»Eine andere Frage, Herr Bonsen«, wechselte ich das Thema. »Was ist denn dran an den Gerüchten über Ihre finanziellen Schwierigkeiten?«

»Was in der Klatschpresse steht, ist maßlos übertrieben. Glauben Sie davon kein Wort! Ich würde von einem Liquiditätsengpass sprechen. Das kennt jeder, wenn die Ausgaben sich häufen und die Einnahmen erst später zu erwarten sind. Sogar Boris Becker, wie man in der Zeitung lesen konnte.«

»Und deshalb haben Sie sich Geld geliehen? Von Werner Heike?«

»Ja. Und?«

»Weil Sie von der Bank keinen Kredit mehr bekommen?«

»Warum soll ich aufwendige Kreditverträge unterschreiben und Gebühren und Zinsen zahlen, wenn es unter Freunden auch ganz unkompliziert geht? Haben Sie sich noch nie privat Geld geborgt?«

»Sie haben ihm dafür ein Goldenes Seidla als Pfand überlassen?«, fragte Paulina.

»Ich hätte ihm das Geld in wenigen Wochen zurückgegeben.«

»Sie sprechen im Konjunktiv? Wenn der Auftritt mit Fabian erfolgreich gewesen wäre?«, sagte ich. »Das wird ja nun leider nichts mehr.«

»Richtig. Denken Sie daran, falls Sie mich verdächtigen sollten, Fabian erschlagen zu haben: Ich habe kein Motiv, und ich habe keine Tatwaffe. Mein Seidla ist verpfändet.«

»Ach.« Ich wurde hellhörig. »Woher wissen Sie, dass Fabian mit einem Seidla erschlagen wurde?«

Bonsen stockte kurz, antwortete aber gleich: »Das wird hier allgemein geredet. Ist wohl kein großes Geheimnis.«

»Sie wurden in der Nähe des Tatorts gesehen«, stellte ich fest.

»Ja und? Wenn das ein Verdachtsmoment ist, ist die ganze Crew verdächtig. Wir waren zur Tatzeit alle auf, vor oder hinter der Bühne.«

In diesem Moment kam eine etwas zu dünn geratene Blondine auf uns zu, die ich erst auf den zweiten Blick als »Zero Points« Nicky Palermo erkannte. Sie war sehr hübsch zurechtgemacht und trug anstatt ihres No-Tits-Shirts ein elegantes knielanges Kleid, das ihre Neigung zum Untergewicht perfekt kaschierte. Vermutlich hatte Heike Dürer sie so gut geschminkt, dass auch jegliche Blässe aus dem Gesicht gewichen war.

»Hey, DJ, bist du so weit?«, rief sie zu Bonsen. »Wir müssen in zwei Minuten auf die Bühne. Hast du den Text drauf?«

»Ich komme gleich, Nicky«, antwortete er. »Die Herrschaften von der Polizei haben noch ein paar Fragen. Sie glauben, ich könnte Fabians Mörder sein. Witzig, oder?«

»Bassd scho, Herr DJ«, sagte ich. »Sie können gehen.« Ich steckte mein iPhone wieder ein.

Als sie die Tür zur Halle öffneten, hörte ich den Playbacksound der »Weihnachtsbäckerei«. Nicky Palermo und DJ Johnny stießen beinahe mit Ben Bakow zusammen, der ihnen entgegenkam. Unter dem Arm hielt er einen Stapel Blätter, er fluchte leise vor sich hin, ohne dass seine Worte zu verstehen waren.

»Das trifft sich gut, Herr Bakow«, rief ich und stellte mich ihm in den Weg. »Haben Sie einen Moment Zeit für uns?«

»Nein«, schnaubte der Produzent und machte einen Schritt zur Seite, um an mir vorbeizugehen. Ich parierte seinen Ausweichversuch und machte ebenfalls einen Schritt in die gleiche Richtung. Mit den Worten »Was soll das? Lassen Sie mich vorbei!« versuchte er erneut, mich zu passieren. »Sie sehen doch, dass ich zu tun habe.«

Ich fasste ihn sanft, aber bestimmt am Arm. »Wir haben auch zu tun, und zwar einen Mord aufzuklären. Am Moderator der Sendung, die Sie hier gerade produzieren. Sie erinnern sich?«

»Erzählen Sie mir etwas Neues, Herr Kommissar. Diese Sache macht mir schon Probleme genug, das können Sie sich gar nicht vorstellen.«

»Wenn Sie nicht kooperieren, lasse ich die gesamte Halle zusperren und als Tatort versiegeln. Dann können Sie sehen, wo Sie Ihre Showbühne aufbauen.«

Bakow atmete tief ein und schnaufte angestrengt wieder aus. Dann schloss er kurz die Augen und sprach: »Also gut. Was wollen Sie von mir?«

Paulina übernahm das Wort. »Wissen Sie, Herr Bakow, dass Fabian Goldstein an einem Plan B für seine Karriere arbeitete?«

»Plan B? Was soll das heißen? B wie Blasmusik, oder was?«

»Nicht ganz. Er hat Rockmusikvideos aufgenommen und konnte sich wohl vorstellen, der Schlagerwelt den Rücken zu kehren.«

»Ach das!« Bakow machte eine abwehrende Handbewegung. »Lächerliche Kindereien. Das kann man doch nicht ernst nehmen. Fabian hat genau gewusst, wie sein Weg aussieht. Was er in seiner Freizeit macht, ist seine Privatsache. Es gibt Verträge, an die hat er sich stets gehalten. Und das hätte er auch weiterhin getan, wenn –«

»Wenn ihn nicht jemand erschlagen hätte«, vervollständigte Paulina den Satz. »Aber seine ›Kindereien‹, wie Sie es nennen, sind schon im Internet zu sehen. Ziemlich professionell gemacht übrigens. Das sieht nicht nur nach einem Hobby aus, sondern durchaus nach ernsthaften Absichten.«

»Das sind doch Flausen, die ihm dieser Bonsen in den Kopf gesetzt hat. Der hat nach dem letzten Strohhalm gegriffen, um seine Finanzen wieder in den Griff zu bekommen.«

»Ach, Sie wissen, dass Goldstein das Projekt zusammen mit Johannes Bonsen durchziehen wollte?«, hakte ich nach.

Bakow wurde immer zorniger. »Das war kein Projekt, das war Kinderkacke. Und ein halbwegs professionell aussehendes Musikvideo kann doch heute jeder Teenager auf dem iPad mit den darauf installierten Apps produzieren. Dass Sie als Laien das beeindruckt, mag ja sein. Haben Sie nicht gesagt, Sie wollen einen Mord aufklären? Warum befassen Sie sich dann mit diesem Pillepalle?«

»Weil wir auf der Suche nach einem möglichen Motiv sind«, antwortete ich. »Sie haben uns selbst gesagt, dass an Fabian Goldsteins Erfolg sehr viel hing, Verträge, Mitarbeiter ... Wenn er aus dem Schlagergeschäft ausgestiegen wäre, hätte das doch unmittelbare Konsequenzen für viele Personen, oder?«

»Ja. Natürlich.«

»Allen voran für Sie, stimmt's?«

»Was wollen Sie damit sagen?«

»Dass wir unsere Arbeit machen, Herr Bakow«, flötete Paulina. »Danke, dass Sie uns dabei mit all Ihren Möglichkeiten unterstützen.«

»Pfff«, machte Bakow. »Kann ich jetzt gehen?«

»Eine Frage noch, Herr Bakow«, sagte ich. »Welche genauen vertraglichen Regelungen wurden denn für den Tod von Herrn Goldstein getroffen?«

»Das weiß ich nicht im Einzelnen. Die üblichen Regelungen halt, dafür gibt es Musterverträge.«

»Aber wenn ein Künstler Teilhaber der Produktionsfirma ist, dann braucht man dafür mehr als einen Mustervertrag für Künstler, oder? Wo können wir diese Verträge einsehen?«

»Fragen Sie in meinem Büro nach, wenn das für Sie so wichtig ist. Und jetzt entschuldigen Sie mich bitte. Die Mädchenkantorei wartet schon auf die ›Weihnachtsbäckerei‹.«

Wir ließen ihn gehen. Ich schaute auf das Display meines iPhones, um mich zu vergewissern, dass alles aufgezeichnet wurde. Stattdessen sah ich die Aktienkurse der New Yorker Börse.

»Hm, da stimmt was nicht«, sagte ich zu Paulina. »Ich habe irgendwas Falsches gedrückt.«

»Zeigen Sie mal, Horst. Sie müssen die Sprachmemos aufrufen.« Sie nahm mein Telefon und hatte mit wenigen Wischern wieder die richtige Funktion aktiviert. »Sie haben allerdings nur vier Sekunden aufgezeichnet.« Sie lachte. »Da ist wohl etwas schiefgelaufen. Mit der neuen Dienstwaffe, die vor Kurzem eingeführt wurde, kommen Sie hoffentlich besser zurecht.«

»Was gibt's da zu lachen, Paulina? Heißt das, die gesamte Vernehmung ist nicht gespeichert?«

»Das würde es heißen, ja.« Sie lachte immer noch.

»Wieso würde?«

»Weil ich vorsichtshalber mein Handy auch habe mitlaufen lassen. Für alle Fälle. Aber mit der SFP9 müssen Sie wirklich allein zurechtkommen, wenn Sie mal zur Pistole greifen sollten.«

Ich atmete erleichtert auf. »Das mit der neuen Technik lerne ich auch noch. Vielleicht.«

»Bestimmt. Es gibt ja von der VHS ganz gute Handykurse für Senioren. Die bietet übrigens auch Facebook-Kurse für über Fünfzigjährige an. Das wäre doch was für Sie!«

»Wirklich sehr komisch. Wir sollten uns mal die Verträge anschauen und herausfinden, welche rechtlichen Folgen Goldsteins Tod konkret hat.«

»Ich veranlasse, dass wir Kopien aller relevanten Unterlagen bekommen. Die Münchner Kollegen haben sein Wohnhaus in Starnberg schon durchsucht und dabei vierundzwanzig Aktenordner sichergestellt. Ach ja, es gibt übrigens eine Risikolebensversicherung auf den Tod von Fabian Goldstein.«

»Wirklich? Zu wessen Gunsten?«

»Das werden wir bald wissen. Die Allianz will uns noch heute eine Mitteilung schicken.«

»Man darf gespannt sein«, sagte ich. »Und was ist eigentlich mit diesem Kriminalrat Sommer aus Fürstenfeldbruck? Der wollte sich auch melden.«

»Sonne heißt er«, sagte Paulina. »Wir haben nachher einen Telefontermin mit ihm.«

»Haben wir vorher noch Zeit, was zu essen?« Ich schaute auf meine Armbanduhr. »Ich habe Hunger.«

»Klar«, antwortete Paulina. »Ich weiß, wo es schnell geht.«

»Aber bitte nicht –«

»Ach kommen Sie, Horst …«

***

Ich fühlte mich in Schnellrestaurants der amerikanischen Systemgastronomie fast so unwohl wie im schwedischen Möbelhaus. Und auch das neue Bestell- und Bezahlsystem beim McDonald's in der Nürnberger Straße überforderte mich heillos. Dabei wollte ich bloß einen ordinären Cheeseburger ohne Gurke bestellen. Der Hunger war groß.

»Du musst hier bestellen, dann kriegst du eine Nummer, und gleich nebenan, wenn oben im Display deine Zahl erscheint, kriegst du deinen Burger. Ist ganz einfach«, sagte die Servicekraft hinter der Theke.

Der junge Mann mit der Nerd-Brille und der etwas unreinen Haut hatte mich in einem Atemzug drei Mal geduzt. Dabei hätte ich sein Vater sein können, allerdings hätte ich dann nicht zugelassen, dass während der Arbeit seine Haare fettiger waren als die Fritten, die er verkaufte. Er reichte mir einen auf Thermopapier gedruckten Kassenbon mit der Nummer 0911, während auf dem Monitor oben die 0898 erschien.

»Erstens wüsste ich nicht, woher wir uns kennen und warum Sie mich mit Du anreden. Und zweitens kann ich nicht glauben, dass ich jetzt zwölf Kunden abwarten soll, bis Sie mir einen von diesen Burgern über die Theke reichen, die hinter Ihnen schon fertig verpackt bereitliegen.«

»Horst, bitte«, zischte Paulina, der mein Auftreten offenbar etwas peinlich war. »Nicht aufregen. Bloß weil Sie die Vorwahl von Nürnberg gezogen haben. Oder besser: Nine Eleven.«

»Ich will mich jetzt aber aufregen. Es kann doch wohl nicht angehen, dass man hier vertraut-vertraulich und kumpelhaft angesprochen und dann wie ein Trottel behandelt wird. Wenn der Kunde König ist, dann soll man ihm auch mit entsprechendem Respekt gegenübertreten.« Dann wandte ich mich wieder an den jungen Mann hinter der Theke: »Ich kann bei Ihnen auch keinen Migrationshintergrund erkennen, der darauf schließen ließe, dass Ihnen die Gepflogenheiten des sprachlichen Umgangs nicht bekannt wären. Oder haben Sie in der Schule auch Ihre Lehrer geduzt? Und würden Sie mir jetzt bitte einfach einen von den sieben Cheeseburgern reichen, die hinter Ihnen fertig zubereitet liegen?«

»Chill mal, Opa«, sagte ein Mädchen mit blauen Haaren hinter mir und korrigierte sich sogleich: »Chillen Sie mal!«

Paulina kicherte.

Die Kassenkraft hatte offenbar ein Einsehen und reichte mir einen Cheeseburger.

Ich nahm in Kauf, dass er wohl nicht gurkenfrei war, bedankte mich höflich und war gespannt, welches vegane Gericht Paulina bestellen würde. Denn der Veggie-Burger, von dem ich bis heute nicht wusste, ob man ihn »Veggie-« oder »Wedschi-Burger« aussprach, durfte allenfalls vegetarisch sein.

»Eine große Pommes mit Ketchup und eine Apfeltasche«, bestellte Paulina zu meiner Überraschung. Zu trinken verlangte sie eine Cola light. Ich hatte mit Salat und Sprudelwasser gerechnet.

»Jetzt gucken Sie nicht wie ein Omnibus«, ermahnte mich Paulina, was die Blauhaarige zu der Bemerkung veranlasste: »Krass, der Opa lässt sich sogar von seiner Tochter siezen.«

»Pommes mit Ketchup ist nun mal nicht das, was man von einer überzeugten Veganerin erwarten würde«, sagte ich. »Wobei man einen überzeugten Veganer überhaupt nicht in diesem Etablissement vermuten würde.«

»Wer sagt denn, dass vegan immer gesund ist? Ich gehöre nicht zu den Gesundheitsaposteln, die auf Fleisch verzichten, um das ewige Leben zu erlangen. Pommes gehen immer, wenn sie in Pflanzenöl frittiert sind. Mir geht's vor allem um die Tiere. Deshalb auch Ketchup statt Majo.«

»Ach ja?«

»Ketchup ist die vegane Variante, Majo die vegetarische. Wegen der Eier. Aber jetzt sollten Sie auch rasch Ihren Burger essen. Nicht dass Sie noch so einen Wutanfall kriegen. Der arme Kerl konnte einem ja richtig leidtun.«

»Auf Geduze von Fremden reagiere ich allergisch«, sagte ich zu meiner Verteidigung.

»Gut, dass wir in Bamberg kein Starbucks haben, Horst. Da würde sogar Ihr Vorname auf den Pappbecher geschrieben, wenn auch vermutlich falsch buchstabiert.«

»Sie glauben doch nicht, dass ich –«

»Es gibt bei Starbucks auch ganz klassischen Filterkaffee, echt wahr!«

Nachdem auch Paulina ihr Essen bekommen hatte, setzten wir uns an einen freien Tisch mit Blick auf den Parkplatz. Mit einem Desinfektionstuch reinigte ich zuerst meine Hände und wischte dann die Oberfläche des Tisches ab.

Als Paulina die Augen verdrehte, erwiderte ich: »Die Grippewelle steht bevor. Sie werden mir noch dankbar sein, wenn ich mit meiner Prophylaxe eine Infektion verhindere, die Sie tage- oder wochenlang außer Gefecht setzt. Von der Lebensgefahr ganz zu schweigen. Es sterben in Deutschland unendlich mehr Menschen an den Folgen von Grippe als durch Kriminalität. Es würde jedenfalls zu Ihnen passen, wenn Sie auch eine von diesen Impfgegnerinnen wären.«

»Horst Müller und seine Vorurteile. Mit Schubladen ist das Leben so schön einfach, nicht wahr?«

»Nennen Sie es Schubladendenken, ich nenne es Influenzaprophylaxe. Wissen Sie nicht, dass Experten jederzeit einen mutierten Grippevirus für möglich halten, gegen den es keinen wirksamen Impfstoff gibt? Die Spanische Grippe hat vor genau hundert Jahren zig Millionen Todesopfer gefordert. Das ist vergleichbar mit der Pest im 14. Jahrhundert.«

»Horst, hier auf dem Tisch sind sicher keine Todesbazillen, höchstens ein paar Ketchupflecken.«

Ich ersparte mir, auf den Unterschied zwischen Bakterien und Viren hinzuweisen. »Alle Menschen haben Angst vor Terror, und zugleich nehmen sie in Kauf, sich durch mangelnde Hygiene mit gefährlichen Viren zu infizieren. Schlimm genug, dass man die Fritten hier mit den Fingern essen muss. Die wenigsten haben Desinfektionsmittel dabei.«

In diesem Moment machte mein Smartphone in der Innentasche meines Sakkos ein Pling-Geräusch, das ich bisher nicht kannte und das mich im Moment auch nicht interessierte. Ich entfernte mit spitzen Fingern die Gurke aus meinem Burger und biss in das Fleischbrödla hinein.

»Wollen Sie nicht nachschauen?«, fragte Paulina.

»Was?«, fragte ich mit vollem Mund.

»Was los ist. Ihr Handy. Es könnte doch wichtig sein.«

»Sie meinen, es könnte eine Warnmeldung vom Katastrophenschutz sein? Dass Atomraketen im Anflug sind?« Ich schluckte meinen Bissen runter. »Es wäre ein guter Grund, auf den Genuss dieser Feinkost zu verzichten. Diesen Geschmack möchte man nicht als Letztes im Mund haben, wenn es zu Ende geht.«

»Horst, vielleicht ist es auch weniger apokalyptisch.«

»Also gut.« Ich holte das Gerät hervor und sah eine Nachricht: »Na Tascha hat dich angestupst!«

»Was hat das denn zu bedeuten?«, fragte ich. »Ich glaube, Sie haben es mir schon mal erklärt.«

»Ja, ich habe schon mal erklärt, dass Anstupsen ein ziemlich spießiger und peinlicher Flirtversuch ist, auf den ich stets antworte: Wer mich anstupst, muss mich zum Essen einladen.«

»Aber hoffentlich nicht zu McDonald's. Und ich werde mich auch nicht von Natascha … von Frau Scharrer zum Essen einladen lassen.

»Ach, Sie sind mit der Dame per Du? Wie konnte das denn passieren?«

Ein vibrierendes Signal von Paulinas Telefon ersparte mir die Beantwortung dieser sehr berechtigten Frage.

»Atomkrieg oder Unwetterwarnung?«, fragte ich, als Paulina sofort reflexartig auf ihr Display schaute.

»Nein, kein Unwetter. Im Gegenteil. Es ist Sonne.«

Nach einer Sekunde verstand ich: Sie meinte den Kollegen aus Fürstenfeldbruck. Ich hörte, wie Paulina mehrmals »ja«, »danke« und »okay« sagte, schließlich bedankte sie sich für die Hilfe und die Auskunft und legte auf.

»Und?«, fragte ich. »Hat Paul Kammerer ein Geständnis abgelegt?«

»Nö. Sonnes Kollegen haben ihn nicht erwischt. Kammerer ist seit drei Wochen in Kur. Und jetzt raten Sie mal, wo.«

»Sagen Sie es einfach!«

»Bad Staffelstein.«

»Ach. Seit drei Wochen? Das heißt, er war während der Tatzeit eine halbe Autostunde von hier entfernt.«

## ZWÖLF

Eine halbe Autostunde später standen wir vor der Schön-Klinik am Stadtrand von Bad Staffelstein, von wo man einen traumhaften Blick auf den Gottesgarten mit der Wallfahrtskirche von Vierzehnheiligen und Kloster Banz hatte. Die lichtdurchflutete Eingangshalle erinnerte nicht an ein Krankenhaus, sondern eher an eine Pinakothek für moderne Kunst oder ein Bundeskanzleramt.

»Beeindruckend, nicht wahr?«, sagte ein älterer Mann im weißen Arztkittel. »Statt Krankenhausluft erleben Sie hier Licht, Weite und Transparenz. Beim Bau des Hauses vor über zwanzig Jahren wurde Wert auf eine offene Atmosphäre gelegt. Die Magistrale ist vom Tageslicht erhellt und macht Kunstlicht überflüssig.«

»Zwanzig Jahre? Sind Sie schon so lange hier, Herr Doktor …?«

»Entschuldigen Sie, ich habe mich nicht vorgestellt. Professor Dr. Hansjürgen Kindermann. Ich bin der leitende Chefarzt der orthopädischen Klinik. Kann ich Ihnen helfen?« Zu Paulina sagte er: »Bringen Sie Ihren Vater zur Behandlung?«

»Nein, wir möchten einen Patienten besuchen«, antwortete ich. »Herrn Paul Kammerer. Er müsste hier stationär aufgenommen sein.«

Der etwa sechzigjährige Weißkittel mit Stirnglatze kratzte an seinem grauen Vollbart. »Kammerer, Kammerer … Sagt mir im Moment nichts. Aber das heißt nichts. Wir haben dreihundertdreißig Betten. Da kann ich auch als Chefarzt nicht jeden Patienten persönlich kennen. Nicht mal die privat Versicherten, Sie verstehen?« Er lachte. »Wenden Sie sich doch an die nette Kollegin dort hinten beim Empfang. Sie wird Ihnen gerne weiterhelfen. Und wenn Sie Fragen zum Haus oder zur Architektur haben …«

»Vielen Dank, Herr Professor Kindermann.« Wir nickten

ihm dankend zu und gingen zur Anmeldung. Dort erfuhren wir von einer jungen Dame, die laut Namensschild Lysann Grießbach hieß, dass Herr Kammerer in einer halben Stunde eine Behandlung habe. Sie sah mit ihrer weißen Bluse, schwarzen Weste und ihrem orangefarbenen Halstuch ein wenig wie die Stewardess eines Billigfliegers aus.

Sie erreichte Kammerer telefonisch auf seinem Zimmer, sodass wir ihn kurz darauf in der »Schön Komfort Lounge« sprechen konnten, so nannte die Klinik wohl ihren Cafeteriabereich. Braune Polstermöbel mit roten und beigefarbenen Kissen waren in rechtwinkliger Anordnung platziert. Dazwischen standen kniehohe Holztische mit quaderförmigen weißen Vasen, in denen sich einzelne rote Blumen befanden. An einer rot gestrichenen Wand hingen neben einer Kaffeemaschine die für Teeküchen üblichen Dekobilder mit Kaffeebohnen und Tassen mit Cappuccinoschaum, die man bei IKEA kaufen oder im Internet bestellen konnte.

Paul Kammerer trug einen königsblau glänzenden Baumwollbademantel mit weiß aufgesticktem Logo von Hugo Boss und edle Birkenstock-Latschen, die sicher nicht von Birkenstock, sondern einer besseren Marke waren. Sein Gesicht sah für einen über Siebzigjährigen frisch aus, sein Vollbart war gepflegt, und sein braunes Haar voll und geföhnt.

»Sie wollen zu mir?«, fragte er, als er einen Blick auf meine Dienstmarke warf. Seine warme Stimme klang wie die des Erzählers der Märchenschallplatten aus meiner Kindheit. »Ich hatte nicht mehr mit der Polizei zu tun, seitdem ich mich wegen einer kleinen Verkehrssache vorübergehend von meinem Führerschein trennen musste. Aber diese Beziehungspause ist nun schon über vierzig Jahre her.«

»Sie haben gehört, dass Fabian Goldstein am Sonntagabend ermordet wurde?«, kam ich gleich zur Sache.

»Ich las davon heute früh in der Zeitung.«

»Heute erst?«

»Ja. Sie müssen wissen, dass man hier in der Klinik ein wenig das Zeitgefühl verliert. Es ist einem irgendwann egal, ob man die Zeitung von heute, gestern oder vorgestern liest. Und mit Internet und diesen neumodischen Sachen habe ich nichts am Hut. Schlimm genug, dass uns der Elektrosmog durch Mobilfunk und Wi-Fi-Strahlen alle verseucht. Mir kann das mit zweiundsiebzig Jahren egal sein. Aber alle, die heute jede Sekunde online sein müssen, werden sich noch umschauen, wenn sie in dreißig Jahren einen Gehirntumor bekommen.«

»Wo waren Sie denn am Sonntagabend?«, wollte Paulina wissen.

Kammerer brach lauthals in Lachen aus, das mich an den geheimnisvollen Baron erinnerte, als er das Lachen von Timm Thaler kaufte.

»Sie fragen mich nach einem Alibi?«, sagte Kammerer, als er wieder zur Ruhe gekommen war. »Ist das Ihr Ernst?«

»Glauben Sie, wir fahren von Bamberg hierher und behelligen Sie, um Scherze zu treiben?«, fragte ich, ohne eine Miene zu verziehen.

Dann neigte Kammerer seinen Kopf zur Seite, legte den Zeigefinger an seine Wange und sprach leise: »Jetzt verstehe ich. Sie meinen, dass ich ihn aus Rache getötet haben könnte? Wegen des Streits um den ›Musikpalast‹?« Er lachte wieder. »Das ist doch wirklich lächerlich.«

»Warum?«, wollte ich wissen. »Der ›Musikpalast‹ war doch Ihr Lebenswerk.«

»Richtig, und dafür sollte ich ausgezeichnet werden. Völlig zu Recht übrigens, wenn ich das in aller gebotenen Bescheidenheit anmerken darf.«

»Mit dem Goldenen Seidla?« Paulina schaute ihn fragend an.

»Ja. Das ist zwar nicht der Bambi oder die Goldene Kamera, aber eine in der Branche durchaus anerkannte Auszeichnung, auch wenn sie eigentlich nur regionale Bedeutung hat.«

»Es stimmt also, dass Sie für die Verleihung des Seidlas vorgesehen waren?«, hakte ich nach. »Warum ist es dann nicht dazu gekommen?«

»Der Grund ist derselbe, warum ich hier bin. Gesundheitliche Probleme. Ich bin nicht mehr der Jüngste, aber das sagte ich bereits.«

»Warum genau sind Sie hier?«

Er zögerte kurz. »Ein schmerzhaftes Hüftleiden. Nichts Gefährliches, aber wenn man nicht länger als zwei Minuten stehen kann, dann ist das eine schlechte Voraussetzung für das Showgeschäft im Allgemeinen und den Auftritt in einer Fernsehsendung im Besonderen.«

»Verstehe.«

»Und da ich mich nicht im Rollstuhl auf die Bühne schieben lassen wollte, um eine Auszeichnung fürs Lebenswerk entgegenzunehmen …«

»… aus der Hand von Fabian Goldstein, der Ihnen den begehrten Sendeplatz im Fernsehen genommen hat!«, unterbrach ich ihn.

»Der ›Musikpalast‹ war mein Leben, das ist richtig. Aber zerstört hat ihn nicht Fabian, sondern der Sender. Es gab einen neuen Unterhaltungschef, Veit von Schlottenberg, genannt Schlotti, den die Anstalt vom Privatfernsehen abgeworben hat. Er verantwortete vorher die ›Dschungelshow‹ und ›Deutschland sucht den Superstar‹. Man erhoffte sich von ihm mehr Quote in der werberelevanten Gruppe.«

»Vierzehn bis neunundvierzig«, seufzte ich. »Ich weiß schon.«

»Die Boulevardpresse nannte ihn Schrotti, stimmt's?«, sagte Paulina. »Weil er als derjenige galt, der das Trashfernsehen nach Deutschland holte.«

»Genau. Wenn ich Grund hätte, Rachegelüste zu haben, dann gegen Schlottenberg, nicht gegen Fabian, den ich selbst als Nachfolger vorgeschlagen habe.«

»Wie bitte?« Ich wunderte mich sehr über diese Aussage, die im Widerspruch stand zu dem, was wir zuvor gehört hatten.

»Auch nach meiner völlig unbegründeten Entlassung durch die Sendeanstalt wegen angeblicher gesundheitlicher Probleme, die frei erfunden waren, hatte ich noch einen sehr guten Draht zum zuständigen Redakteur. Dem habe ich Fabian ans Herz gelegt. Ich halte ihn für den begabtesten Entertainer, den wir derzeit im deutschen Fernsehen haben. Es wäre mir eine große Ehre gewesen, die Auszeichnung aus seiner Hand entgegennehmen zu dürfen.«

»Hm«, machte ich und warf einen unschlüssigen Blick zu Paulina. Dass Fabian Goldstein der größte Showmaster auf dem Erdenrund war, schien in der Branche weitgehend Konsens zu sein. Sollten wir ihn damit konfrontieren, dass Goldstein sein Veto gegen ihn als Preisträger eingelegt hatte, wie Heike uns gesagt hatte?

Sie hatte wohl keine Bedenken: »Es ist also nicht richtig, dass Goldstein sich als Mitglied der Jury persönlich dafür eingesetzt hat, dass Sie nicht ausgezeichnet werden?«

»Wer erzählt so einen Schmarrn?«, wollte Kammerer wissen und schüttelte ungläubig den Kopf.

»Wann haben Sie denn Fabian Goldstein zuletzt gesehen?«, stellte ich eine Gegenfrage.

»Das ist schon einige Monate her. Wenn nicht sogar ein Jahr. Es war in München auf dem Ostfriedhof bei der Beisetzung von Franz-Xaver Silbermann.«

»Ach, der ist gestorben? Das habe ich gar nicht mitbekommen.« Ich wusste, dass Silbermann bis vor fünfzehn Jahren Fernsehkrimis produziert und sich am Starnberger See zur Ruhe gesetzt hatte, nachdem er seine Firma an einen Medienkonzern hatte verkaufen müssen. »Welche Beziehung hatte Goldstein zu Silbermann?« Erst während ich die beiden Namen aussprach, fiel mir der Wortwitz auf.

»Silbermann hat mit dem Vermögen, das er in Jahrzehnten angesammelt hat, einen Schlager-Radiosender gegründet, von dem Fabian sozusagen entdeckt und aufgebaut wurde, Radio Silversound. Fabian war immer der Überzeugung, dass er seinen Start ins Showgeschäft Silbermann zu verdanken hatte. Was sicher nur zum Teil richtig ist.«

»Was ist der andere Teil?«

»Na ja, wie jeder weiß, hat Bakow ihn zu dem gemacht, was

er heute ist. Ich will sagen: was er zuletzt gewesen ist. Aber auch: was von ihm bleibt. Kann ich noch etwas für Sie tun?«

»Ja«, sagte ich. »Bisher haben Sie unsere Frage noch nicht beantwortet, wo Sie am Sonntagabend zur Tatzeit waren. Auch wenn Sie diese Frage nur zum Lachen finden.«

»Also gut, Herr Kommissar, Sie machen ja auch nur Ihre Arbeit. Ich war natürlich hier in der Klinik. Das freundliche Pflegepersonal wird Ihnen das gewiss bestätigen können.«

Kammerer schaute auf die Uhr an der roten Wand, die genau fünfzehn Uhr dreißig anzeigte. Dann griff er in die Tasche seines Bademantels und holte aus einer Pappschachtel einen Tablettenblister hervor, aus dem er zwei Kapseln herausdrückte.

»Die muss ich pünktlich nehmen«, sagte er und schluckte die Arznei mit Kaffee herunter. Das sah eine Pflegerin, die in diesem Moment vorbeikam und den Patienten ermahnte: »Tabletten bitte immer nur mit Wasser nehmen. Sonst kann die Wirkung beeinträchtigt werden.«

»Jaja, Frau Oberschwester«, sagte er leise, dann rief er etwas lauter: »Die Herrschaften hier sind von der Polizei und möchten gerne wissen, wo ich Sonntagabend war.«

Die Pflegerin wandte sich um und kam näher, dann fragte sie: »Polizei?«

»Reine Routinesache«, beruhigte ich sie. »Können Sie bestätigen, dass Herr Kammerer hier in der Klinik war?«

Sie war Mitte dreißig, hatte streng zusammengebundene Haare und trug eine so auffällige schwarze Plastikbrille, dass ich an ihr nichts anderes mehr wahrnehmen konnte. Die Brille sah aus wie ein Faschingsutensil, an dem sich gewöhnlich noch eine Plastiknase befand. Das ansonsten eher zierliche Gesicht wurde durch diese Sehhilfe hoffnungslos verunstaltet.

»Ja, Herr Kammerer war hier«, sprach die Brille nach kurzem Zögern. »Ich erinnere mich gut, dass ich ihm seine Tabletten gebracht habe, während im Fernsehen der ›Tatort‹ lief. Professor Kindermann hat auch mit ihm gesprochen.«

»Es war der ›Polizeiruf‹«, korrigierte Kammerer. »Ich habe zwar nicht hingeschaut, aber die Sendung lief tatsächlich. Bin ich damit entlastet? Oder muss Professor Kindermann die Aussage noch bestätigen?«

»Professor Kindermann ist heute leider nicht da«, sagte die Brille. »Er ist die ganze Woche auf einem Fachkongress in Freiburg.«

»Moment mal«, wandte Paulina ein. »Er hat uns doch eben vorne im Foyer angesprochen und die Architektur des Hauses erläutert.«

Die Schwester lachte laut. »Ach, wirklich? Ein Senior mit Glatze und Bart? Das war nicht Kindermann. Der ist Ende dreißig und hat blonde lockige Haare.«

»Wer war das dann? Er trug einen Arztkittel«, sagte ich verwirrt.

»Herr Eisenkölbl. Ein Dauerpatient auf der Neurologiestation.« Sie lachte immer noch. »Dabei wäre er wohl in der Psychiatrie besser aufgehoben. Er liebt es, in fremde Rollen zu schlüpfen. Vor Kurzem hat er ein Fernsehteam von TV Oberfranken empfangen und ein ausführliches Interview über die notwendigen Reformen im Gesundheitswesen und die Einführung einer Bürgerversicherung gegeben. Unsere Geschäftsführung konnte beim Sender im letzten Moment verhindern, dass das Interview im Hauptprogramm ausgestrahlt wird.«

»Sie sollten vielleicht dafür sorgen, dass Ihre Patienten mit derartigen Neigungen keinen Zugriff auf ärztliche Dienstbekleidung haben«, riet ich. »Wir haben ansonsten keine Fragen mehr. Vielen Dank für Ihre Unterstützung.«

***

»Ein architektonisch sehr hübsches Irrenhaus, diese Schön-Klinik«, sagte ich auf der Rückfahrt nach Bamberg, als wir auf der A 73 an Ebensfeld vorbeifuhren.

»Sie übertreiben, Horst«, erwiderte Paulina, die wie immer souverän unseren Golf lenkte. »Bloß weil einer der Patienten einen Hang zur Scharade hat? Manchmal könnte man unsere Dienststelle auch als Irrenhaus bezeichnen.«

»Bei uns haben die größten Geistesgestörten auch noch das Sagen«, murmelte ich, hoffentlich unhörbar.

»Sagen Sie mal, Horst, haben Sie Ihr Smartphone griffbereit?«

Ich fasste auf meine linke Brust. »Ja. Warum?«

»Können Sie googeln?«

»Wollen Sie mich auf den Arm nehmen? Natürlich kann ich googeln.«

»Ich meine: mit der App auf dem Telefon. Tippen Sie doch mal ›Sertralin‹ ein!«

»Was ist das denn? Eine neue Schlagerkombo?« Ich suchte nach dem Google-Symbol und drückte mit dem Zeigefinger drauf. »Wie schreibt man das?«

Paulina drehte das Radio leiser, wo gerade das unerträgliche Lied »Lemon Tree« lief, und buchstabierte. Ich drückte Buchstaben für Buchstaben, schließlich auf »fertig«.

»Der oberste Treffer ist ein Wikipedia-Eintrag«, sagte ich.

»Und? Lesen Sie vor!«

»›Sertralin ist eine tricyclische chemische Verbindung, die zu den Halogenaromaten und Aminen zählt. Als Antidepressivum aus der Gruppe der selektiven Serotonin-Wiederaufnahmehemmer wird die Substanz gegen Depressionen, Angststörungen, posttraumatische Belastungsstörungen und Zwangsstörungen angewendet.‹« Ich schaute Paulina besorgt an: »Wenn Sie Probleme haben, können Sie jederzeit mit mir reden, das wissen Sie doch!«

Sie lachte. »Aber Horst …«

»Nehmen Sie etwa Psychopharmaka? Doch hoffentlich nicht, wenn Sie Auto fahren!«

»Nein, keine Sorge! Schauen Sie doch mal, ob da auch etwas über Nebenwirkungen steht.«

Ich wusste zwar nicht, warum Paulina mich nach Nebenwirkungen einer Arznei googeln ließ, die sie nicht einnahm, schließlich war ich der Hypochonder von uns beiden. Aber ich folgte ihrer Bitte und suchte den Abschnitt mit der Überschrift »Nebenwirkungen«.

»›Zu den häufig auftretenden Nebenwirkungen zählen Nervosität, Appetitstörungen, Hautausschlag, Erbrechen, Hitzewallungen und … äh … sexuelle Funktionsstörungen.‹«

»Und weiter?«

»›Bei der Anwendung von Sertralin wurden in seltenen Fällen suizidales Verhalten sowie Feindseligkeit, vorwiegend Aggression, oppositionelles Verhalten und Zorn festgestellt.‹«

»Aha. Das ist interessant.«

»Warum? Was ist das für ein Medikament?«

»Diese Pillen schluckt Kammerer.«

»Woher wissen Sie das?«

»Es stand auf der Packung, aus der er die Tabletten genommen hat, bevor die Oberschwester kam.«

Ich wusste nicht, was mich mehr beeindruckte: dass Paulina die kleinen Buchstaben auf der Schachtel lesen konnte oder dass sie sich die Schreibweise des Präparats gemerkt hatte.

»Respekt«, sagte ich für beides.

»Das legt den Schluss nahe, dass Kammerer gar nicht in der orthopädischen Abteilung der Schön-Klinik behandelt wird, wie er sagte, sondern in der neurologischen. Burn-out und so. Das Krankenhaus hat auch eine Abteilung für Patienten mit psychischen Erkrankungen.«

»Sie meinen, Kammerer könnte durch seine Medikamente aggressiv und zu einem Totschläger geworden sein?«

»Das würde zwar möglicherweise vor Gericht seine Schuldfähigkeit lindern, aber denkbar wäre es doch«, meinte Paulina. »Zumal sein ›Tatort‹-Alibi ja eher dünn ist.«

»›Polizeiruf‹!«

»Egal. Schließlich läuft jeden Tag auf irgendeinem dritten Programm mindestens ein ›Tatort‹.«

»Machen Sie mal lauter!«, unterbrach ich meine Kollegin und deutete auf das Autoradio.

Sie erhöhte die Laustärke, indem sie einen Schalter im Lenkrad betätigte. Es liefen die Sechzehn-Uhr-Lokalnachrichten.

»… damit konnte die monatelange Auseinandersetzung

zwischen der Stadtverwaltung und dem Straßenmusikanten beigelegt werden«, sagte der Sprecher.

»Es geht um Björn Q. alias Björn Kucharczyk«, bemerkte Paulina. »Goldsteins Stiefbruder.«

»Ja, pssst.«

»Oberbürgermeister Marienberg sagte im Gespräch mit Radio Bamberg, dass ein Spender, der nicht genannt werden wollte, alle offen stehenden Gebühren des Musikers in Höhe von dreitausendeinhundertvierzig Euro beglichen habe. Damit sei auch die drohende Erzwingungshaft vom Tisch. Der unbekannte Gönner habe zudem bei der Stadt einen hohen dreistelligen Betrag hinterlegt, um die nächsten anstehenden Sondernutzungsgebühren für Björn Q. im Voraus zu begleichen. Was Kulturdezernent Knuth von Sonnenberg dazu sagt, hören Sie gleich nach dem nächsten Song hier bei uns auf ...«

»Was für ein Glückspilz«, sagte Paulina. »Der unbekannte Spender, der einem die Schulden begleicht ... So was gibt's doch sonst nur im Märchen.«

Ich nickte zustimmend und ließ mir meine Erleichterung nicht anmerken, dass der Freund meiner Tochter nicht mehr mit einem Fuß im »Café Sandbad« zu stehen schien.

***

Wieder im Büro, erreichte uns die erwartete Nachricht der Münchner Allianz-Versicherung.

»Das ist nicht unspannend«, sagte Paulina, als sie die ausgedruckte E-Mail aus ihrem Drucker nahm.

»Da bin ich aber keinesfalls nicht neugierig«, antwortete ich und löste damit bei Paulina ein ratloses »Wie bitte?« aus.

»Sie reden doch auch mit doppelter Verneinung. ›Nicht unspannend‹ ist genauso sinnlos wie ›keinesfalls nicht neugierig‹. Sie wissen doch, dass ich ein Freund der klaren Sprache bin.«

»Wie konnte ich das nur vergessen. Darf ich jetzt vorlesen?«

»Ich bitte darum.«

»Also.« Paulina setzte sich an ihren Schreibtisch und holte

tief Luft. »Die Risikolebensversicherung mit der Nummer blablablub wurde am 14. August 2015 abgeschlossen, die Versicherungssumme beträgt zwei Komma fünf Millionen Euro. Und der Begünstigte ist Ben Bakow.«

»Ach nein. Ist das jetzt ein Motiv?«

»Jedes Kind weiß doch, dass eine Lebensversicherung niemals an den Mörder ausgezahlt wird. Und dass generell nach einem Tötungsdelikt kein Geld fließt, solange es nicht aufgeklärt ist.«

Ich ergänzte: »Und in diesem Fall hat der Täter sich wirklich wenig Mühe gegeben, Fabians Tod wie einen Unfall aussehen zu lassen.«

»Moment mal«, sagte Paulina. »Das war ja nur die erste Seite.« Sie zeigte ein weiteres Blatt. »Es gibt eine Änderung der Police. Sie ist vor drei Wochen datiert.«

»Ja?«

»Ich glaube, da wird sich jemand freuen, der die Millionen gut gebrauchen kann.«

»Wer kann zweieinhalb Millionen nicht gut gebrauchen? Also, wer ist der Begünstigte?«

»Es ist Fabians Stiefbruder. Björn Kucharczyk.«

»Heiliger Strohsack!«, war meine einzige Reaktion. »Jetzt brauche ich einen Kaffee.«

Für mich als Polizist galt natürlich juristisch die Unschuldsvermutung so lange, bis das Gegenteil bewiesen war. Aber als Vater läuteten bei mir alle Alarmglocken, die mich veranlassten, sofort Andreas Nummer zu wählen. Doch ich hörte nur die Mailbox.

»Andrea, ich bin's!«, sprach ich eine Spur zu laut in das Telefon. »Hör mir bitte genau zu! Es ist wichtig! Du darfst diesen Björn ab sofort nicht mehr treffen. Ich erklär dir alles später.«

Ich legte auf, dann schickte ich ihr den gleichen Text als Nachricht über WhatsApp. Postwendend kam ihre Antwort: »Aber Papa, was ist los? Björn ist gerade bei mir zu Hause. Alles easy!«

»Verdammt!«, rief ich, während ich das Holster mit der Dienstwaffe umschnallte und meine Jacke anzog.

»Was ist los?«, fragte Paulina.

»Nichts«, log ich. »Ich muss mal kurz weg. Kleine familiäre Angelegenheit.« Ich hatte das Büro schon fast verlassen, als ich ihr noch zurief: »Ich bin bald wieder da!« Dann fiel mir auf, dass ich mit dem Pedelec zu lange brauchen würde.

»Paulina, kommen Sie mit! Wir müssen auf die Erba-Insel.«

# DREIZEHN

Zehn Minuten später parkten wir den Dienstwagen im Halteverbot vor einem Kosmetiksalon, der im Erdgeschoss des Studentenwohnheims »An der Weberei« untergebracht war. Das Gebäude war erst vor Kurzem errichtet worden, und zwar mit einer grauen Sichtbetonfassade, die dem Haus den Charme einer Mietskaserne im Ruhrgebiet verlieh und so gar nichts mit dem zu tun hatte, was man sich gemeinhin unter »Wohnen im idyllischen Bamberg auf dem Gelände der Landesgartenschau« vorstellte. Aber der überhitzte Wohnungsmarkt in der Stadt hatte Andrea keine andere Möglichkeit geboten, als das etwas überteuerte Appartement anzumieten, wenn sie nicht täglich zwischen Forchheim und Bamberg pendeln wollte. Dass sie so viele Jahre nach der Trennung ihrer Eltern, in denen sie bei ihrer Mutter gelebt hatte, nun mit der Wahl ihres Studienplatzes die Nähe zu mir gesucht hatte, erfüllte mich mit etwas Genugtuung. Daran, dass auch der gute Ruf der Bamberger Uni, wo es im Fach »Kowi« neuerdings keinen Numerus clausus mehr gab, der Grund für ihre Wahl gewesen sein könnte, wollte ich nicht denken.

Ich stieg aus dem Wagen und zog meine Waffe.

»Jetzt sagen Sie mal, was los ist, Horst!«, rief mir Paulina über das Autodach hinweg zu. »Warum wollen Sie mit gezogener Pistole zu Ihrer Tochter?«

»Weil Björn Kucharczyk bei ihr ist. Kommen Sie!«

»Kucharczyk ist bei Andrea? Warum das?«

»Er ist …«, ich atmete einmal durch, »… ihr Freund.« Irgendwann musste ich es Paulina ja sagen.

»Wo die Liebe hinfällt«, war ihre einzige lapidare Reaktion.

»Ist das alles, was Sie dazu sagen? Wissen wir, ob der Typ nicht einen Mord begangen hat, um zweieinhalb Millionen Euro zu kassieren?«

»Wissen wir nicht, Horst. Aber mir scheint der Gedanke

etwas weit hergeholt, ehrlich gesagt. Ihre väterliche Sorge in Ehren, aber –«

»Solange wir nicht ausschließen können, dass Andrea da oben mit einem Mörder im Zimmer ist, müssen wir etwas tun.«

Ich drückte einige Klingelknöpfe, bis sich jemand durch die Sprechanlage meldete.

»Paketdienst«, rief ich. Sofort wurde der Summer gedrückt.

Über das fensterlose Treppenhaus erreichten wir den zweiten Stock, wo Andreas Appartement war. Ich war nicht mehr hier gewesen, seit ich ihr beim Einzug und beim Aufbau ihrer IKEA-Möbel geholfen hatte.

Neben der Klingel stand ihr Name: »A. Müller«. Ich hatte ihr geraten, den Vornamen abzukürzen, damit nicht sofort erkennbar war, dass hier eine alleinstehende Frau wohnte. Ich legte mein Ohr an die Tür, konnte aber nichts hören. Ich ertappte mich beim Gedanken, dass Kucharczyk meine Tochter hoffentlich nicht schon erschlagen hatte. Ich betätigte den Klingelknopf, die Hand an der Waffe. Es dauerte etwa zehn Sekunden, die mir jedoch unendlich viel länger erschienen, bis sich die Tür langsam öffnete. Andrea stand vor uns, in Tränen aufgelöst, aber augenscheinlich unversehrt. Ich zog sie am Arm sofort aus der Wohnung heraus.

»Ist er da drin? Hat er dir etwas angetan? Ich bring ihn um!«

»Horst!«, rief mich Paulina zur Ordnung.

»Er hat …« Andrea schluchzte.

»Was hat er?«, fragte ich, Furchtbares ahnend.

»Er hat Schluss gemacht.«

In diesem Moment kam Björn aus dem Wohn-, Ess- und Schlafzimmer des kleinen Appartements. Er hob sofort die Hände, als er mich mit der Waffe sah.

»Das ist genau der Grund, warum man sich nicht mit einer Bull-, äh, Polizistentochter einlassen sollte: Wenn's Ärger gibt, steht der alte Herr mit gezogener Pistole da. Haben Sie auch einen Haftbefehl mitgebracht? Wegen unbotmäßigen Verhaltens oder fehlender Nassrasur?«

»Halten Sie den Mund, Kucharczyk«, erwiderte ich barsch.

Dann fragte ich Andrea, ohne ihn dabei aus dem Blick zu verlieren: »Hat er dir etwas getan? Hat er dich bedroht?«

»Nichts, Papa«, sagte Andrea und wischte sich mit dem Ärmel ihres gelben Sweatshirts die Tränen aus den Augen. »Wir haben uns nur gestritten. Björn ist der Meinung, dass wir nicht zusammenpassen. Er meint, dass unsere Lebensstile nicht kompatibel sind.«

»Nicht kompatibel? Sie meinen, dass eine studierende Bullentochter und ein Straßenmusikant nicht zusammenpassen?«, fuhr ich ihn an.

»Vorsicht, Herr Kommissar. Sie wollen doch nicht Ihre Tochter beleidigen? Das B-Wort haben Sie gesagt. Würden Sie jetzt vielleicht Ihre Knarre wegstecken? Ich bin unbewaffnet und friedlich. Ich habe mir nichts weiter zuschulden kommen lassen, als meine Beziehung mit Andrea zu beenden. Ich glaube, das ist nicht verboten. Und vermutlich sogar in Ihrem Sinne.«

Ich schaute Andrea fragend an.

»Er hat recht, Papa. Ich verstehe nicht, was eigentlich los ist. Ich habe dich nicht um Hilfe gebeten. Mit der Situation muss ich alleine klarkommen.«

Ich steckte meine Waffe in das Holster, und Björn nahm langsam die Hände herunter.

»Wir müssen mit Ihnen reden, Herr Kucharczyk«, sagte ich.

»Ich glaube, es ist alles gesagt«, erwiderte er. »Ich denke, ich habe mich mit Andrea ausgesprochen. Es tut mir auch sehr leid, aber diese Beziehung hatte keine Zukunft.«

»Es geht nicht um Ihre Beziehung zu Andrea, sondern zu Ihrem Stiefbruder.«

»Auch darüber haben wir schon gesprochen, Herr Kommissar.«

»Wussten Sie, dass Fabian Sie als Begünstigten in seiner Lebensversicherung angegeben hat?«

Kucharczyk lachte laut. »Das ist nicht Ihr Ernst. Ich weiß nichts von einer Lebensversicherung. Was soll das heißen?«

»Das heißt, dass Sie von seinem Tod profitieren«, sagte Paulina und fügte hinzu: »Sofern die Versicherungssumme ausgezahlt wird.«

»Er hat im Übrigen die Police erst vor kurzer Zeit geändert«, erläuterte ich. »Und Sie wollen uns wirklich weismachen, dass Sie davon nichts gewusst haben?«

»So ist es. Egal, ob Sie es glauben wollen oder nicht.«

Ich beobachtete aus dem Augenwinkel, dass Andrea unser Gespräch mit offenem Mund verfolgte.

»Wissen Sie denn, wer der anonyme Spender ist, der Ihre Schulden bei der Stadt beglichen hat?«, fragte ich.

Kucharczyk zuckte mit den Schultern. »Keine Ahnung. Sieht so aus, als hätte ich gerade eine Glückssträhne, oder? Mal abgesehen davon, dass der Vater meiner Ex-Freundin mich für einen Verbrecher hält.«

»Es spielt keine Rolle, was Andreas Vater von Ihnen hält«, sagte Paulina. »Sicher können Sie sich erinnern, was Sie am Sonntagabend gemacht haben.«

Kucharczyk dachte eine Sekunde nach, dann verzog er sein Gesicht zu einem obszönen Grinsen. »Und ob ich mich erinnern kann.«

»Was wollen Sie damit sagen?«

»Björn war bei mir«, antwortete Andrea für ihn.

Paulina und ich drehten uns beide zu ihr.

»Wir waren im ›Little Italy‹, bis etwa acht Uhr. Danach sind wir hierhergefahren.«

»Wie lange seid ihr …? Also ich meine, bis wann …?« Ich verhaspelte mich etwas bei der Frage nach dem Naheliegenden.

»Ich habe am nächsten Morgen Brötchen und Hörnla beim Seel geholt, und nach dem Frühstück bin ich wieder gegangen«, antwortete Kucharczyk. »Wollen Sie noch mehr wissen, Herr Kommissar?«

Ich schaute Andrea an: »Ist das korrekt? Du gibst ihm ein Alibi?«

»Es ist korrekt, Papa. Und wenn du jetzt keine Fragen mehr hast, wäre es wirklich sehr nett und hilfreich, wenn …«

Ich tauschte mit Paulina einen kurzen Blick aus. Dann verabschiedeten wir uns.

»Einen Moment noch«, sagte Kucharczyk. »Was ist mit dieser Versicherung, von der Sie sprachen? Muss ich irgendwas tun? Und um welche Summe geht's überhaupt?«

»Man wird sich gewiss mit Ihnen in Verbindung setzen.«

Mit einem unguten Gefühl ging ich die Treppe hinunter.

»Da haben wir ja einen grandiosen Auftritt hingelegt«, bemerkte Paulina. »Ich bin sicher, Ihre Tochter wird den Tag, an dem ihr Freund Schluss gemacht hat, niemals vergessen.«

»Ich verstehe ja auch nicht, wie sie sich mit diesem windigen Typen einlassen konnte. Er ist doch auch viel zu alt für sie. Und überhaupt, ein Straßenmusikant, das ist doch kein seriöser Beruf.«

»Aber er könnte bald Millionär sein. Dann müssten Sie vielleicht nichts mehr fürs Studium zuschießen.«

»Papperlapapp«, erwiderte ich. »Das sehe ich noch lange nicht, dass hier die Versicherungssumme ausgezahlt wird.«

»Haben Sie bewusst nicht gesagt, wie hoch der Betrag ist?«

»Ja«, antwortete ich. »Ich wollte vermeiden, dass Andrea nicht nur ihrem Freund, sondern auch noch den Millionen hinterhertrauert.«

Wir stiegen in unseren Dienstwagen ein, nachdem Paulina das Knöllchen entfernt hatte, das offenbar die pflichtbewussten Kollegen von der Parkraumüberwachung unverzüglich hinter den Scheibenwischer geklemmt hatten. Es war schon etwas schikanös, dass nur an der Zufahrt zur Erba-Insel ein Schild mit dem Hinweis auf die Parkscheibenpflicht platziert war. Hier wurden täglich unschuldige Autofahrer in die Falle gelockt.

»Ist es vorstellbar, dass Björn Kucharczyk wirklich nichts davon weiß, dass die Lebensversicherung zu seinen Gunsten geändert wurde?«, fragte Paulina, als sie hinter dem Steuer saß und den Motor startete.

»Es wäre nur denkbar, wenn Fabians Grund für die Änderung der Police gar nicht der Vorteil seines Stiefbruders gewesen wäre, sondern der Nachteil …«

»… von Bakow«, ergänzte Paulina.

»Bingo! Vielleicht gab es Streit mit Bakow, und er wollte ihn schädigen, und es war eine schöne märchenhafte Vorstellung für ihn, seinen aus seiner Sicht gescheiterten Stiefbruder mit Geld zu überschütten.«

»Ja, vielleicht wollte Fabian wirklich komplett aus diesem Schlagerkonstrukt aussteigen«, mutmaßte Paulina.

»Und das könnte Bakow so wütend gemacht haben, dass er Fabian im Affekt erschlagen hat.«

Paulina nickte. »Er scheint ein sehr emotionaler Mensch zu sein, der zu heftigen Reaktionen fähig ist.«

»Reden wir mit ihm!«, sagte ich.

Wir fuhren los.

»Oder besser: Stellen wir ihn zur Rede!«, meinte Paulina.

»Kennen Sie eigentlich den schon? Wie bringt –«

»Bitte, Horst!«, unterbrach sie mich. »Keine Witze im Dienst ohne Humorzulage.«

Doch ich ließ mich nicht beirren: »Wie bringt man das Gehirn eines Schlagersängers auf die Größe einer Erbse?«

»Ich weiß es nicht. Aber ich bin sicher, dass Sie es mir unverzüglich verraten werden.«

»Man bläst es auf.«

»Wirklich sehr komisch, Horst.«

***

Wir fanden Bakow in der Brose-Arena, wo er in der ersten Stuhlreihe mit einem Klemmbrett und zahlreichen Blättern auf seinem Schoß saß. Auf der Bühne, die T-förmig in den Zuschauerraum hineinragte, wurde eine Stellprobe mit einem Dutzend Frauen mit kurzen roten Kleidchen und Trompeten veranstaltet, die offenbar nicht zur Zufriedenheit des Produzenten beitrug. Der geprobte Auftritt wirkte ein wenig wie der hilflose Versuch einer Faschingsnummer mit Funkenmariechen.

»Einmal mit Profis arbeiten«, schimpfte Bakow vor sich hin.

»Das wäre ein Traum.« Dann raunzte er eine junge Frau mit Pferdeschwanz an, die mit einem Headset und einem Funkgerät vor der Bühne stand und hektisch gestikulierte: »Wer hat in Gottes Namen diese Laienspieltruppe engagiert? Die haben doch noch nie im Leben eine echte Trompete in der Hand gehabt!«

»Gibt's Probleme, Herr Bakow?«, fragte ich, als ich ihn erreichte.

»Das kann man wohl sagen«, antwortete er mit einem Blick zur Seite. »Ich weiß nicht, wie wir bis morgen Abend mit dem neuen Showablauf fertig werden sollen, wenn das so weitergeht. Am Freitag sind die Ehrlich Brothers hier, bis dahin müssen wir raus sein aus der Halle.«

»Sind das auch Schlagersänger?«

»Zauberer«, antwortete Paulina. »Und zwar richtig coole Typen. Ich habe eine Premium-Seat-Karte und freu mich schon drauf.«

»Was ist denn mit den hübschen Trompeterinnen?«, wollte ich von Bakow wissen. »Treffen sie die Töne nicht?«

»Das sind gar keine Trompeterinnen, sondern Tänzerinnen vom Deutschen Fernsehballett, die sich mit Trompetenattrappen aus Plastik zum Playback bewegen sollen, als würden sie die Instrumente spielen. Leider sieht es aber nicht so sexy aus wie gedacht, sondern eher, als würden sie mit einer Fliegenpatsche nach Insekten schlagen. Dilettanten!«

»Aber warum dieses Theater mit den Trompeten?«, fragte ich stirnrunzelnd.

»Weil es geil aussieht«, antwortete Bakow und hob hilflos die Hände. Dann fügte er leise hinzu: »Wenn es gut gemacht wird. Leicht bekleidete Frauen mit Blechblasinstrumenten sind ein Quotenbringer. Scheint irgendwas beim Publikum auszulösen. Es gibt einen Produzenten von Musikvideos, der bei jedem Song eine Lady mit Saxofon mitspielen lässt, egal ob das Instrument vorkommt oder nicht. Aber warum sind Sie hier, Herr Kommissar, Frau Kommissarin?«

»Wir möchten Sie kurz sprechen, Herr Bakow«, sagte ich.

Er seufzte. »Was wollen Sie denn schon wieder? Aber gut. Eine kurze Pause wird hier im Moment niemandem schaden.« Laut rief er in Richtung Bühne: »Break. Wir machen in zehn Minuten weiter. Ohne Trompeten bitte.« Dann wieder zu uns: »Was gibt es denn noch?«

»Es geht um die Lebensversicherung von Fabian Goldstein.«

»Was soll damit sein? Ich verstehe nicht …«

»Die Frage lautet: Warum hat Goldstein eine Risikolebensversicherung zu Ihren Gunsten abgeschlossen?«

Bakow schien auf einmal nervös zu werden, zögerte kurz und sagte dann: »Können wir das woanders besprechen?« Er schaute sich in der Halle um. »Kommen Sie mit. Wir gehen dahinten rein.«

Er führte uns aus dem Saal heraus durch eine Tür mit dem Schild »Staff only« und schließlich in einen fensterlosen Raum, der als »Büro Bakow« ausgeschildert war. Er war mit einem behelfsmäßigen Schreibtisch und einem tragbaren Computer eingerichtet, auf einem Sideboard standen zwei Fernsehgeräte.

»Setzen Sie sich!«, sagte er und deutete auf zwei gepolsterte Stühle, die an einem quadratischen Besprechungstisch mit einer Schale Erdnüssen standen. Er selbst nahm hinter dem Schreibtisch Platz. Ohne weitere Aufforderung begann er zu sprechen.

»Also, diese Lebensversicherung … Sie ist Bestandteil des Gesellschaftervertrages, den Fabian und ich bei der Gründung der Bakow Show Entertainment geschlossen haben. Eine entsprechende Versicherung zu seinen Gunsten habe ich übrigens auch abgeschlossen.«

»Aha«, sagte Paulina, während sie ihr Smartphone zur Tonaufzeichnung auf den Tisch legte. »Und was war der Zweck dieser gegenseitigen Absicherung? Das machen doch sonst eher Ehepartner.«

»Wie Sie schon sagen: Dies diente unserer Absicherung für den Fall der Fälle. Wobei wir aufgrund meines Alters natürlich davon ausgegangen sind, dass mein Todesfall zuerst eintritt. Dann hätte Fabian mit dem ausgezahlten Geld die Firma weiterführen können. Das war der Plan.«

»Wissen Sie denn, dass Fabian den Versicherungsvertrag und die begünstigte Person geändert hat?«, fragte ich geradeheraus und beobachtete genau Bakows Reaktion.

Er zögerte eine halbe Sekunde und verschränkte die Arme, bevor er in erhöhter Stimmlage antwortete: »Selbstverständlich. Wir haben über alles offen gesprochen.«

»Und was war dann der Grund, dass offenbar eine gegenseitige Absicherung nicht mehr notwendig war?«

»Es gab ...«, Bakow suchte nach Worten und befeuchtete seine Lippen mit der Zunge, wobei er unseren Blicken auswich, »... Gründe im privaten Umfeld bei Fabian. Ich habe das akzeptiert, ohne weitere Fragen zu stellen.«

»Aha«, sagte ich und schaute zu Paulina. Ihr Blick verriet, dass sie das Gleiche dachte wie ich, nämlich dass Bakow im Begriff war, ein abenteuerliches Lügengebilde zu konstruieren. Seine Körpersprache-Signale waren jedenfalls eindeutig wie im Lehrbuch für Polizeipsychologie. Eine professionelle Schauspielausbildung hatte er wohl nicht genossen.

»Dann wissen Sie sicherlich auch, wer jetzt der Begünstigte ist?«, fragte ich.

»Nein, das geht mich auch nichts an«, antwortete Bakow.

Jetzt platzte mir der Kragen. »Wollen Sie uns hier komplett auf den Arm nehmen, Herr Bakow? Sie glauben doch nicht allen Ernstes, dass wir Ihnen das abkaufen? Wenn Sie uns anlügen, machen Sie sich nur verdächtig.«

Bakow sackte in seinen Stuhl zurück. Sein Blick fiel an Paulina und mir vorbei ins Unendliche.

»Ja, es ist richtig. Fabian und ich hatten einen heftigen Streit.«

Paulina vergewisserte sich, dass ihr Handy noch alles aufzeichnete. War das der Beginn eines Geständnisses?

Wir schwiegen, und ich nickte ihm zu, um zu signalisieren, dass er weitersprechen solle.

»Wir waren unterschiedlicher Meinung über unsere weitere Zusammenarbeit. Oder um es deutlicher zu sagen: Fabian wollte, dass wir künftig getrennte Wege gehen.«

»Das heißt, er wollte aus dem Schlagergeschäft aussteigen?«, fragte ich. Unser Verdacht schien sich zu bestätigen.

»Es war eine irre Schnapsidee von ihm. Oder besser gesagt: Dieser Bonsen hat ihm den Floh ins Ohr gesetzt. Als er zum ersten Mal davon sprach, hielt ich es für eine Laune, so wie wenn jemand mal etwas ganz Verrücktes ausprobieren möchte. Bungee springen, den Jakobsweg gehen oder so etwas.«

»Aber dann wurde klar, dass der Plan ernst gemeint war?«, hakte Paulina nach.

»Ja, als er mit einem von einem Notar erarbeiteten Vertragsentwurf daherkam, mit dem er aus unserer Firma aussteigen wollte.«

»Was war der Inhalt dieses Vertrags?«, wollte ich wissen.

»Er verlangte eine Abfindung von einer Million Euro. Eine völlig absurde Summe. Und in einem Nebensatz hat er mir gesagt, dass er die Lebensversicherung geändert hat und dass er es mir anheimstellt, es ebenfalls zu tun.«

»Warum ist die Summe absurd? Sie haben doch sicher viel Geld verdient mit der Show, Plattenverträgen, Werbedeals.«

Bakow seufzte gequält. »Wir haben gewiss viele Umsätze gemacht. Aber wir haben auch viel investiert und haben hohe Kosten. Schauen Sie sich um, das hier will alles bezahlt sein. Es gibt keine liquiden Rücklagen in einer solchen Höhe, die eine derartige Forderung rechtfertigen würden.«

»Das klingt fast so, als wäre Ihre Firma ein Steuervermeidungsmodell«, warf ich ein.

»Alles legal!«, reagierte er sofort empört. »Steuern sparen durch Abschreibungen ist ja zum Glück noch nicht verboten. Sie müssen hier nichts unterstellen, Herr Kommissar.«

»Potenzielle Steuerhinterziehung interessiert im Moment auch gar nicht. Wir suchen einen Mörder.« Ich fixierte ihn mit meinem Blick. »Haben Sie Fabian im Streit erschlagen?«

»Natürlich nicht!«

»Wann und wo fand diese Auseinandersetzung mit ihm statt?«, fragte ich.

Bakow dachte kurz nach.

»Es war Samstagabend, hier in diesem Büro.«

»Und dann hat Fabian Ihnen den Vertrag gegeben?«, fragte Paulina. »Wo ist er jetzt?«

»Wer? Fabian?«

»Der Vertrag natürlich.«

»Er hat ihn hiergelassen. Er muss hier irgendwo sein.« Bakow blickte auf seine goldfarbene Armbanduhr, die auch gut ins Zuhältermilieu gepasst hätte, und sagte dann: »Ich muss wieder in die Halle. Schauen Sie sich gerne um. Ich habe nichts zu verbergen. Einen Durchsuchungsbefehl können Sie sich sparen.« Er sah erst mich, dann Paulina fragend an. »Kann ich dann gehen?«

Ich nickte. »Gehen Sie zu Ihren Tanzmariechen. Und halten Sie sich zur Verfügung! Und es heißt übrigens Beschluss.«

»Wie bitte?«

»Durchsuchungsbeschluss, nicht -befehl.«

Als Bakow den Raum verlassen hatte, schaute mich Paulina an. »Wir glauben ihm nicht, oder?«

»Kein Wort. Haben Sie seine Augen, seine Arme, seine Lippen beobachtet? Er lügt wie gedruckt. Da braucht's keinen Detektor mehr.«

»Er hat Samstag den Vertrag von Fabian bekommen und ihn in Ruhe gelesen. Am nächsten Tag wollte er noch mal mit ihm darüber reden, dabei ist er ausgeflippt, hat das Seidla ergriffen und Fabian im Affekt erschlagen«, mutmaßte Paulina.

»So könnte es gewesen sein. Interessant wäre, was wirklich in diesem Vertrag stand. Wenn er tatsächlich hier im Raum ist, sollten wir ihn finden.«

»Ja. Dass er nicht auf eine richterliche Anordnung besteht, ist mit der Sprachaufzeichnung belegt.«

»Dann schauen wir mal.«

Es gab nicht viele Stellen im Raum, wo man Unterlagen aufheben konnte. Zuerst nahmen wir uns den Schreibtisch vor. Hier fanden wir ausschließlich Drehbücher, Manuskripte, Rechnungen sowie Handyladekabel, ein Feuerzeug und eine leere Zigarettenschachtel.

»Was ist das denn?«, rief ich und holte einen Gegenstand aus der untersten Schublade hervor, den ich mit spitzen Fingern Paulina zeigte.

»Soll ich Ihnen erklären, was das ist, Horst?« Paulina lachte. »Wo sollen wir anfangen? Bei den Bienen und den Blümchen?«

»Sehr witzig. Ich sehe selbst, dass das ein … äh … Dildo ist. Aber was macht der in der Schublade eines Schreibtisches? Ich meine, das ist doch hier ein Arbeitsplatz.«

»Ach, Horst, Sie wissen doch aus eigener Erfahrung, dass nicht alles so ist, wie es scheint. Ich erinnere nur an die Schnapsflaschen in Ihrem Schreibtisch. Und bitte erzählen Sie jetzt nicht wieder den Witz mit der Frau, die im Gemüsegeschäft fragt: ›Hobbd'er an Dill do?‹«

»Ich schau mal in diesem Sideboard nach«, lenkte ich von dem schlüpfrigen Thema ab. »Dieser Vertrag muss doch irgendwo sein.«

In dem Schrank fand ich zuerst einen DVD-Rekorder, eine abmontierte Schreibtischlampe und einen Karton mit Kopierpapier, den ich hervorzog. Dann bemerkte ich, dass die Rückwand des Schranks locker war. Ich drückte die Wand aus Pressspan ein Stück zurück und sah, dass sich hinter dem Sideboard etwas verbarg. Ich rückte das Möbelstück vor und schaute vorsichtig dahinter.

»Paulina!«, rief ich. »Das müssen Sie sich ansehen!«

Was ich ihr zeigte, reichte aus, um sofort Kriminalrätin Stadel anzurufen und sie zu bitten, einen Haftbefehl zu beantragen.

***

»Wir nehmen Sie fest wegen des dringenden Tatverdachts, Fabian Goldstein erschlagen zu haben«, sagte ich langsam und deutlich. »Kommen Sie mit, Herr Bakow.«

Diesmal waren wir sicher, den Richtigen zu haben. Bakow hingegen, der von seinem Platz im Zuschauerraum aus das

Geschehen auf der Bühne dirigierte, schien das anders zu sehen.

»Wie bitte? Suchen Sie sich für Ihre Feierabendscherze bitte jemand anders. Hier wird gearbeitet.«

»Herr Bakow«, versuchte es Paulina auf die verständnisvolle Art. »Wir können das hier ohne großes Aufsehen über die Bühne bringen. Brechen Sie die Probe ab und kommen Sie mit uns. Dann können wir die Handschellen am Gürtel lassen. Einverstanden?« Sie schlug unauffällig ihre Jeansjacke ein Stück zurück, sodass sowohl ihre Dienstwaffe als auch die Handfesseln deutlich zu sehen waren.

Bakow schaute zuerst Paulina, dann mich ungläubig an. »Ist das Ihr Ernst? Sie wollen mich wirklich beschuldigen, Fabian getötet zu haben? Das ist doch absurd.« Er lachte hilflos, doch als er bemerkte, dass wir ernst blieben, gefroren seine Gesichtszüge.

»Warum hätten Sie sonst dies in Ihrem Büro verstecken sollen?«, fragte ich und deutete auf eine orangefarbene Norma-Plastiktüte in meiner Hand.

»Was ist das? Eine Supermarkttasche?«

»Darin befindet sich das Goldene Seidla, das hinter dem Sideboard in Ihrem Büro versteckt war«, sagte Paulina.

»Ich weiß nicht, wovon Sie reden.«

»Dass Sie nichts zu verbergen haben, war wohl ein Bluff. Warum sollten Sie diesen Pokal sonst verstecken, wenn es sich dabei nicht um die Tatwaffe handelt?«

»Sie machen sich lächerlich, mit Verlaub. Wenn ich Zeit für solche Späße hätte, würde ich jetzt meinen Anwalt rufen. Aber ich muss arbeiten. Wenn dieses Ding wirklich in meinem Büro war, dann habe ich keine Ahnung, wie es dahin gelangt ist. Oder wollen Sie mir etwas unterschieben?«

»Herr Bakow, Sie kommen jetzt mit! Sollten Sie tatsächlich unschuldig sein, dann wird sich das aufklären«, sagte ich energisch.

Bakow stand auf. Zuerst dachte ich, er wollte einen Fluchtversuch starten. Doch dann streckte er beide Arme vor und sagte: »Tun Sie, was Sie nicht lassen können. Aber ich verspreche Ihnen: Das wird Konsequenzen für Sie haben.«

***

Das sichergestellte Seidla kam unverzüglich für die kriminaltechnische Untersuchung ins Labor, der Antrag auf Haftbefehl wurde von Kriminalrätin Stadel der diensthabenden Richterin am Amtsgericht zugestellt.

Ich nutzte den Abend, um meiner väterlichen Verantwortung gerecht zu werden. Seitdem Andrea in Gaustadt wohnte, trafen wir uns etwa einmal im Monat im »Kronprinz«, einem modernen Lokal zwischen Lidl und Edeka, das seinen Namen »Erlkoenig« nach kurzer Zeit aus rechtlichen Gründen wieder ändern musste und in dem eigenes Craft Beer gebraut wurde, als würde Bamberg noch eine Bereicherung seiner Brauereikultur benötigen. Meinem Geschmack hätte das »DJK Hüttla« ein paar hundert Meter weiter mehr entsprochen. Aber ich war auch dankbar, dass Andrea den Kontakt zu mir so gern und zuverlässig halten wollte. Da nahm ich in Kauf, in diesem Lokal kein Schäufela oder Wiener Schnitzel bestellen zu können.

Wir setzten uns auf die Terrasse hinter dem Lokal mit Blick auf das Fischerhofschlösschen. Denn für einen herbstlichen Oktobertag war es angenehm warm. Andrea bestellte einen sogenannten Roggenkönig namens »Resi Capresi« – andere Varianten dieser dünnen Sauerteigwaren, die eine Mischung aus Pizza und Zwiebelkuchen darstellten, trugen phantasiereiche Namen wie »Schweinchen Dick«, »Feurige Lolita« oder »Scharfes Maedchen«.

»Warum schreiben die Mädchen mit ae?«, fragte ich. Andrea zuckte mit den Schultern und wies darauf hin, dass auch »Maedchensalat«, »Roggenkoenig« und »Erlkoenig« ohne Umlaute geschrieben waren.

»Aber bei ›Getränke‹, ›Küche‹ und ›Grillgemüse‹ stehen die Pünktchen über dem Vokal«, stellte ich fest. »Ich kann darin kein Konzept erkennen.« Auch der Blick in die Speisekarte trug nicht zur Aufklärung bei.

Ich bestellte ein hundert Prozent unveganes argentinisches Rumpsteak mit »Homestyle Fritten« und genoss es, nicht über die Vor- und Nachteile einer fleischhaltigen Ernährung diskutieren zu müssen. Ich wunderte mich aber, dass die Süßkartoffelpommes nicht Fritten, sondern »Sweet Potatoe Fries« genannt wurden.

»In der Küche wird hoffentlich besser gekocht als geschrieben«, nörgelte ich.

»Ach, Papa«, erwiderte Andrea und versuchte ein Lächeln. »Du hättest Lehrer werden sollen.«

»Nein, danke. Die Sanktionsmöglichkeiten gegen Regelverstöße, die ich als Polizeibeamter habe, sind effektiver.« Ich bestellte ein untergäriges Bier und fragte die Bedienung, warum es »Habemus Papam« hieß, worauf sie jedoch auch keine Antwort parat hatte und mich ratlos anschaute. Andrea allerdings hatte eine Theorie: »Da steht doch, dass es weißes Rauchbier ist.«

»Ja, und?« Der Groschen fiel nicht sofort.

»Denk mal nach, Papa. Weißer Rauch! Wann und wo gibt es den?«

Ich klopfte mit der flachen Hand vor meine Stirn. »Verstehe. Nun gut, dann trinken wir auf den Heiligen Vater, halleluja. Aber nun sag mal: Wie geht's dir?« Die Frage war eigentlich überflüssig, denn um Andreas emotionalen Gesamteindruck einzuschätzen, hätte es keiner psychologischen Grundausbildung bedurft.

»Warum bist du nicht Lehrer geworden oder Bankbeamter oder irgendwas anderes Spießiges? Es ist echt nicht das erste Mal, dass ich wegen deines Berufs Beziehungsstress habe.«

»Er hat doch Schluss gemacht, dann hast du Liebeskummer, aber keinen Beziehungsstress, oder?«, wandte ich vielleicht etwas zu wenig feinfühlig ein und fügte gleich hinzu: »Entschuldige, war nicht so gemeint. Wenn du einen Freund hast, der ein Problem mit meinem Beruf als Polizist hat, dann solltest du eh überlegen, ob er der Richtige für dich ist. Und dieser Björn war sowieso viel zu alt, oder?«

Andrea verdrehte genervt die Augen.

»Überleg doch mal«, versuchte ich, mich verständnisvoll zu zeigen. »Jetzt ist es vielleicht schick, einen achtzehn Jahre älteren Freund zu haben. Aber wenn du mal fünfunddreißig bist und vielleicht Kinder hast, dann ist er –«

»So alt wie du, Papa. Ein alter Sack?«

»Äh, ja. Genau. Stell dir mal vor, Paulina und ich … Ich meine, die Leute halten sie regelmäßig für meine Tochter, wenn ich mit ihr unterwegs bin. Was ist überhaupt mit Holger? Ich wusste gar nicht, dass du mit ihm nicht mehr zusammen bist. Und wie hast du Björn kennengelernt?«

Sie seufzte. »Holger ist nach dem Abi nach Berlin gegangen für ein Jahrespraktikum im Büro des wirtschaftspolitischen Sprechers der Grünen-Fraktion. Und das Erste, was ihm dort eingefallen ist, war, sich in die wissenschaftliche Mitarbeiterin des Abgeordneten zu verlieben.«

»Das tut mir leid«, sagte ich aufrichtig. Auch wenn ich ihre Liaison mit dem Hanf-Lobbyisten von Anfang an skeptisch betrachtet hatte.

»Holgers Schluss-mach-Nachricht erreichte mich per WhatsApp, als ich in der Stadt am Maxplatz unterwegs war. Und dann hörte ich Björn Q. ein sehr trauriges Lied von Friedrich Hollaender singen.« Andrea summte leise: *»Wenn ich mir was wünschen dürfte, möchte ich etwas glücklich sein, denn sobald ich gar zu glücklich wär, hätt ich Heimweh nach dem Traurigsein.«*

»Ein schönes Lied. Das kenne ich von Marlene Dietrich«, sagte ich und ergänzte die nächste Strophe: *»Menschenskind, warum glaubst du bloß, gerade dein Leid, dein Schmerz wären riesengroß? Wünsch dir nichts, dummes Menschenkind, Wünsche sind nur schön, solang sie unerfüllbar sind.«*

Andrea traten Tränen in die Augen. Sofort fielen mir mehrere weniger romantische Schlagertitel ein: »Tränen lügen nicht« oder »Eine Liebe ist viele Tränen wert«.

»Und dann hat dieser Björn mit seiner Gitarre dir das Herz gebrochen?«, fragte ich und nahm ihre Hand.

»Ich saß fast eine Stunde vor ihm auf dem Boden und habe ihm zugehört. Er hat gemerkt, dass es mir schlecht ging, und …«

»… die Situation schamlos ausgenutzt? Dieser Halunke!«

»Er hat mich auf einen Kaffee eingeladen und mir zugehört.«

»Mehr will ich gar nicht wissen«, wehrte ich ab. »Wusstest du, dass er der Stiefbruder von Fabian Goldstein ist?«

»Nein. Darüber hat er nie gesprochen. Mit der kommerziellen Musikbranche wollte er nichts zu tun haben. Was ist das denn für eine Versicherung, von der bei eurem überraschenden Besuch die Rede war?«

»Ach, nichts Besonderes«, schwindelte ich.

»Glaubt ihr etwa, dass Björn etwas mit dem Tod seines Stiefbruders zu tun hat?«

»Im Moment glauben wir, dass wir den Täter haben. Einen Verdächtigen mit starkem Motiv und wahrscheinlich mit der versteckten Mordwaffe in seinem Büro.«

»Das sieht doch gut aus, würde ich sagen.«

»Dann sag's doch«, korrigierte ich lachend ihre gedankenlose Verwendung des Konjunktivs.

»Wie bitte?«

»Schon gut. Ich weiß ja, dass ich besser Lehrer geworden wäre.«

In diesem Moment wurden unsere Getränke serviert. Wir verzichteten darauf, auf irgendetwas theatralisch anzustoßen. Stattdessen sagte ich nur: »Prosit«, und lieferte die deutsche Übersetzung gleich mit: »Möge es nützen!«

»Oder in der Steigerungsform: Prösterchen«, erwiderte Andrea. Sie konnte wieder lächeln.

## VIERZEHN

Am nächsten Morgen betrat ich das Büro in der Überzeugung, den Fall an diesem Tag abschließen zu können. Ich hängte meine schwarze The-North-Face-Funktionsjacke an den Haken neben der Tür und wusch mir zuerst gründlich die Hände.

»Gibt es schon einen Bericht der KTU?«, fragte ich, während ich mit Seife die Zwischenräume zwischen den Fingern reinigte.

»Ja, gibt es. Aber sagen Sie mal, Horst, was ich Sie schon oft fragen wollte: Sind Sie eigentlich wegen Ihres Reinlichkeitszwangs Polizist geworden?«

»Wie bitte?« Ich drehte den Wasserhahn zu und trocknete die Hände ab.

»Ich meine, ist das etwas Psychisches, dass Sie vielleicht die Gesellschaft vom Unrat des Verbrechens reinigen wollen, oder etwas in der Art?«

»Unsinn«, reagierte ich. »Wie kommen Sie denn auf den Quatsch?«

»Na ja, auf dem Weg von zu Hause ins Büro haben Sie doch allenfalls ihren Fahrradlenker angefasst. Warum waschen Sie jeden Tag als Erstes Ihre Hände, als müssten Sie hier eine Operation am offenen Herzen durchführen?«

»Haben Sie sich beim Einchippen noch nie gefragt, wer vorher alles bereits das Display berührt hat?«, stellte ich eine Gegenfrage.

Einchippen wurde der Vorgang genannt, bei dem man auf dem Display des Zeiterfassungsgeräts am Eingang der Polizeiinspektion durch Druck mit dem Finger auf den grünen Pfeil und das gleichzeitige Vorhalten seines Personalchips den Dienstbeginn dokumentierte. Ich hatte vor einigen Jahren einen Vorstoß der Mitarbeitervertretung initiiert, dass die Zeiterfassung nicht mehr auf den Etagen, sondern am Haupteingang erfolgte. Schließlich gehörte der Weg vom Erdgeschoss über das Treppenhaus in den Dienstraum und zurück eindeutig zur Arbeitszeit. Es war leicht auszurechnen, welche Arbeitszeit sich im Laufe einer Beamtenlaufbahn ansammeln konnte: Bei zweimal dreißig Sekunden pro Arbeitstag waren das schon zwanzig Minuten monatlich, vier Stunden pro Jahr und nach dreißig Berufsjahren drei Wochen Arbeitszeit. Auch als Staatsdiener musste man seinem Arbeitgeber nichts schenken.

»Sie meinen, das Display könnte kontaminiert sein?« Paulina schaute mich ungläubig an.

Ich nickte. »Es reicht, wenn einer aus der Belegschaft Influenza oder einen Norovirus hat, dann verbreitet sich die Krankheit innerhalb weniger Stunden im ganzen Haus. Noch verseuchter ist nur der Kugelschreiber, den man in der Apotheke gereicht bekommt, um die EC-Karten-Quittung zu unterschreiben. Oder der Plastikstift des Paketboten, den alle Schwerkranken in die Hand nehmen, auch wenn sie sonst das Haus nicht verlassen.«

»Sie haben recht, Horst. Man stelle sich vor, wie einfach man mit der gezielten Platzierung eines Killerbakteriums die gesamte Bamberger Bevölkerung auslöschen könnte.«

»Sie nehmen mich nicht ernst«, entgegnete ich pikiert und ging zur Kaffeemaschine, die mir dank Zeitschaltuhr bereits eine frische Kanne Filterkaffee gebrüht hatte. »Sagen Sie mir lieber, was im Laborbericht steht!«

»Eindeutiges Ergebnis. Das Seidla aus Bakows Büro ist mit an Sicherheit grenzender Wahrscheinlichkeit die Tatwaffe. Es wurden Haut- und Blutpartikel isoliert, deren DNA mit der des Opfers identisch ist.«

»Das hört sich gut an. Sehr gut sogar. Weiß die Stadel schon Bescheid?«

Die Antwort erübrigte sich, als ich Commissaria Stiletti im selben Moment auf ihren hohen Absätzen über den Flur staksen hörte. Wenige Augenblicke später klopfte sie an und betrat, ohne eine Antwort abzuwarten, unser Büro.

»Guten Morgen allerseits, gute Arbeit!« Mit ihrem Lob breitete sich der süßliche Geruch ihres Chanel No. 5 im Raum aus und vermischte sich auf bizarre Weise mit dem Kaffeearoma von Eduscho Gala Nr. 1. Es passte so wenig zusammen wie Glühwein mit Eierlikörschuss.

»Ich habe zwei Nachrichten für Sie«, sagte die Chefin und winkte mit einem Blatt Papier, dessen rote Farbe keinen Zweifel daran ließ, worum es sich handelte.

»Das eine ist der Haftbefehl.« Ich deutete auf das Dokument und stand auf, um ihn ihr abzunehmen. »Dann werden wir ihn gleich mal eröffnen.«

Die Stadel wich jedoch zurück. »Moment. Sie haben jetzt anderes zu tun.«

»Aha?« Ich schaute Paulina an.

»Bakow kann warten. Es gibt eine Leiche. Im Welcome Hotel.«

***

Der Tote lag in Zimmer 301. Dass in diesem Hotel die Künstler aus der Schlagershow abgestiegen waren, konnte ein Zufall sein. Aber wir wussten beide, dass dies unwahrscheinlich war.

»Ein schöner Blick«, sagte ich, als wir den Raum betraten. Als meine Kollegin und die im Zimmer beschäftigten Beamten des Kriminaldauerdienstes mich kurz verständnislos musterten, fügte ich erläuternd hinzu: »Ich meine den Blick aus dem Fenster, nicht den Herrn mit eingeschlagenem Schädel.«

Wenn man aus dem Zimmer schaute, sah man durch die Bäume hindurch auf die Regnitz und einen Anlegesteg, der das Hotel offenbar auch auf dem Wasserweg erreichbar machte.

Die Leiche lag mit dem Gesicht nach unten auf dem Doppelbett, über dem an der Wand neben der Kopie eines Matisse-Gemäldes ein runder Spiegel montiert war, der an ein Bullaugenfenster wie auf einem Boot erinnerte. Das Hotel wirkte also nicht nur von außen wie ein großer Dampfer. Möbliert war das enge Zimmer mit einfachen Holzmöbeln. Auf einem Kreuzfahrtschiff wäre die Kabine vermutlich in der unteren Preisklasse angesiedelt gewesen.

Mit den drei Kollegen Frenz, Böhnlein und Isernhagen, die in weißen Ganzkörperoveralls die Spuren sicherten, war der Raum schon mehr als ausgefüllt.

»Diesmal hat sich der Täter nicht die Mühe gemacht, die Waffe verschwinden zu lassen«, sagte Paulina und deutete auf eine blutverschmierte Schüssel aus massivem Glas, die offenbar dem Schlag auf den zerborstenen Schädel standgehalten hatte.

»Wer ist der Tote?«, fragte ich. Ich hatte eine Ahnung, als ich den leblosen Körper betrachtete. »Hat das FBI schon Erkenntnisse?«

Kriminalhauptmeister Frenz meldete sich zu Wort, während er einen Metallkoffer verschloss: »Laut Rezeption ist dieses Zimmer auf Ton van der Leyden reserviert, den grinsenden Stehgeiger.«

»Moment mal«, sagte ich mit Blick auf die Leiche. »Der hier hat aber kurze Haare, van der Leyden hat eine Löwenmähne.«

»Das könnte eine Perücke sein«, vermutete Paulina. »Hat vielleicht etwas mit seiner Krebserkrankung zu tun.«

»Aber dann müsste er unter der Perücke doch eine Glatze haben, oder?«, entgegnete ich. Zu Frenz, Böhnlein und Isernhagen sagte ich: »Können wir den Toten umdrehen? Das würde bei der Identifizierung sehr helfen.«

»Können wir«, sagte Böhnlein. »Wir haben ein 3D-Tatortfoto gemacht und sind so weit fertig.« Zusammen mit Frenz packte er die Leiche an der Schulter und drehte sie vorsichtig auf den Rücken. Als wir das verzerrte Gesicht erkannten, blieb kein Zweifel an der Identität.

»DJ Johnny«, sagte Paulina.

»Johannes Bonsen«, bestätigte ich. »Wieso wird er im Zimmer van der Leydens erschlagen? Wo ist der falsche Holländer?«

»Also in seinem Zimmer ist er nicht«, sagte Paulina.

»Sehr witzig. Wer hat den Toten gefunden?«

»Auch so ein Schlagerfuzzi«, sagte Isernhagen. »Er sitzt im Zimmer nebenan.«

»Gut, ich rede mit dem Zeugen.« Zu Paulina sagte ich: »Und Sie fragen bei der Rezeption, ob jemand van der Leyden rein-

oder rauskommen gesehen hat. Vielleicht gibt es ja Videoaufzeichnungen.«

»Alles klar«, sagte Paulina und verließ das Zimmer. Ich folgte ihr und ging über den orangeroten Teppich den Flur entlang, dessen wellenförmige Wände sich in die Gesamtarchitektur einfügten. Ich klopfte an die halb geöffnete Tür des Nebenzimmers.

»Ja bitte«, ertönte eine sonore Stimme aus dem Raum, der fast identisch eingerichtet war wie Zimmer 301. Nur das Gemälde war ein anderes. Ich trat ein und erkannte Thomas Wanitschek alias Thommy der Fux. Er saß seitlich auf dem Doppelbett, auf dem eine rote Tagesdecke lag. Ein aufgeschlagenes Taschenbuch ließ mich vermuten, dass er sich die Zeit mit Lesen vertrieben hatte.

»Grüß Gott, Herr … Fux«, sagte ich.

»Endlich«, sagte Wanitschek. »Ich weiß gar nicht, wie lange ich hier schon sitze. Die Beamten sagten mir, ich solle warten und mich nicht vom Fleck bewegen.« Er wirkte mindestens zehn Jahre älter als bei unserer ersten Begegnung.

»Danke für Ihre Geduld. Sie haben den Toten gefunden?«

»Richtig, die Tür zum Zimmer stand offen, darüber habe ich mich gewundert. Ich klopfte an. Als niemand antwortete, obwohl Licht brannte, öffnete ich die Tür. Ich sah Johnny sofort tot auf dem Bett liegen.«

»Sie haben gleich erkannt, um wen es sich handelte? Und dass er tot war?«

»Das viele Blut, und er atmete und bewegte sich nicht. Ich hatte keinen Zweifel, dass er tot war. Und dass es Johnny war, erkannte ich an der Kleidung. Es war ja auch sein Zimmer. Ich bin immer noch ganz durcheinander.«

»Aber in der Hotelliste ist dieses Zimmer für van der Leyden reserviert. Warum wohnte Herr Bonsen hier?«

»Die beiden haben nach der ersten Nacht die Zimmer getauscht. Van der Leyden ist, wie soll ich sagen, etwas empfindlich. Er fühlte sich gestört von den Jugendlichen, die sich unten am Ufer des Flusses bis tief in die Nacht lautstark amüsiert haben.«

»Nach der ersten Nacht schon? Welches Zimmer hatte Bonsen vorher?«

»Eins im zweiten Stock mit Blick auf die andere Seite zur Mußstraße.«

»Und als Sie den Toten gefunden haben, haben Sie gleich die Polizei benachrichtigt?«

»Ich habe nichts angefasst. Da ich kein Telefon dabeihatte, bin ich gleich zurück in unser Zimmer gegangen und habe Claudia gerufen. Sie müssen wissen, ich besitze überhaupt kein Handy.«

»Sie wohnen mit Ihrer Tochter in einem Doppelzimmer?«

»Ja, warum nicht? Wir sind ja auch immer gemeinsam im Wohnmobil unterwegs, wenn wir auf Tournee sind.«

»Verstehe.« Ich nickte.

»Ich habe dann mit Claudias Handy die Polizei informiert.«

»Ist Ihnen irgendwas aufgefallen? Haben Sie etwas Verdächtiges gehört?«

»Nein. Ich schlafe mit Ohropax.«

»Und haben Sie eine Vermutung, wer Herrn Bonsen erschlagen haben könnte?«, wollte ich wissen.

Wanitschek dachte kurz nach, dann schüttelte er den Kopf. »Ich habe nicht die leiseste Ahnung.« Er legte seinen Kopf in seine Hände und schloss die Augen. »Ich habe das Ganze noch gar nicht richtig realisiert, Herr Kommissar. Glauben Sie, dass der Tod von DJ Johnny etwas mit dem Mord an Fabian Goldstein zu tun hat? Ich meine, das kann doch unmöglich ein Zufall sein. Zwei Tote in wenigen Tagen.«

»Darüber können wir im Moment nur spekulieren«, sagte ich. »Aber natürlich liegt ein Zusammenhang zunächst mal theoretisch auf der Hand.« Allerdings hatte unser Hauptverdächtiger für den Mord an Fabian ein bombensicheres Alibi: Er saß in der Haftzelle im Untergeschoss der Polizeiinspektion. War doch alles ganz anders, als es den Anschein hatte?

»Halten Sie es für möglich, dass jemand von uns …? Ich meine, dass der Täter jemand aus der Produktion sein könnte?«

Ich zuckte mit den Schultern. »Wir werden den Mörder finden. Oder die Mörder.«

»Herr Hauptkommissar?« In diesem Moment betrat Kriminalhauptmeister Frenz den Raum. »Wir haben etwas Interessantes entdeckt. Kommen Sie mal bitte?«

»Sofort«, rief ich. Und zu Wanitschek sagte ich: »Sie können gehen. Nur eine Frage noch: Wissen Sie, wo Ton van der Leyden ist?«

»Ich nehme an, er ist in der Halle. Dort wird heute Vormittag die Finalnummer geprobt.«

»Vielen Dank, Herr Wanitschek.« Ich wandte mich zu Frenz. »Was gibt's denn?«

Frenz wartete, bis Wanitschek außer Hörweite war, dann zeigte er mir eine Klarsichtfolie, in der sich ein weißes Blatt befand, das sich bei näherem Betrachten als ein Bogen des Hotelbriefpapiers herausstellte, wie man sie üblicherweise in der Servicemappe auf dem Zimmer fand, zwischen den Infos über die Frühstückszeiten und die Rettungswege bei Feueralarm. Auch bei genauerem Hinsehen entdeckte ich auf dem Blatt nichts außer dem vorgedruckten Briefkopf mit dem Logo des Hotels.

Ich schaute Frenz ärgerlich an: »Wollen Sie mich auf den Arm nehmen? Das ist ein leerer Briefbogen.«

Frenz grinste kurz, dann wurde er ernst. »Kommen Sie ins Licht und halten Sie das Blatt schräg, dann sehen Sie es.«

»Hm«, machte ich und tat, was der Kollege sagte. Ich korrigierte den Abstand zwischen Augen und Armen, bis ich tatsächlich erkennen konnte, dass auf dem Papier eine handschriftliche Notiz durchgedrückt war. Entziffern konnte ich sie jedoch nicht.

»Was steht da?«, fragte ich ungeduldig.

»Ohne dem grafologischen Gutachten vorgreifen zu wollen …«, antwortete Frenz und holte tief Luft. Dann las er vor, was er auf dem Papier entziffern konnte.

***

Ich fuhr mit dem Fahrstuhl ins Erdgeschoss, wofür ich kurioserweise die Eins drücken musste. Als sich die Tür im Parterre öffnete, lief ich zur Rezeption, wo Paulina mit einer Hotelangestellten sprach.

»Paulina, ich hab was!«, rief ich, während ich auf sie zuging.

»Ich auch, Horst«, erwiderte sie. »Kommen Sie mal her.«

»Was denn?«

»Das ist Frau Düthorn«, stellte mir Paulina die Rezeptionistin mit blond gefärbter Dauerwelle vor. »Es gibt tatsächlich Videoaufzeichnungen sowie Logfiles der Schließanlage. Es wird eine Weile dauern, bis wir die komplett ausgewertet haben. Aber die Kamera hat zwischen Mitternacht und sechs Uhr nur eine Person gefilmt, die aus der dritten Etage gekommen ist. Das ist die Zeit, in der die Rezeption nicht besetzt ist.«

»Dann haben wir ein Bild des Täters?«, fragte ich. »Das wäre eine gute Nachricht.«

»Ja, aber es gibt auch eine schlechte.« Paulina nickte Frau Düthorn zu. »Zeigen Sie die Sequenz!«

Sie tippte auf ihrer PC-Tastatur, und der Monitor zeigte das Hotelfoyer. Am Bildschirmrand war die Uhrzeit eingeblendet, die im Zeitraffer von drei bis fünf Uhr raste. Schließlich drückte Frau Düthorn auf die Computermaus, und die Geschwindigkeit der Bilder verlangsamte sich.

»Schauen Sie auf die Anzeige über dem Lift«, sagte Paulina. Die roten Leuchtziffern zeigten zuerst eine Zwei, dann eine Eins, kurz darauf öffnete sich die Fahrstuhltür.

»Das muss er sein!«, sagte ich, als eine Person heraustrat.

»Und das ist die schlechte Nachricht.« Paulina zeigte mit dem Finger auf den Bildschirm. »Der Täter trägt ein Käppi und blickt nach unten. Das Gesicht ist leider nicht zu erkennen.«

»Verdammt. Können Sie das noch mal zeigen?«, bat ich die Hotelmitarbeiterin. »Und sichern Sie uns die Datei!«

»Ich filme es vorsichtshalber mit dem Handy ab«, sagte Paulina.

Die Szene, in der die verdächtige Person aus dem Fahrstuhl stieg und zielstrebig das Hotel verließ, lief erneut ab. »Die Haare!«, sagte ich. »Das ist doch die Frisur von Ton van der

Leyden! Und auch die Lederjacke mit den grünen Streifen, die er neulich trug.«

»Könnte sein«, stimmte Paulina zu. »Die Größe würde auch hinkommen. Van der Leyden und Bonsen haben übrigens nach der ersten Nacht …«

»… die Zimmer getauscht. Weiß ich schon.«

»Und was wollten Sie mir sagen, Horst?«

Ich warf der Rezeptionistin einen dankenden Blick zu, fasste Paulina am Arm und zog sie einige Meter weiter neben den Empfang, wo an der Wand die Fotos von Prominenten hingen, die schon im Hotel abgestiegen waren. Ich erkannte die zum Teil signierten Bilder vom Schriftsteller Arne Dahl, von den Sängerinnen Claudia Koreck und Suzi Quatro, den ehemaligen Ministerpräsidenten Günther Beckstein und Horst Seehofer, von dem Darsteller des »Isarbullen«, Alfons Waldbauer, und dem brasilianischen Magier Diego Grande, der jedes Jahr zu den beliebtesten Stars bei »Bamberg zaubert« gehörte.

»Der KDD hat im Hotelzimmer ein Blatt sichergestellt, auf dem eine durchgedrückte Handschrift zu lesen ist.«

»Sie meinen, es ist zu entziffern, was auf dem Blatt geschrieben wurde, das darüberlag?«

Ich nickte. »So ist es. Und zwar stand dort geschrieben: ›100.000 Euro in bar, sonst erfährt die Presse, dass du Fabian getötet hast.‹«

Paulina riss ihre dunklen Augen auf. »Ein Erpresserbrief?«

»Sieht so aus, ja. Das würde bedeuten, dass DJ Johnny den Mörder von Fabian erpresst hat und dann von ihm auch getötet wurde.«

»Van der Leyden! Aber was ist mit Bakow?«

»Der wäre dann unschuldig«, sagte ich.

Paulina nickte. »Wir sollten uns den falschen Holländer rasch vorknöpfen.«

»Wenn er nicht schon ein fliehender Holländer ist.«

***

Mit Sondersignalen fuhren wir zur Brose-Arena und parkten den Wagen vor dem Aufgang zur Halle. Der Weg war uns inzwischen sehr gut bekannt. Auch ohne Bakow schienen die Vorbereitungen reibungslos weiterzulaufen. Auf der Bühne war ein Dutzend erleuchteter Weihnachtsbäume aufgestellt und mit Kunstschnee bestreut, der Boden war weiß, als befände sich dort eine Eisfläche. Ein täuschend echt aussehender Schneemann aus Styropor stand in der Mitte. Links und rechts jeweils am Bühnenende warteten ein mit einem braunen Fell als Rentier verkleideter Mann mit roter Plastiknase sowie eine junge Frau im rot glitzernden Kostüm eines Weihnachtsmannes, die eine Zuckerwattemaschine vor sich stehen hatte, auf ihren Einsatz.

Auf Bakows Platz im Publikum saß eine schlanke rothaarige Frau mit Pferdeschwanz, die gerade mit Kugelschreiber Notizen in ihrem Ablaufplan machte und über ein Headsetmikrofon über die Saallautsprecher rief: »Alles noch mal auf Anfang! Wir steigen mit dem Playback ein, sobald die Schneekanone aktiv ist. Ton und Tanja, ihr geht bitte noch mal auf eure Positionen.«

Jetzt erkannte ich die verkleideten Figuren auf der Bühne.

»Das sind Tanja Bauer und Ton van der Leyden«, sagte ich leise zu Paulina. Sie nickte bestätigend.

»Sekunde noch«, ertönte eine männliche Stimme aus dem Lautsprecher. »Die Schneekanone hakt.«

»Grüß Gott«, sagte ich zu der Dame, die alle Fäden in der Hand zu halten schien. »Wir sind von der Kripo. Dürfen wir kurz stören?«

Sie drehte sich zu uns um. »Polizei? Was gibt's?«, fragte sie gereizt. »Reicht es nicht schon, dass Sie Herrn Bakow aus der laufenden Produktion heraus festgenommen haben? Was wollen Sie noch?«

Der Tod von DJ Johnny schien sich noch nicht herumgesprochen zu haben.

»Sie müssen entschuldigen, es gibt einen Mörder, der Ihren Moderator während der laufenden Produktion erschlagen hat. Den suchen wir, Frau …«

»Schöneich. Manuela Schöneich. Ich bin Regisseurin und Redakteurin der Show.«

»Sie haben hier den Job von Bakow übernommen?«, fragte Paulina.

»Ja, als Redakteurin habe ich das Drehbuch, die Abläufe und die Moderationstexte geschrieben. Ich war am ehesten in der Lage, einzuspringen. Wir stehen etwas unter Zeitdruck, verstehen Sie? Durch den Zwischenfall hat sich der gesamte Zeitplan verschoben. Die Künstler haben Verpflichtungen und Engagements.«

»Ja.« Ich schmunzelte und deutete auf die Weihnachtsdekoration. »Heiligabend steht sozusagen vor der Tür. Nur noch zweieinhalb Monate.«

»Und ich habe noch nicht alle Geschenke«, meinte Paulina und verdrehte die Augen.

»Sparen Sie sich Ihren Sarkasmus«, entgegnete Frau Schöneich. »Sagen Sie mir lieber, was ich tun muss, damit wir in Ruhe weiterarbeiten können.«

»Achtung, Kanone ist startklar«, ertönte in diesem Moment die Männerstimme aus dem Lautsprecher.

»Ton läuft, drei … zwei … eins …«, war eine andere Stimme zu hören – wobei die Aussage »Ton läuft« in diesem Fall auch mehrdeutig sein konnte. Dann startete eine Tingeltangelmusik, und eine Schar aus Buben und Mädchen kam aus allen Richtungen auf Schlittschuhen auf die Bühne gefahren. Nun erkannte ich die Melodie von »Rudolph, the Red-Nosed Reindeer«. Das verkleidete Rentier bewegte sich in einem Scheinwerferkegel auf die Bühnenmitte zu, eine an einem Kran befestigte Kamera folgte ihm von oben. Würde Ton van der Leyden jetzt singen? Doch plötzlich stand Tanja in ihrem Weihnachtsmannkostüm im Zentrum und begann mit glasklarer Stimme: *»Rudolph, the Red-Nosed Reindeer, had a very shiny nose, and if you ever saw it, you would even say it glows …«* Der Liedtext erschien synchron auf zwei Leuchtanzeigen links und rechts von der Bühne, eine weitere große Leuchtschrift war unter der Hallendecke montiert, sodass jeder im Saal den Text mitsingen konnte.

»Man muss sie nicht mögen, aber sie hat schon eine Hammerstimme«, sagte Paulina leise anerkennend zu mir. Ich nickte ihr zu und wartete, ob das Rentier aus seinem Fell eine Geige hervorzaubern würde, um die Musik zu begleiten. Doch van der Leyden tanzte nur mit einer eigenwilligen Choreografie um die Sängerin herum, begleitet von den Kindern auf Schlittschuhen.

»Wie können die hier in der warmen Halle eine Eisfläche auf die Bühne bringen?«, flüsterte ich.

»Das ist kein Eis«, antwortete Manuela Schöneich. »Das sind weiße Kunststoffplatten, auf denen man mit den Schlittschuhen wie auf Eis fahren kann.«

In diesem Moment prallte das Rentier mit einem der Schlittschuhkinder frontal zusammen, beide fielen zu Boden.

»Stopp, stopp!«, rief Frau Schöneich in ihr Mikrofon. Die Musik wurde abgebrochen. »Alles in Ordnung?«

Als die beiden Unfallopfer kurz darauf wieder sicher und unverletzt auf den Beinen standen, gab sie das Kommando: »Noch mal auf Anfang!«

»Wollen wir ihn jetzt festnehmen?«, sagte Paulina leise zu mir.

Ich schüttelte den Kopf. »Wir warten ab, bis dieses Spektakel zu Ende ist.« Ich wollte nicht, dass die Festnahme eines verkleideten Rentiers durch die Kripo möglicherweise von Fernsehkameras aufgezeichnet und die Aufnahme den Medien zugespielt wurde. Dies hätte uns auf YouTube zum Gespött der Nation machen können.

Ein Bühnenarbeiter mit schwarzem T-Shirt und einer für das Winterszenario ebenso völlig unpassenden kurzen Hose fegte blitzschnell mit einem Besen über die Bühne, um die künstlichen Schneeflocken zu beseitigen. Dann setzte der Kunstschnee ein weiteres Mal ein, und die Musik begann. Nach den ersten Takten meldete sich wieder die Stimme aus der Regie.

»Sorry, wir haben ein Problem mit der Vocal-Tonspur vom Playback! Dauert ein paar Minuten.«

»Kein Problem!« Wir hörten Manuela Schöneichs Stimme

zugleich neben uns und verstärkt im ganzen Saal. »Tanja, sing doch für den Probedurchlauf einfach selbst. Wir schalten dein Mikro frei. Okay?«

»Äh, nein, das geht nicht«, antwortete Tanja Bauer zögerlich und hustete einmal laut. »Erkältung. Ich kann heute nicht singen.«

»Komm schon«, erwiderte die Redakteurin ungeduldig. »Ist doch nur für die Probe, solange die Technik klemmt. Schnee bitte! Und Ton ab!«

Wieder begann das weihnachtliche Gedudel, die Kinder und das Rentier tanzten ihre Kreise. Tanja Bauer schaute zuerst hilflos, hustete noch einmal demonstrativ.

»Singen, bitte!«, ertönte das Kommando der Regisseurin.

Als Tanja nun den Mund öffnete und zu singen begann, ließ es uns mit den Ohren schlackern.

Ich schaute Paulina überrascht an. »Was ist das denn?«

»Gesang jedenfalls nicht«, antwortete sie und war offenbar genauso entsetzt wie ich. »Bei ›DSDS‹ würde Dieter Bohlen sie auslachen.«

»Das gibt's doch nicht. Es klingt furchtbar!«

Auch Manuela Schöneich war die Fassungslosigkeit ins Gesicht geschrieben, als sie laut in das Mikro rief: »Stopp bitte! Was ist denn da los? Wir brechen ab.«

Van der Leyden blickte aus seinem Kostüm ratlos in den Saal, augenscheinlich vom Scheinwerferlicht geblendet. Die Kinder begannen miteinander zu tuscheln. Tanja Bauer brach in Tränen aus und verließ hastig die Bühne.

»Jetzt schnappen wir ihn, kommen Sie«, sagte Paulina und ging vor Richtung Bühne.

»Gut«, sagte ich und folgte ihr.

»Herr van der Leyden«, rief ich ihm zu. »Bitte folgen Sie uns!«

## FÜNFZEHN

»Können Sie bitte das Geweih abnehmen?«, bat ich Ton van der Leyden, nachdem wir ihn von der Bühne in seine Garderobe begleitet hatten. »Und die Nase auch!«

Der Geiger drehte den Stuhl um, der vor einem Schminktisch stand, und setzte sich darauf. Den Kopf der Rentierkostümierung legte er vor sich neben eine Packung Feuchttücher. Wir blieben an der Tür stehen. Paulina schaltete die Tonaufzeichnung ihres Telefons ein.

»Vernehmung Anton Leitmeier, Künstlername Ton van der Leyden, Personalien bekannt«, sprach sie in das Gerät und nannte die genaue Uhrzeit.

»Sie wurden gesehen, wie Sie heute Nacht das Hotelzimmer von Johannes Bonsen alias DJ Johnny verlassen haben.«

»Das ist doch Unsinn«, erwiderte er sofort. »Erstens habe ich die ganze Nacht in meinem eigenen Zimmer geschlafen. Zweitens bin ich keine Schwuchtel. Und drittens, selbst wenn ich in seinem Zimmer gewesen wäre, was wäre daran verboten?«

»Es wäre verboten, Johannes Bonsen mit einer schweren Glasschüssel in seinem Hotelbett zu erschlagen«, stellte ich sachlich fest. »Strafgesetzbuch, Paragraf 211.«

»Soll das ein Witz sein?«, fragte van der Leyden.

»Nein.«

»Erschlagen, haben Sie gesagt? Heißt das, Johnny ist ... tot?«

»So ist es«, sagte ich. »Und Sie stehen unter Tatverdacht, ihn getötet zu haben, weil er Sie erpresst hat.«

»Wie bitte?« Er schien die Informationen erst verarbeiten zu müssen. Nachdem er realisiert hatte, dass Bonsen tot war, wurde ihm langsam klar, was ihm vorgeworfen wurde. »Erpresst? Ich weiß überhaupt nicht, wovon Sie reden. Warum sollte er mich erpresst haben?«

»Vielleicht weil Sie auch Fabian Goldstein getötet haben

und er Sie dabei beobachtet hat? Bonsen wollte hunderttausend Euro von Ihnen, die er in seiner finanziellen Situation wohl auch gut gebrauchen konnte.«

»Ich verstehe überhaupt nichts mehr.« Van der Leyden wirkte überzeugend verwirrt. »Ich habe niemanden umgebracht, weder Fabian noch Johnny. Wie kommen Sie darauf? Wer will mich gesehen haben?«

»Es gibt eine Videoaufzeichnung im Hotel«, sagte Paulina und wischte auf ihrem Handy. »Sehen Sie selbst!« Sie hielt ihm ihr Telefon vors Gesicht. »Die Ähnlichkeit ist verblüffend, oder?«

»Das bin ich nicht«, versicherte van der Leyden sofort. »Das wüsste ich doch.« Er machte in seiner Verzweiflung und mit dem albernen Rentierkostüm einen hoffnungslos bizarren Eindruck. »Darf ich das Video noch mal sehen?«

Paulina startete die Sequenz von vorn, und van der Leyden betrachtete sie genau.

»Die Bikerjacke sieht aus wie meine. Und das könnten meine Haare sein«, räumte er ein. »Also ich meine, es könnte jemand meine Perücke aufgesetzt haben.«

»Ihre Perücke tragen Sie doch auf dem Kopf«, merkte ich an.

Van der Leyden seufzte. »Ich habe natürlich immer eine zweite dabei. Warten Sie.« Er griff zur obersten Schublade seiner Spiegelkommode und öffnete sie. Er stutzte, griff mit der Hand hinein, dann sagte er: »Das gibt's doch nicht. Leer.«

»Ihr Zweithaar ist verschwunden?«, sagte Paulina.

»Es sieht so aus«, antwortete van der Leyden und machte eine ratlose Geste mit den Händen. »Ich bewahre sie immer hier auf. Ich bin sicher, dass sie gestern noch dort gelegen hat.«

»Das beweist überhaupt nichts. Sie hätten sie selbst verschwinden lassen können«, stellte ich fest. »Ist diese Garderobe üblicherweise abgeschlossen? Und wo ist Ihre Lederjacke jetzt?«

»Ich weiß nicht, eigentlich müsste die Jacke hier sein. Zuletzt hatte ich sie aufs Sofa gelegt. Jeder hat einen Schlüssel für seine Garderobe. Ich schließe aus Gewohnheit immer ab.«

»Dann hätte niemand die Perücke oder die Jacke unbemerkt an sich nehmen können?«

Van der Leyden zögerte kurz, dann schüttelte er den Kopf. »Nein, außer mir war niemand im Raum. Niemand!«

»Eine andere Frage«, schaltete sich Paulina wieder ein. »Warum haben Sie das Zimmer mit DJ Johnny getauscht? Wegen des Lärms am Regnitzufer?«

»Das war die offizielle Begründung, ja.«

»Ach so. Und gibt es auch eine inoffizielle?«, fragte ich.

Er druckste etwas herum, bevor er antwortete: »Ich wollte das Zimmer neben dem von Tanja.«

»Aha. Und warum?«, wollte ich wissen. »Um gemeinsam Ihre Moderationen zu üben? Oder haben Sie etwas mit ihr?«

Van der Leyden nickte. »Ja, wir haben schon länger ein Verhältnis.«

»Wer wusste davon?«

Van der Leyden zuckte mit den Schultern. »Weiß nicht. Vielleicht jeder hier. Es war halt allen klar, dass es nicht nach außen dringen durfte. Jeder hatte ein Interesse daran, dass Fabian und Tanja das Fernsehtraumpaar blieben.«

»Das heißt, Fabian wusste auch davon? War es ihm egal?«, fragte Paulina. »War seine Beziehung zu Tanja tatsächlich nur Show?«

»Das ist nicht ganz einfach zu sagen.« Van der Leyden atmete tief durch. »Ich sage mal so: Ursprünglich hatte sich Bakow das tatsächlich als PR-Maßnahme ausgedacht. Fabian und Tanja waren am Reißbrett als Traumpaar der Schlagerbranche konstruiert worden. Das hat ja auch eine Weile ganz gut funktioniert.«

»Bis?«

»Bis Fabian wohl echte Gefühle für seine Showpartnerin entwickelt hat. Das konnte nicht gut gehen.«

»Und diese Gefühle beruhten nicht auf Gegenseitigkeit?«, fragte Paulina.

»Tanja liebt mich«, konstatierte er ohne jede erkennbare emotionale Regung.

»Seit wann? Wann haben Sie sich kennengelernt?«, wollte ich wissen.

»Vor etwa einem Jahr bin ich zum ersten Mal in der Show aufgetreten. Es hat gleich gefunkt zwischen uns. Aber mir war natürlich klar, dass wir vorerst keine öffentliche Beziehung führen konnten.«

»Wann waren Sie zum letzten Mal mit Tanja zusammen?«, hakte ich nach.

»Gestern Abend«, antwortete er sofort. »Wir hatten Sex hier auf dem Stuhl, auf dem ich sitze.«

Ich errötete angesichts der offenherzigen Aussage.

Paulina reagierte unbekümmert: »Das heißt, Tanja Bauer war gestern hier? Haben Sie nicht eben gesagt, es wäre außer Ihnen niemand in der Garderobe gewesen?«

»Ja, niemand … außer Tanja.«

»Wir halten also fest: Tanja Bauer war mit Ihnen hier und hatte die Gelegenheit, Ihre Perücke und die Lederjacke unbemerkt an sich zu nehmen?«

»Ja, aber warum sollte sie …? Denken Sie etwa, dass sie …?«

»Die Perückennummer wirkt ein bisschen wie im Slapstickfilm«, sagte ich. »Aber wenn sie geplant haben sollte, Bonsen zu töten und den Verdacht auf jemand anderen zu lenken, dann wäre es ein perfider Plan. Wenn Tanja Bonsen als Erpresser zum Schweigen gebracht hat, dann würde das aber auch bedeuten, dass sie …«

»… auch ihren TV-Verlobten Fabian getötet hat«, sagte Paulina.

Für einige Sekunden herrschte Totenstille. Es war förmlich zu sehen, was im Kopf von van der Leyden vor sich ging. Seine rechte Hand begann zu zittern, sein Gesicht wurde fahl. »Aber … das heißt ja –«, stotterte er.

Paulina fiel ihm ins Wort: »Was wissen Sie über die Gerüchte, Fabian sei schwul gewesen?«

Offenbar dankbar für die Ablenkung von der ungeheuerlichen Neuigkeit antwortete van der Leyden: »Die Gerüchte gab's.« Nach kurzem Zögern fügte er hinzu: »Ich habe sie ein bisschen verstärkt, hier und da mal gegenüber einem Journalisten eine entsprechende Bemerkung fallen gelassen.«

»Was denken Sie? Hätte Tanja einen Grund gehabt, ihren TV-Verlobten zu ermorden?«

Mir schien, dass er einsah, seinen Kopf nur aus der Schlinge zu bekommen, wenn er Klartext sprach. Seine Hand war wieder ruhig, seine Stimme gefasst, als er sagte: »Fabian hat sie unter Druck gesetzt.«

»Was heißt das genau?«, fragte ich.

»Vor einigen Tagen, als wir uns hier in der Garderobe getroffen haben, hat Tanja ihr Handy verloren. Ich habe dann aus Eifersucht ihr WhatsApp durchgesehen, insbesondere ihre Nachrichten an Fabian. Dabei bin ich auf einen Dialog gestoßen, wo er klipp und klar von ihr gefordert hat, sie solle ihre Beziehung zu mir beenden. Oder –«

»Er hat ihr gedroht?«

»Oder er werde öffentlich machen, dass ihre Playbacks nicht von ihr, sondern von Nicky Palermo eingesungen wurden.«

»Was?« Ich glaubte, mich verhört zu haben. »Tanja Bauer singt ihre Platten gar nicht selbst?«

»So ist es. Außer Bakow, Tanja und Fabian wusste niemand davon. Deshalb wäre eine solche Tonpanne, wie Sie sie eben erlebt haben, unter normalen Umständen nie möglich gewesen. Nicky hat viel Geld dafür bekommen, dass sie Tanja ihre Stimme geliehen hat.«

Leihstimmen kannte ich bisher nur aus dem Bundestagswahlkampf. Mich erinnerte das jedoch an den schon von Heike erwähnten Skandal um die Band Milli Vanilli in den neunziger Jahren. »Wenn das stimmt, dann hätte Tanja Bauer durchaus ein Motiv für den Mord an Fabian«, sagte ich. In diesem Moment signalisierte mein Telefon eine Kurzmitteilung des Kollegen Isernhagen. Ich zeigte sie wortlos Paulina. Sie nickte mir zu. Wir wussten beide, was wir nun zu tun hatten.

***

Wir fanden Tanja Bauer im Cateringbereich direkt hinter der Bühne. Sie saß etwas derangiert in ihrem Weihnachtsmannkostüm, die rote Zipfelmütze vor sich auf dem Tisch neben einer kleinen Flasche Cola light und einer Schale mit Äpfeln, Bananen und Kiwis. Die verlaufene Schminke unter ihren Augen wies darauf hin, dass sie geweint hatte. Neben ihr saß mit dem Rücken zu uns ein Mann, der versuchte, beruhigend auf sie einzureden. Beim zweiten Hinsehen erkannte ich die hellblaue Kapuzenjacke.

Paulina und ich näherten uns Tanja Bauer von beiden Seiten. An der Wand war ein kaltes Büfett mit Laugenbrezeln, mit Käse und Wurst belegten Brötchen, Streuselkuchen, Fleischküchle und Butterkeksen angerichtet. Weitere Personen waren nicht im Raum.

»Frau Bauer«, sagte ich. »Wir müssen Sie sprechen.«

»Frank, du auch hier?«, begrüßte Paulina den Reporter Litzka. Der nickte ihr freundlich zu. Vor ihm lagen auf einer Untertasse die Reste eines Apfels, den er offenbar mit einem Obstmesser geschält hatte.

»Was wird das hier? Ein Interview?«, wollte ich von dem Vertreter des Hoodie-Journalismus wissen.

»Recherche«, antwortete er. »Frau Bauer wollte mit mir eigentlich über ihr neues Album sprechen. Aber dazu ist sie leider gerade nicht in der Lage, wie Sie sehen.«

»Ich sehe«, sagte ich. »Wenn Sie uns bitte kurz allein lassen würden?«

»Verstehe.« Litzka packte seinen Notizblock ein und verabschiedete sich von Tanja Bauer: »Ich melde mich wieder für einen neuen Termin.« Dann schaute er Paulina und mich an und sagte: »Also dann!«

Kurz darauf war er verschwunden, Paulina setzte sich auf den frei gewordenen Stuhl. Ich blieb stehen und zückte mein Diensttelefon. Ich öffnete das polizeiinterne Messengersystem und zeigte Tanja Bauer das Foto, das mir der Kollege Isernhagen geschickt hatte.

»Wissen Sie, was das ist, Frau Bauer?«

Sie schaute nur für einen Sekundenbruchteil hin und antwortete: »Nein.«

»Sehen Sie bitte genau hin!«

Ich legte das Telefon vor sie auf den Tisch.

»Was soll das sein? Ein Wischmopp?«

»Das ist die Perücke von Ton van der Leyden, Ihrem Geliebten!«

Sie drehte in ihren Händen eine Kiwi aus der Obstschale auf dem Tisch und schaute zwischen uns beiden durch.

»Was wollen Sie von mir?«, fragte sie geistesabwesend.

»Haben Sie Frank Litzka erzählt, dass die Titel Ihres neuen Albums nicht von Ihnen gesungen wurden, sondern von Nicky Palermo?«, sagte Paulina.

Tanja schwieg.

»Und haben Sie ihm erzählt, dass Fabian Goldstein Sie unter Druck gesetzt hat, Ihre Affäre mit van der Leyden zu beenden?«, fuhr ich fort. »Und dass er Sie ansonsten den Medien zum Fraß vorwerfen und einen Playbackskandal vom Zaun brechen würde? Was vermutlich das Ende Ihrer Gesangskarriere bedeutet hätte?«

»Es war ein großes Missverständnis von Fabian«, sagte sie leise, aber bestimmt.

»Was war ein Missverständnis?«, hakte Paulina nach.

»Jahrelang hat er verstanden, dass unsere«, sie malte mit beiden Zeige- und Mittelfingern Gänsefüßchen in die Luft, »›Beziehung‹ nur auf der Bühne und in den Medien stattfand, als eine Inszenierung. Bakow hat sich das sehr schlau ausgedacht. So war die Abmachung, bei aller Sympathie.«

»Und da waren sich alle Beteiligten einig?«, fragte ich. »Hat Fabian das auch so gesehen? Sie waren nie miteinander intim?«

»Was hat das eine mit dem anderen zu tun, Herr Kommissar? Natürlich waren wir miteinander intim.«

»Natürlich?«

»Was denken Sie denn? Glauben Sie, dass es hier hinter den Kulissen, wo wir tagtäglich miteinander unterwegs sind, wie im Kloster zugeht?« Sie lachte künstlich. »Sex kann ein sehr angenehmer Zeitvertreib sein, wenn man Tag und Nacht weit weg von zu Hause miteinander rumhängt. Nicht mehr und nicht weniger. Das weiß jeder, der in der Künstlerbranche zu tun hat.«

»Soso«, kommentierte ich und versuchte, mir keinerlei Entrüstung anmerken zu lassen. »Wäre es denn denkbar, dass Fabian das anders gesehen hat?«

»Genau das war sein Problem. Er bildete sich irgendwann ein, sich unsterblich in seine Bühnenpartnerin verliebt zu haben. Ich hatte ihn immer für professioneller gehalten.«

»Sie geben zu, dass Fabian wollte, dass Sie sich von van der Leyden trennen? Und dass er Ihnen gedroht hat?«

»Ich sage jetzt gar nichts mehr.« Immer noch drehte sie nervös die Kiwi in ihren Händen.

»Sie müssen auch gar nichts sagen.« Ich nahm mein Telefon wieder in die Hand und ging zwei Schritte zurück. »Die Kollegen haben diese Perücke unweit des Welcome Hotels in einem öffentlichen Mülleimer gefunden. Es deutet alles darauf hin, dass der Mörder von Johannes Bonsen alias DJ Johnny dieses Haarteil aufgesetzt und seine Jacke angezogen hat, um sich vor den Hotelkameras zu tarnen und als van der Leyden auszugeben.« Ich schritt vor dem Tisch auf und ab. »Der Täter – oder auch: die Täterin – hat offensichtlich die Perücke kurz nach der Tat etwas leichtsinnig in einen Mülleimer geworfen. Vielleicht kam ihm oder ihr jemand entgegen, und das verdächtige Ding musste rasch verschwinden. Jedenfalls kann ich Ihnen versichern, Frau Bauer, dass mit Hilfe unseres Labors zweifelsfrei nachgewiesen werden kann, wer diese Perücke auf dem Kopf –«

In diesem Moment warf Tanja mit der linken Hand die Kiwi in meine Richtung und traf mich am linken Unterarm. Sie nutzte die Ablenkung und unsere Schrecksekunde und ergriff mit der rechten Hand das Obstmesser auf dem Tisch, das sie einen Augenblick später an Paulinas Hals drückte.

Instinktiv griff ich sofort an das Holster meiner Dienstwaffe.

»Hände weg!«, kreischte Tanja in einer Tonlage, die sofort Ohrenschmerzen verursachte. »Eine Bewegung, und ich schneide Ihrer reizenden Kollegin die Kehle durch.«

Ich sah, wie sich die Messerspitze in Paulinas Haut drückte. Ich hielt inne und suchte den Blickkontakt zu meiner Kollegin. Sie schaute auf die Apfelreste auf dem Tisch, die ein Beweis dafür waren, dass das Messer wirklich scharf und gefährlich war.

Meine Erleichterung darüber, dass Tanja Bauer mit ihrem Verhalten offenbar ein Geständnis ablegte, trat vorübergehend in den Hintergrund und machte der Sorge um das gesundheitliche Wohlbefinden meiner geschätzten Kollegin Platz.

»Legen Sie das Messer wieder hin, Frau Bauer! Seien Sie doch vernünftig!« Während dieses Versuchs der verbalen Deeskalation blickte ich mich um. Doch es war weit und breit niemand zu sehen, von dem Hilfe in dieser bedrohlichen Situation zu erwarten war.

»Frau Bauer, wenn Sie jetzt das Messer wieder hinlegen, werden wir alle vergessen, was geschehen ist«, versuchte ich es mit einer möglichst ruhigen Stimme noch einmal. »Machen Sie sich nicht unglücklich!«

»Ich gehe nicht ins Gefängnis«, sagte Tanja mit zitternder Stimme. In ihrem Aufzug wirkte sie wie eine Witzfigur in einem schlechten Horrorfilm. Ich merkte, dass Paulina mir mit den Augen etwas signalisieren wollte. Dann sah ich im Augenwinkel etwas Hellblaues.

Ich bemerkte, dass rechts von uns Frank Litzka in der Tür stand. Er war nicht im Sichtfeld von Tanja Bauer, und offenbar hatte er blitzschnell die Situation erkannt. Regungslos blieb er stehen und suchte Blickkontakt mit mir.

»Frau Bauer«, setzte ich wieder an, um Zeit zu gewinnen und sie abzulenken, »ich kann Sie ja gut verstehen. Sie fühlen sich in einer ausweglosen Situation und wissen nicht weiter. Wir kennen doch alle diesen Moment, wo man denkt, dass es plötzlich ganz dunkel wird …«, ich schaute unauffällig zu Litzka, »… dass man meint, das Licht ginge aus. Verstehen Sie mich?«

Ich sprach zu ihr, meinte aber den Reporter. Eindringlich

blickte ich Paulina an. Sie verstand. Es dauerte zwei Sekunden, die mir wie eine Ewigkeit erschienen, bis Litzka kapierte und reagierte. Mit einer raschen Bewegung drückte er auf den Lichtschalter neben der Tür.

Noch bevor sich unsere Augen an die plötzliche Dunkelheit gewöhnen konnten, nutze Paulina das Überraschungsmoment, riss sich aus der Umklammerung und rammte ihren Ellbogen in den Magen von Tanja Bauer, die zugleich laut aufschrie, sich vor Schmerz krümmte und das Messer fallen ließ. Ich zog meine Waffe, und zu zweit überwältigten wir die Angreiferin in wenigen Augenblicken.

»Machen Sie das Licht wieder an!«, rief ich zu Litzka. Kurz darauf wurde der Raum hell. Tanja Bauer lag am Boden, mit Plastikfesseln band ich ihre Hände auf dem Rücken fest. Sie leistete keinen Widerstand.

Paulina sackte erschöpft auf dem Stuhl zusammen und fasste sich an den Hals, wo eine blutige Schramme die Stelle markierte, wo sie mit dem Messer bedroht worden war.

»Danke, Frank«, sagte sie leise zu Litzka.

Der setzte sich neben sie, nach kurzem Zögern legte er den Arm um ihre Schulter und sagte: »Nicht der Rede wert. Da war ich wohl ausnahmsweise mal zur richtigen Zeit an der richtigen Stelle. Dabei wollte ich bloß mein Handy holen, ich muss es hier auf dem Tisch vergessen haben. Da ist es ja.«

Litzka griff zu seinem Telefon, das unter einer grünen Serviette halb verdeckt war und so ähnlich aussah wie mein Uralt-Nokia, von dem ich mich schweren Herzens hatte verabschieden müssen.

»Sie sind vorläufig festgenommen«, sagte ich zu Tanja, die sich mit meiner Hilfe langsam aufrichtete. Eine weitere Begründung der Festnahme konnte ich mir sparen. Die Bedrohung einer Polizeibeamtin hätte auch ohne den dringenden Tatverdacht des zweifachen Mordes ausgereicht.

Ich telefonierte eine Streife herbei, die Tanja Bauer aufs Revier brachte.

»Das ist ja noch mal gut gegangen«, sagte ich zu Paulina, die sich allmählich wieder gefasst hatte. Dann wandte ich mich zu Frank Litzka und sprach streng: »Wenn Sie irgendwas darüber schreiben, was Sie hier gesehen und gehört haben …«, dann änderte ich den Ton und wurde freundlich, »… dann werde ich jedem sagen, dass ich keine Ahnung habe, woher Sie diese Informationen haben.«

Litzka sah mich erleichtert an.

Ich fuhr fort: »Ich lasse Sie jetzt fünf Minuten mit Paulina alleine, weil ich mal kurz ums Eck muss. Für kleine Kommissare, Sie wissen schon.« Mein Blick wanderte zu Paulina und dann wieder zurück zu Litzka. »Wenn ich wiederkomme, werde ich nicht fragen, worüber Sie gesprochen haben. Verstanden?«

»Verstanden«, sagte Litzka.

»Verstanden«, sagte auch Paulina.

»Eine Frage habe ich noch, Herr Litzka.«

»Ja?«

»Sagen Sie, Ihr Handy: Haben Sie als moderner Journalist wirklich so ein altes Teil?«

Er lachte. »Das ist cool, oder? Das Nokia 3310 – sieht aus wie zwanzig Jahre alt, ist aber nagelneu, mit schnellem LTE-Internet und Android-Betriebssystem. Das hat Nokia für alle Retrofans rausgebracht.«

»Ich bin begeistert«, gab ich zu. »Ich würde das sofort gegen mein neues iPhone tauschen.«

Paulina verdrehte die Augen. »Ach, Horst. Wenn Sie könnten, würden Sie auch noch Schwarz-Weiß-Fernsehen schauen und Dampfeisenbahn fahren.«

»Es war früher nicht alles schlechter«, entgegnete ich.

»Willkommen in der Gegenwart.«

## SECHZEHN

*Tanja Bauer wegen Mordverdachts verhaftet / Bamberger Polizei klärt Tod von Fabian Goldstein und DJ Johnny*
*Von Frank Litzka*

*Bamberg. Die Bamberger Kriminalpolizei hat die Schlagersängerin Tanja Bauer wegen des dringenden Tatverdachts festgenommen, den Moderator Fabian Goldstein und den Alpenpop-Sänger DJ Johnny erschlagen zu haben. Das Amtsgericht Bamberg erließ Haftbefehl wegen zweifachen Mordes. Nach Informationen dieser Zeitung bedrohte die 28-Jährige kurz vor ihrer Festnahme eine Polizeibeamtin mit einem Messer, konnte dann aber überwältigt werden. Diesen Vorfall wollte die Pressestelle der Polizei offiziell weder bestätigen noch dementieren.*
*Nach bislang unbestätigten Informationen legte Tanja Bauer in der ersten Vernehmung ein umfangreiches Geständnis ab. Demnach erschlug sie Fabian Goldstein nach der Probe für die Aufzeichnung einer Fernsehshow mit einem Pokal, mit dem er für sein Lebenswerk ausgezeichnet werden sollte. Um den Verdacht von sich zu lenken, deponierte sie die Tatwaffe im Büro des Produzenten Ben Bakow, der dadurch tatsächlich vorübergehend unter Tatverdacht geriet.*
*Beobachtet wurde sie bei ihrer Tat von DJ Johnny, der selbst unter erheblichen finanziellen Problemen litt und einen Erpressungsversuch gegen Tanja Bauer startete. Daraufhin tötete sie auch DJ Johnny, der mit bürgerlichem Namen Johannes Bonsen hieß. Um diese Tat zu verdecken, lenkte sie den Verdacht auf ihren Geliebten, den holländischen Stargeiger Ton van der Leyden. Dank hervorragender und umfangreicher Ermittlungsarbeiten des Kommissariats 1 der Bamberger Polizei, insbesondere*

*von Hauptkommissar Horst Müller und Kriminalmeisterin Paulina Kowalska, konnte dieser spektakuläre Fall innerhalb weniger Tage aufgeklärt werden.*
*Einen umfangreichen Hintergrundbericht über das deutsche Schlagermilieu lesen Sie in unserer Wochenendausgabe.*

Ich legte den aus der Süddeutschen Zeitung kopierten Artikel zur Seite, den uns der Bayreuther Pressesprecher Roeder zugefaxt hatte und auf dem Polizeidirektor Dr. Hubert Goos unsere Namen mit gelbem Textmarker unterstrichen hatte. Daneben war notiert: »Gratulation!«

»Ein solch ausdrückliches Lob unseres Dienststellenleiters haben wir schon lange nicht mehr bekommen«, sagte Paulina. »Und das schwarz auf weiß.«

»Oder besser gesagt: gelb auf weiß«, korrigierte ich. »Der Journalist der SZ ist ja erstaunlich gut informiert«, fügte ich hinzu und schmunzelte.

»Ist bestimmt zur Hälfte ausgedacht.« Paulina grinste. »Sie wissen doch, dass man nicht immer alles glauben darf, was in der Zeitung steht.«

»Ich vermute, dass dieser Litzka einen Informanten bei der Polizei hat, der sich einfach nur wichtigmachen will.«

»So wird es sein«, sagte Paulina.

»Ach ja, wenn Sie ihn mal wieder treffen, dann sagen Sie ihm doch, dass er sich diesen furchtbaren Hipsterbart mal abrasieren soll. Der steht ihm überhaupt nicht.«

»Sag ich ihm«, antwortete Paulina. »Er kratzt auch furchtbar.«

»Vielleicht kann dieser Superjournalist ja auch mal herausfinden, wer denn nun die Schulden von Björn Q. bei der Stadtverwaltung beglichen hat. Das interessiert mich ja schon.«

»Vielleicht derselbe große Unbekannte, der tausend Euro für die Bamberger Lesefreunde gespendet hat. Steht heute in der Zeitung. Das Geld wurde anonym bei der AWO abgegeben. Was aber ein großes Rätsel an dieser Geschichte bleiben wird, ist die Frage, was eine attraktive Frau wie Tanja Bauer an diesem Stehgeiger gefunden hat.«

»Na ja«, sagte ich. »Ich vermute, dass sie mit den Männern gespielt und sie benutzt hat, wenn sie sie gerade gebrauchen konnte, egal wozu. Ich kann mir gut vorstellen, dass ein psychiatrisches Gutachten vor Gericht zu dem Schluss kommen wird, dass sie beziehungsunfähig ist. Und auch ihr übertriebener Ehrgeiz, der sie zur Mörderin werden ließ, wirkt nicht sehr gesund. Aber Paulina, Sie wissen doch vermutlich selbst, dass Frauen nicht immer rational handeln, wenn es um Männer geht.«

Wie aufs Stichwort klopfte es in diesem Moment an unserer Bürotür. Auf mein »Herein« betrat Natascha Scharrer den Raum.

»Ich hoffe, ich störe nicht«, sagte sie und schaute uns unsicher an.

Ich machte eine einladende Geste und forderte sie auf: »Kommen Sie herein! Möchten Sie ein Geständnis ablegen?«

»Ich dachte, Sie wären per Du?«, warf Paulina dazwischen.

»Das dachte ich auch«, sagte Natascha. »Ich möchte kein Geständnis ablegen, sondern eine Fundsache abgeben.«

»Entschuldigung, Natascha, setz dich doch«, sagte ich und deutete auf den Vernehmungsstuhl.

»Ich habe deine Wichtel mitgebracht«, sagte sie und stellte zwei Plastikbecher mit einem violetten und einem türkisfarbenen Deckel auf den Tisch. »Meine Visitenkarte war in der Tüte, und der ehrliche Finder hat sie bei mir abgegeben, nachdem du sie im Rathaus vergessen hast.«

Paulina lachte. »Diese Dinger hat mein Frauenarzt auch. Für die Urinprobe.«

»Also bitte«, ermahnte ich sie.

»Wenn Sie noch einen dritten Wichtel bekommen, können Sie damit auch zaubern. Den Hütchentrick.«

»›Pronto Salvatore‹«, sagte ich.

»Ich wollte dich noch etwas fragen, Horst«, sagte Natascha.

»Ja?«

»Wollen wir nicht bei dir zu Hause auch mal eine Tupperparty organisieren?«

»Äh, bei mir?« Ich schaute sie ungläubig an.

»Ja, warum nicht? Du musst nichts machen außer dein Wohnzimmer zur Verfügung stellen. Und vielleicht ein paar Freunde einladen. Oder Kollegen.«

Sie schaute zu Paulina, die sofort antwortete: »Ich bin dabei! Bekomme ich dann auch einen Wichtel?«

»Natürlich«, sagte Natascha und blickte fragend zu mir. »Und? Was sagst du, Horst?«

»Kommen Sie schon, das wird lustig«, stimmte Paulina ein. »Und laden Sie Ihre Tochter auch ein, damit sie wieder auf andere Gedanken kommt.«

Ich zögerte kurz, doch den beiden Damen konnte ich nichts abschlagen.

»Na schön«, sagte ich dann. »Aber nur, wenn es wieder diesen köstlichen Mokka-Eierlikör gibt.«

»Selbstverständlich«, sagte Natascha.

Paulina verdrehte die Augen, und ich stellte fest: »Mit Eierlikör ist nichts zu schwör.«

# Nachwort

Wie immer habe ich auch für dieses Buch intensiv recherchiert und mich wagemutig in das Milieu begeben, in dem dieser Krimi spielt. Ich danke besonders dem Konzertveranstalter Joseph Thomann aus Burgebrach, der mir die Türen hinter die Kulissen der Schlagerwelt eröffnete und aufschlussreiche Begegnungen mit G. G. Anderson, Olaf Malolepski alias »Olaf, der Flipper« und seiner ebenfalls singenden Tochter Pia Malo ermöglichte. Eva-Maria Popp vermittelte mir den sehr angenehmen Kontakt zu »Schlager-Titan« Bernhard Brink. Als das Buch fertig war, trat tatsächlich Florian Silbereisen mit seiner Show in der Bamberger Brose-Arena auf: Ich habe mich persönlich davon überzeugen können, dass alle Beteiligten diesen Auftritt überlebt haben.

Einige Zitate und Informationen von Frank Litzka über die Schlagerwelt sind mit freundlicher Genehmigung des Autors Felix Zwinzscher diesem lesenswerten Zeitungsartikel aus der »Welt« entnommen: https://www.welt.de/kultur/pop/article131115015/Ob-wir-wollen-oder-nicht-der-Schlager-praegt-uns-alle.html.

Wer mehr über die Vorgeschichte von Frank Litzka und Kommissar Jürgen Sonne erfahren möchte, der darf meine München-Krimis »Der Isarbulle«, »Schwarzgeld« und »Wiesn-Feuer« lesen. Und »Das Lexikon der uncoolen Dinge« gibt's wirklich und ist die Neuauflage meines Buches »Wie spießig ist das denn?«.

Ich danke Hendrik Steffens, der eine kreative Mittagspause zum Fotografieren des Motivs für das Buchcover genutzt hat. Von unschätzbarem Wert waren für mich die Hinweise und Erläuterungen von Dr. Wolfgang Bremer, einem großen Krimifan und wandelnden Lexikon zu allen Fragen der Schlagerwelt.

Bei der Durchsicht und Korrektur des Manuskriptes halfen mir außerdem Dr. Nina Roeder, Svenja Kammerer und Dorle

Pätzold sowie allen voran meine zauberhafte Frau Nadine, die an so vielen Abenden tapfer die Schlagershows im Fernsehen mit angeschaut hat.

Meinem Agenten Kai Gathemann und meinem Lektor Carlos Westerkamp gilt wie immer besonderer Dank!

Harry Luck

Lesen Sie weiter:

Harry Luck
**BAMBERGER ZAUBER**

Leseprobe

## EINS

Mühelos näherte ich mich auf der Residenzstraße mit meinem E-Bike dem Gipfel des Dombergs. Links blickte ich auf die wenig beschaulichen Rückseiten und in die Hinterhöfe der Häuser der Sandstraße. Rechts oben erinnerte eine Gedenktafel an einen der wenigen ungeklärten Todesfälle in der Bamberger Polizeistatistik. Denn genau hier stürzte am 1. Juni 1815 um dreizehn Uhr Louis-Alexandre Berthier, seines Zeichens Napoleons Marschall, aus dem Kaiserappartement im obersten Stockwerk der Neuen Residenz in den Tod. Angeblich hatte er aus dem Fenster die herannahenden russischen Truppen beobachtet. Berichte, er sei von sechs maskierten Männern aus dem Fenster geworfen worden, konnten nie gerichtsfest bewiesen werden, weshalb der Fall bis heute als ungeklärt gelten muss. Durch seinen Tod musste Berthier jedenfalls die legendäre Schlacht von Waterloo nicht mehr miterleben, die Napoleon etwa zwei Wochen später weit von Bamberg entfernt verlor.

Auch wenn Monsieur Berthier in weiser Voraussicht Selbstmord begangen haben sollte, wäre ich heute als Kriminalhauptkommissar im Kommissariat 1 der KPI Bamberg für den Fall zuständig. Eine ständige Mordkommission, wie man sie aus dem Fernsehen kennt, gab es in Bamberg nicht. »Verbrechen gegen das Leben« waren mein Metier.

Jedes Mal wenn ich an dieser denkwürdigen Stelle vorbeifuhr, nahm ich mir vor, nachzulesen, warum Napoleons Marschall sich überhaupt im schönen Bamberg aufgehalten hatte –

um den Recherchevorsatz gleich wieder zu vergessen, wenn ich den Domplatz erreicht hatte. Sicherlich war das fränkische Städtchen auch vor zweihundert Jahren schon bezaubernd, aber für einen aus Paris stammenden Militär brauchte es wohl einen außergewöhnlicheren Anlass, hierherzukommen. Der Bamberger Fenstersturz hatte es jedenfalls nicht so prominent in die Geschichtsbücher gebracht wie der Zweite Prager Fenstersturz, der immerhin den Dreißigjährigen Krieg auslöste.

Mein Sakko hatte ich zusammengefaltet auf dem Gepäckträger verstaut. Seit zwei Wochen war kein Tag vergangen, an dem das Quecksilber unter der Dreißig-Grad-Marke geblieben war. Meteorologen hatten den heißesten Juli seit Beginn der Wetteraufzeichnungen vorausgesagt. Mit meinem emissionsfreien Fortbewegungsmittel leistete ich meinen bescheidenen Beitrag gegen den Klimawandel, der in den Medien schon im Frühjahr für die sich häufenden Wetterextreme verantwortlich gemacht wurde, nachdem weite Teile des Landkreises nach Dauerregen überflutet worden waren.

Noch bevor ich den Domplatz erreichte, entdeckte ich eine riesige Menschenmenge, wie sie hier sonst nur zur Fronleichnamsprozession, dem Heinrichsfest oder irgendwelchen Open-Air-Konzerten zu sehen war. Es gab kein Durchkommen, sodass ich von meinem elektrischen Fahrrad, genauer gesagt: meinem Pedelec abstieg und es Richtung Alte Hofhaltung schob.

Ein Raunen ging durch die Menge. Mit teilweise offenen Mündern starrten die Leute nach oben auf die Domtürme. Ich schätzte die Zahl der Menschen auf über zweihundert. Ihre Reaktion wäre vermutlich nicht anders gewesen, wenn ihnen dort oben der heilige Heinrich im Kaisermantel samt Gattin Kunigunde höchstpersönlich erschienen wäre.

Mit einem Stofftaschentuch tupfte ich den Schweiß von meiner Stirn. Mein Blick wanderte von der Marienpforte des Doms zu den im Sonnenlicht grün schimmernden Spitzen der beiden Türme. Dann sah ich den Grund für das große Staunen. Ich rieb mir die Augen, um eine Halluzination auszuschließen.

Leider konnte ich mit meinem Handy keine Fotos aufnehmen. Das heißt, vielleicht war es technisch möglich. Aber ich benutzte das Neunziger-Jahre-Nokia nur dazu, wofür Handys ursprünglich erfunden worden waren: zum Telefonieren und für den gelegentlichen Empfang von Kurzmitteilungen. In diesem Fall hätte ich jedoch tatsächlich gerne fotografisch festgehalten, was ich beobachtete. Denn das war weder mit den Regeln der Schwerkraft noch mit allen anderen mir bekannten physikalischen Gesetzen zu erklären: Zwischen den beiden Türmen hoch über dem Ostchor schwebte ein Mensch. Soweit ich erkennen konnte, handelte es sich um einen Mann in einem schwarzen Anzug mit einem roten Emblem und einem weißen Hemd. Wie ein Priester beim Segen hielt er beide Arme ausgestreckt. Eine moderne Gottesdienstform mit fliegendem Pfarrer hielt ich auf dem eher konservativen Domberg jedoch für genauso unwahrscheinlich wie eine Heiligenerscheinung.

»Aaaah« und »Ooooh« riefen die Zuschauer, einige applaudierten, sofern sie ihre Hände frei hatten und nicht mit ihren Smartphones Beweisfotos oder Videos für Facebook und Twitter machten, weil sie ihren eigenen Augen nicht trauten. Einige Japaner oder Chinesen hielten ihre Telefone mit langen Selfie-Sticks in die Höhe. Unter den Personen, die besonders fleißig auf den Auslöser drückten, erkannte ich Theo Sieber, den Lokalreporter des »Fränkischen Tags«. Wie der Reporter mit dem roten Haarkranz zu seinem Spitznamen Null Null Sieber gekommen war, war mir bis heute schleierhaft. Möglicherweise war der Grund, dass sich seine vermeintlich exklusiven Enthüllungsgeschichten gelegentlich als Nullnummern entpuppten. Mit dem Doppelnull-Agenten James Bond hatte er nämlich so ziemlich gar nichts gemein. Außerdem brachte das journalistische Schwergewicht Sieber vermutlich die Kilos von Roger Moore, Sean Connery und Daniel Craig zusammen auf die Waage.

»Was geht denn hier vor sich?«, fragte ich den Reporter, der so umfangreich war wie die Wochenendausgabe seines Blattes. »Handelt es sich etwa um eine polizeilich nicht genehmigte Demonstration?«

»Ach, der Herr Oberinspektor gibt sich auch die Ehre? Immer im Dienst?« Sieber streckte mir die schwitzende Hand entgegen, die eher die Bezeichnung Pranke verdient hätte. Sein Händedruck grenzte wie immer an den Tatbestand der versuchten Körperverletzung. Den im bayerischen Polizeidienst schon vor Jahrzehnten abgeschafften Dienstgrad Oberinspektor verlieh Sieber mir immer wieder wegen meiner unverhohlenen Vorliebe für den legendären TV-Oberinspektor Derrick, den ich rückblickend dafür verantwortlich mache, dass ich schon als Kind den Wunsch hegte, in den Polizeidienst einzutreten. Allerdings ließ Derrick sich immer von seinem Harry durch die Münchner Prachtstraßen fahren, ein Fahrrad wäre für ihn wohl undenkbar gewesen.

»Sehr cooles Einsatzfahrzeug übrigens, dieses E-Bike. Aber wo ist das Blaulicht?«, sagte Sieber. »Oder sind Sie privat hier? Ich hätte nicht gedacht, dass Sie ein Freund der Illusionskunst sind.«

»Pedelec, kein E-Bike«, korrigierte ich und ersparte mir die Belehrung, dass die meisten Zweiräder, die als E-Bikes angeboten wurden, in Wahrheit Pedelecs und damit nicht zulassungspflichtig waren, weil die Elektrounterstützung nur zugeschaltet wurde, wenn der Fahrer auch in die Pedale trat.

»Wissen Sie eigentlich, Herr Oberinspektor, dass Sie sich mit Ihrem Fahrzeug in Lebensgefahr begeben? Jeder zehnte tote Radfahrer im Straßenverkehr ist ein E-Bike-Nutzer. Und achtzig Prozent davon sind Senioren. In Ihrem Alter sollte man vorsichtig sein. Steht heute in der Zeitung.«

Man sollte nicht alles glauben, was in der Zeitung steht, dachte ich und sagte: »Oberinspektor ist falsch, E-Bike ist falsch. Und der Hinweis, ich wäre ein Senior, ist mindestens eine Unverschämtheit, wenn nicht Beamtenbeleidigung. Drei Fehler in einem Satz, Sie sollten Journalist werden.«

Seit Monaten plagte mich der inzwischen unmittelbar und unausweichlich bevorstehende fünfzigste Geburtstag. Ich wollte daher nicht auch noch von diesem Schreiberling an den Eintritt in die zweite Jahrhunderthälfte erinnert werden.

»Jetzt erzählen Sie mir mal lieber, was hier los ist. Mein Verstand sagt mir trotz fortgeschrittenem Alter, dass hier nicht wirklich ein Mann zwischen den Domtürmen schwebt.«

Nun entdeckte ich auch die Kameras von TV Oberfranken und dem Bayerischen Rundfunk, die das Spektakel aufzeichneten oder vielleicht sogar live auf die Mattscheiben ausstrahlten.

»Das ist Abraham Kadabra«, flüsterte Sieber andächtig und deutete auf den fliegenden Spaßvogel. Er sprach dessen Namen aus, als handele es sich um Bill Clinton oder Paul McCartney.

»Hat der Vater von den Schlümpfen sich den Bart abrasiert und eine neue Karriere als Pausenclown begonnen?«, entgegnete ich. »Und was ist das überhaupt für ein blödsinniger Name?«

»Das ist Abraham Kadabra, der weltberühmte Illusionist aus London. Er ist in diesem Jahr der Stargast bei ›Bamberg zaubert‹. Ist natürlich sein Künstlername. Sein richtiger Name ist David Devant.«

»Aha. Aber das Zauberfestival fängt doch erst am Wochenende an. Warum jetzt schon dieser Hokuspokus?«

»Dies ist eine Preview-Show, zu der das Stadtmarketing eingeladen hat. Vor allem die Fernsehsender sollen im Vorfeld groß berichten. Kadabra hat diesen Trick erstmals über The Shard aufgeführt.«

»The was?«

»The Shard ist ein Wolkenkratzer in London, mit dreihundertzehn Metern Höhe war er bis zum Brexit das größte Bauwerk in der Europäischen Union. Das YouTube-Video machte vor einigen Jahren weltweit Furore. Jetzt führt er den Trick erstmals außerhalb Großbritanniens auf. Das ist sensationell! Und morgen der Aufmacher im FT.«

»Mit seinen sechsundsiebzig Metern Höhe ist der Bamberger Dom da ja vergleichsweise ein Bungalow. Aber ich muss zugeben: beeindruckend.«

»Er hat noch mehr Tricks mit nach Bamberg gebracht. Das hat Kulturdezernent Sonnenberg eben auf einer Freiluft-Pressekonferenz auf dem Domplatz angekündigt. Wie drückte er sich noch aus? ›Mit den Auftritten von Abraham Kadabra wird das lokale Festival ›Bamberg zaubert‹ zu seinem achtzehnten Geburtstag volljährig und bekommt eine überregionale Relevanz. Der Hauptsponsor hat ein sechsstelliges Budget bereitgestellt.‹«

»Hauptsponsor? Heißt das, die Künstler erhalten jetzt auch Gagen? Das war doch in den vergangenen Jahren nicht der Fall, oder?«

»Bisher gab es nur eine Aufwandsentschädigung und die Einnahmen aus dem Hut. Aber dieses Jahr konnten internationale Superstars verpflichtet werden, allen voran Abraham Kadabra oder der Gewinner von ›The next Uri Geller‹. Deshalb heißt das Festival in diesem Jahr erstmals offiziell auch ›Branco zaubert‹.«

Damit hatte sich meine Frage nach dem Hauptsponsor erübrigt.

»›Branco zaubert‹? So ein Schmarrn. Reicht es nicht, dass schon unsere Basketballer sich nach dem Sponsorenwechsel umbenennen mussten und ihre Heimspiele neuerdings in der Branco-Arena ausgetragen werden?«

Sieber lachte. »Wenn unsere Kathedrale irgendwann mal saniert werden muss, halte ich es für möglich, dass aus dem Bamberger Dom der Branco-Dom wird. Warum ist man bei der Instandsetzung der Michaelskirche nur nicht auf diese großartige Idee gekommen?«

»Gott bewahre!« Ich seufzte und glaubte, das Logo des Baukonzerns auf dem schwarzen Anzug des schwebenden Magiers zu erkennen. »Und wie lange bleibt der Knabe noch da oben in der Luft?«

Sieber musste mir die Antwort schuldig bleiben. Denn in diesem Moment ertönte der werksmäßig eingestellte Standard-Klingelton meines Mobiltelefons.

»Hauptkommissar Horst Müller«, meldete ich mich. Am anderen Ende der Leitung war meine Kollegin Kriminalmeisterin Paulina Kowalska, die mir mit wenigen Worten von einem Einsatz an der Erba-Brücke berichtete. Ich ließ mir nichts anmerken, um Null Null Sieber nicht gleich auf die Spur zu bringen.

»So!«, leitete ich anschließend so belanglos wie möglich die Verabschiedung ein. »Ich muss dann mal los.«

»Man sieht sich.«

»Tschüssikowski.«

***

An der Erba-Brücke, die in Gaustadt über die Regnitz auf das Gelände einer früheren Baumwollspinnerei führt, wo 2012 die Landesgartenschau stattfand, war die Zufahrt auf die Halbinsel mit rot-weißem Flatterband gesperrt. Auf dem Radweg standen zwei Streifenwagen mit eingeschaltetem Blaulicht, daneben ein Fahrzeug der Wasserwacht. Ich stellte mein elektrisches Fahrrad ab und ging auf Paulina zu, die am Brückengeländer mit einem älteren weißhaarigen Bartträger und mehreren uniformierten Kollegen wartete.

»Das ist Herr Hauptkommissar Müller«, stellte meine Kollegin mich vor, wobei sie mich mit einem eindeutigen Blick auf meine Beine an die Fahrradklammern erinnerte, die womöglich meine Autorität als Amtsperson schmälerten. Ich entfernte die Klammern flugs und ließ sie in meinen Hosentaschen verschwinden, während Paulina mir Herrn Jobst Jensen vorstellte, dessen Erscheinung mich frappierend an Käpt'n Iglo aus dem Werbefernsehen erinnerte. Seine weißen Haare, die knallrote Gesichtsfarbe und die stechend blauen Augen bildeten das Farbschema der Trikolore. Schweißtropfen standen auf seiner Stirn. An seinem weißen Hemd waren die obersten drei Knöpfe geöffnet, weiße Brusthaare quollen unter einem goldenen Kettchen mit einem Anker hervor. Ich schätzte Jensen auf Anfang sechzig.

»Herr Jensen ist für das Wasserwerk zuständig«, erläuterte Paulina.

»Moin, ich bin hier der Schleusenwärter.« Dass Ostfriesen

und andere Küstenbewohner rund um die Uhr »Moin« sagten, wusste ich von einem Urlaub an der Nordseeküste vor vielen Jahren. Jensen hustete laut. »Ich hole den ganzen Unrat aus dem Wasser, der hier hängen bleibt.« Er deutete unter die Brücke, wo ein riesiges stählernes Sieb im Wasser montiert war. Dann zeigte er auf einen roten Container, der mit Holzbrettern, kaputten Kinderwagen, alten Autoreifen und anderem Schrott bis zum Rand gefüllt war.

»Es ist erstaunlich, wie viele Bamberger sich wohl lieber die Mühe machen, ihren Plunder in den Fluss zu werfen, anstatt sich ordnungsgemäß beim Sperrmüll anzumelden«, sagte ich leise. »Aber deshalb haben Sie nicht die Kripo gerufen, stimmt's?«

»Stimmt«, antwortete Paulina für ihn. »Herr Jensen hat einen rechten Arm in der Schleuse gefunden. Einen Männerarm.«

»Einen rechten Arm?«, murmelte ich. »Das ist gut.«

Ich blickte in zwei entsetzte Gesichter und räusperte mich. »Ich meine, das ist natürlich schlecht für den Besitzer des Armes, der den Verlust bislang nicht angezeigt hat. Deshalb ist davon auszugehen, dass auch noch weitere Körperteile hier im Umlauf sind und irgendwann auftauchen werden. Im wahrsten Sinne des Wortes.«

»Horst, Sie sind unmöglich!«, ermahnte mich Paulina.

»Ach, Sie verwenden das Hanseatische Sie?«, sagte Jensen. »Sehr sympathisch.«

Tatsächlich hatten Paulina und ich uns kurz nach Beginn unserer Zusammenarbeit im K1 der Bamberger Kriminalpolizeiinspektion diese Form der Anrede angewöhnt und damit in einem der zahlreichen Punkte, in denen wir grundverschiedene Ansichten hatten, einen gangbaren Kompromiss gefunden. Ich gehörte nicht zu den Jeden-Duzern, die durch die Abschaffung des »Sie« Hierarchien zu überwinden und eine konformistische Gesellschaft zu schaffen glaubten. Paulina und ich redeten uns daher mit »Sie« und dem Vornamen an. Für uns war das genau die richtige Dosierung von kollegialer Nähe und beruflicher

Distanz. Von den zwanzig Jahren Altersunterschied mal ganz zu schweigen.

Die penetrante Duzerei war übrigens auch einer der zahlreichen Gründe, die mich daran hinderten, jemals freiwillig einen Fuß in ein IKEA-Einrichtungshaus zu setzen. Aber dazu gab es zum Glück auch keinen Anlass, schließlich war ich seit über zehn Jahren geschieden und musste keiner Frau an meiner Seite durch unsinnige und überflüssige Möbelhausbesuche meine Zuneigung beweisen. Dass mir samstägliche IKEA-Ausflüge erspart blieben, die regelmäßig mit dem Erwerb von pfundweise abgepackten Teelichtern oder einem Dutzend Gläsern Preiselbeeren endeten, gehörte für mich zu den drei triftigsten Gründen, Junggeselle zu bleiben.

»Sie sind aus Hamburg?«, fragte ich Herrn Jensen.

»Jo«, antwortete er. »Aber ich bin schon seit vierzig Jahren in Bamberg. Habe als Kapitän zwölf Jahre lang auf der ›Christl‹ und der ›Stadt Bamberg‹ die Touristen über die Regnitz geschippert. Doch seit zehn Jahren bin ich Frührentner. Die Lunge.« Demonstrativ machte er ein gutturales Geräusch, das wie ein Mix aus Husten, Erbrechen und Ersticken klang. »Seitdem mach ich den Schleusenmann und winke den Schiffen zu. Zwei Tote hatte ich schon hier in der Schleuse. Den letzten erst im vorigen Herbst, tragischer Fall. Es war ein Bräutigam, der bei seinem Junggesellenabschied wohl zu tief ins Glas geschaut hat und am Kranen zum letzten Mal gesehen wurde. Aber jetzt sagen Sie, Herr Kommissar, warum ist es gut, dass ich einen Arm gefunden habe?«

»Ist doch ganz klar: Bei einem Fuß hätten wir keine Fingerabdrücke. Noch einfacher wäre die Identifizierung nur, wenn Sie auf einen Kopf gestoßen wären. Aber den finden wir auch noch. Wo ist der Arm, Paulina?«

»Unterwegs in die Rechtsmedizin nach Erlangen. Professor Reißer wird sich freuen.« Dann wandte sich Paulina an einen der uniformierten Kollegen: »Geben Sie mir bitte das sichergestellte Beweismittel.« Der junge Beamte, der unzulässigerweise und offenbar witterungsbedingt seine Dienstmütze nicht trug, reichte Paulina einen kleinen Plastikbeutel, in dem sich eine sehr wertvoll aussehende Armbanduhr aus Edelstahl befand.

»Eine Omega«, sagte Paulina. »Vermutlich so teuer wie ein Gebrauchtwagen. Davon dürfte es hoffentlich nicht allzu viele Besitzer geben. Und wenn uns das nicht weiterhilft, dann vielleicht eine Tätowierung am Handgelenk.«

»Nun gut, dann haben wir vermutlich einen ungeklärten Todesfall«, stellte ich fest.

»So ist es«, sagte Paulina. »Wenn wir davon ausgehen, dass wir nicht einen einarmigen Banditen auf der Fahndungsliste haben.«